Sherlock Holmes

THE VALLEY OF FEAR

권 도 희

—

미스터리 전문 번역가. 옮긴 책으로는 애거서 크리스티의 『누명』, 『비뚤어진 집』, 『움직이는 손가락』, 배리 리가의 『나는 살인자를 사냥한다』, 존 카첸바크의 『하트의 전쟁』, 더스틴 토머슨의 『12.21 종말의 날』, 조지핀 테이의 『시간의 딸』 등이 있다.

*

이 도서의 국립중앙도서관 출판시도서목록(CIP)은
서지정보유통지원시스템 홈페이지(http://seoji.nl.go.kr)와
국가자료공동목록시스템(http://www.nl.go.kr/kolisnet)에서 이용하실 수 있습니다.
CIP제어번호 : CIP2016013030

—

이 작품의 한국어판은 영국 Penguin Books의 'THE PENGUIN SHERLOCK HOLMES COLLECTION'의 『The Valley of Fear』(2011)을 번역 저본으로 삼았으며, 영국 Oxford University Press의 'THE OXFORD SHERLOCK HOLMES'(1993)를 참고하였습니다.

Sherlock Holmes

THE VALLEY OF FEAR

공포의 계곡

셜록 × 홈스

Arthur Conan Doyle

아서 코넌 도일 지음 / 권도희 옮김

엘릭시르

*

1부

벌스턴의 비극

경고

1.

“내가 생각하기엔 말이지…….”

내가 말했다.

“내 생각도 그렇다네.”

셜록 홈스가 성급하게 말했다.

나는 참을성만큼은 누구 못지않다고 생각하지만, 이렇게 무시하는 것처럼 남의 말을 중간에 끊어버릴 때는 화가 날 수밖에 없었다.

“정말이지, 홈스. 자넨 가끔 사람을 짜증나게 해.”

내가 신랄하게 쏘아붙였다.

하지만 홈스는 뭔가 깊은 생각에 잠겨 내 불평에도 아무런 대꾸를 하지 않았다. 그는 손도 대지 않은 아침 식사 앞에서, 편지 봉투에서 막 꺼낸 종이 한 장만 뚫어져라 쳐다보고 있었다. 그러다가 봉투를 들고 불빛에 비춰 보면서 겉봉과 덮개 부분을 세심하게 살피기 시작했다.

"이건 폴록이 보낸 걸세. 그 친구의 필체는 이제껏 두 번밖에 보지 못했지만, 폴록이 쓴 편지라고 단언할 수 있어. 이 그리스 문자 'ε' 윗부분의 두드러진 특징을 보면 알지. 폴록의 편지라면 틀림없이 중요한 내용이 담겨 있을 텐데."

홈스가 생각에 잠긴 채 말했다.

나한테 하는 말이라기보다는 혼잣말 같았다. 나는 홈스의 이야기에 흥미를 느꼈다. 짜증 같은 건 이미 사라진 지 오래였다.

"폴록이 누군가?"

내가 물었다.

"왓슨, 폴록이라는 이름은 가명이야. 그저 신원을 확인하기 위한 표식에 불과하지. 그 이름 뒤에는 교활하고 종잡을 수 없는 인물이 숨어 있다네. 저번에 보낸 편지에서 폴록이 본명이 아니라는 것을 솔직하게 털어놓더군. 아무리 나라고 해도 런던 같은 대도시에 살고 있는 수백만 명의 사람들 중에서 자신을 찾아낼 수는 없을 거라면서 말이야. 폴록은 중요한 인물이라네. 그자가 아니라 그자와 관련된 인물이 대단하기 때문이지. 폴록이란 자는 먹잇감이 많은 곳으로 상어를 안내하는 동갈방어나,

사자 옆을 어슬렁거리는 자칼처럼 위협적인 존재 옆에 붙어 있는 별 볼 일 없는 존재라고 생각하면 될 거야. 그런데 폴록과 관련된 그 대단한 인물은 단순히 위협적인 수준이 아니라 사악하기 그지없는 존재라네. 내가 폴록에게 관심을 갖게 된 것도 바로 그 때문이지. 자네, 내가 모리아티 교수에 대해 말했던 것 기억나나?"

"과학적인 두뇌를 가졌다는 그 대단한 악당 말인가? 범죄자들 사이에서는 이름을 날리……."

홈스가 비난하는 목소리로 중얼거렸다.

"그렇게까지 치켜세울 필요는 없잖나, 왓슨."

"난 그저 일반인들에게는 잘 알려져 있지 않다고 말하려 했는데."

"이거 제대로 한방 먹었는걸!"

홈스가 감탄했다.

"내가 생각지도 못했던 희한한 유머 감각을 키우고 있었군그래, 왓슨. 앞으로 자네와 이야기를 할 때는 정신을 바짝 차려야겠어. 하지만 모리아티를 악당이라고 부르는 건 법적으로 명예훼손이 될 수 있다네. 정말 경탄할 만한 일 아닌가? 모리아티는 역사상 가장 뛰어난 음모가일세. 온갖 극악무도한 사건들의 배후이자 지하 세계의 지배자이며 여러 나라의 운명을 좌지우지

할 수 있는 두뇌를 갖고 있지. 그게 바로 모리아티야. 하지만 그자는 어떤 의심도 비판도 받지 않아. 자기 관리 능력이 뛰어난데다 좀처럼 정체를 드러내지 않기 때문에 그자가 방금 자네가 한 말들을 빌미삼아 소송이라도 걸면 명예훼손에 대한 위자료로 자네 일 년 치 연금이 날아갈 수도 있을걸. 또한 모리아티는『소행성 역학』을 쓴 저명한 저자이기도 하지. 그자는 그 책으로 순수수학의 아주 높은 경지에 올라 과학계에서도 비판할 수 있는 사람이 없을 정도야. 이런 사람을 쉽게 비방할 수 있겠나? 말버릇이 고약한 야비한 의사에게 중상모략당한 교수……. 세상 사람들은 그렇게 볼 거야, 왓슨. 정말 기가 막힐 노릇이지. 하지만 별볼 일 없는 녀석들을 상대하다 보면 언젠가 그자와 대적할 날이 올 거야."

홈스가 말했다. 나도 진심으로 응원했다.

"그 모습을 하루빨리 보고 싶군! 하지만 일단 폴록이라는 자에 대한 이야기부터 계속해주게."

"아, 그러지. 폴록이라는 자는 그 대단한 인물에게 다가갈 수 있는 연결 고리라네. 조금 멀리 떨어져 있긴 하지만 말이야. 자네니까 하는 말이지만 폴록은 사실 믿을 만한 고리라고 할 순 없어. 지금껏 알아본 결과 이자는 고리 중에 유일하게 약한 존재야."

“아무리 튼튼한 고리라고 해도 연결이 끊어지면 끝이지 않은가.”

“바로 그거야, 왓슨. 그래서 폴록이 중요한 거지. 그자는 약간이긴 하지만 정의를 향한 인간적인 갈망이 남아 있는데다가, 내가 가끔씩 보내주는 십 파운드짜리 지폐에 적당한 자극을 받고 있어. 덕분에 폴록에게 한두 차례 중요한 정보를 받기도 했지. 이미 일어난 범죄에 대한 응징이 아니라 사전에 범죄를 막을 수 있었다는 점에서 아주 가치가 높은 정보였다네. 우리가 편지에 숨겨진 암호를 풀 수만 있다면 이번에도 그만한 가치가 있을 거야.”

홈스는 편지를 다시 펼쳐 빈 접시 위에 놓았다. 나는 자리에서 일어나 홈스의 어깨 너머로 알 수 없는 내용의 편지를 쳐다보았다.

534 C2 13 127 36 31 4 17 21 41

더글러스 109 293 5 37 벌스턴

26 벌스턴 9 127 171

“이게 뭐라고 생각하나, 홈스?”

“비밀리에 정보를 전달하려는 것이 분명하네.”

"암호를 푸는 열쇠도 없이 암호문을 어떻게 해독한단 말인가?"

"이런 경우라면 알 수가 없지."

"'이런 경우'라는 건 무슨 뜻이지?"

"신문의 개인 광고란 같은 곳에는 쉽게 해독할 수 있는 암호들이 많이 있어. 그런 조잡한 암호문은 골치 아플 일도 없고 그저 지적인 즐거움만 안겨주지. 이번 경우는 달라. 이 숫자들은 틀림없이 어떤 책의 특정 쪽에 나오는 단어들을 가리키는 거야. 그래서 내가 어떤 책인지 알아내 해당 쪽을 펼쳐보기 전까지는 무슨 내용인지 전혀 알 수가 없지."

"'더글러스'와 '벌스턴'은 어째서 그대로 쓴 걸까?"

"책에 두 단어가 나오지 않기 때문이겠지."

"폴록은 어째서 무슨 책인지 알려주지 않은 거지?"

"왓슨, 자고로 생각이 있는 사람이라면 한 봉투 안에 암호문과 암호를 푸는 열쇠를 같이 담아 보내진 않는다네. 만에 하나 다른 사람 손에 넘어가기라도 하면 끝이니까 말이지. 두 가지를 따로 보낸다면 일이 틀어질 확률은 훨씬 줄어들 거야. 그런데 두 번째 편지가 아무래도 좀 늦어지는 것 같군. 암호문이 무슨 뜻인지 풀 방법이나 쪽수를 찾아볼 책이 무엇인지를 알려주는 단서가 들어 있을 텐데 말이야."

홈스의 예측대로 바로 몇 분 뒤, 기다리던 편지를 들고 심부

름꾼 소년 빌리가 나타났다.

"똑같은 필체인데 여긴 서명까지 했군."

홈스가 편지 봉투를 뜯었다. 그리고 편지를 펼치면서 의기양양한 목소리로 덧붙였다.

"왓슨, 일이 척척 진행되고 있어."

하지만 편지를 읽는 동안 홈스의 안색이 점차 어두워졌다.

"이런, 실망인데! 왓슨, 우리의 기대가 물거품이 됐어. 다행히 폴록에게 무슨 나쁜 일이 생긴 것 같진 않군."

홈스가 편지를 읽었다.

홈스 선생님께

전 이제 더이상 이 일을 할 수 없을 것 같습니다. 너무 위험해요. 그가 절 의심하고 있습니다. 그가 절 의심하고 있는 게 확실해요. 조금 전에 보내드렸던 암호문을 해독할 실마리를 적은 편지를 봉투에 넣고, 주소를 적었을 때 그가 갑자기 찾아왔습니다. 간신히 봉투를 숨겼기에 망정이지 만일 들켰으면 저는 이미 죽은 목숨이나 다름없었을 겁니다. 하지만 그 눈빛에서 절 의심하고 있다는 것을 알 수 있었어요. 부디 제가 보낸 암호문은 태워버리시기 바랍니다. 그것만으로는 아무 소용이 없을 테니까요.

프레드 폴록

홈스는 바로 편지를 구겨버리더니 얼굴을 찡그린 채 난롯불을 쳐다보았다.

"무슨 일이 있는 건 아닌 것 같네. 아무래도 이자가 양심의 가책을 느낀 모양이군. 자기가 배신자라는 것을 자꾸만 의식하다 보니 상대가 의심하는 눈으로 쳐다본다고 느끼는 거겠지."

"상대가 모리아티 교수인 건가?"

"그렇겠지. 일당 중에 '그'라고 할 만한 사람이 또 누가 있겠나. 그들 중에서 막강한 권력을 가지고 있는 '그'라면 당연히 그 사람이겠지."

"하지만 그자가 무엇을 할 수 있단 말인가?"

"음! 아주 중요한 질문이야. 그는 유럽에서 최고로 뛰어난 두뇌를 가진 사람들 중 한 명이고, 온갖 어둠의 세력들이 배후에 있어. 그러니 무슨 짓이든 못 할 일이 없다고 봐야 할 거야. 어쨌든 우리 친구 폴록은 겁에 질려 제정신이 아닌 것 같군. 편지지의 필체와 봉투의 필체를 한번 비교해보게. 내용으로 봐선 주소를 다 쓴 뒤에 그자가 나타났다고 했어. 그래서 봉투의 주소는 단정하고 깔끔한 필체로 적은 반면 편지는 필체를 알아보기 힘들 정도로 휘갈긴 거겠지."

"그렇다면 어째서 편지를 보낸 걸까? 그냥 그만두면 되잖아?"

"내가 뒷조사를 할까 봐 겁이 났던 거지. 그렇게 되면 자기가 곤경에 처할 수도 있으니까."

"그렇겠군."

나는 처음 받았던 암호문이 적힌 편지를 들어올리며 눈살을 찌푸렸다.

"이 안에 중요한 정보가 담겨 있을지도 모른다고 생각하니 미칠 것 같군. 보통 사람 능력으로는 속에 담긴 내용을 알아낼 수가 없으니 말이야."

셜록 홈스는 손도 대지 않은 아침 식사를 옆으로 밀어내고는 깊은 생각에 잠길 때면 항상 찾는 맛없는 파이프 담배에 불을 붙였다.

"과연 그럴까?"

홈스는 몸을 뒤로 기대며 천장을 올려다보았다.

"어쩌면 자네의 재치 넘치는 머리로도 간과한 점들이 있을지 모르지. 이 문제를 순수이성의 관점에서 생각해보게. 폴록은 암호를 만들 때 어떤 책을 참조했어. 바로 거기서부터 시작하는 거야."

"너무 막연한데."

"좀더 범위를 좁혀보도록 하지. 정신을 집중하면 알아내지 못할 것이 없으니까. 책에 대해 우리가 가지고 있는 단서는 뭔가?"

"아무것도 없어."

"아니지, 아니야. 그 정도로 상황이 나쁘진 않다네. 이 암호문은 534라는 큰 숫자로 시작하지 않나? 534가 어떤 책의 쪽수라는 가설을 세워보세. 우리가 찾아야 할 책이 두꺼운 책이라는 사실을 알 수 있지. 그 두꺼운 책이 무엇인지 알아낼 수 있는 또 다른 단서가 있을까? 바로 뒤에 C2가 나오는군. 뭐라고 생각하나, 왓슨?"

"제2장Chapter이라는 뜻이겠지."

"아니야, 왓슨. 이미 쪽수가 나온 상황에 몇 장인지가 중요할까? 게다가 534쪽이 2장이라면 1장의 길이가 너무 길잖나."

"그럼 단Column이겠군!"

"훌륭해, 왓슨. 오늘 아침에는 자네 머리가 아주 잘 돌아가는걸. 내가 제대로 속아넘어간 게 아니라면 그건 분명히 단을 가리킬 거야. 그럼 이제 우린 아주 두꺼운데다 이 단으로 인쇄된 책을 떠올릴 수 있겠지. 그리고 293번째 단어를 가리킬 암호문의 숫자를 보면 각 단의 길이가 제법 길다는 것도 알 수 있어. 우리가 알아낼 수 있는 건 이 정도인가?"

"이 정도밖에 없는 것 같군."

"자넨 스스로를 너무 과소평가한다니까. 한 번 더 기지를 발휘해보게나, 왓슨. 다른 영감을 떠올려보란 말이네. 만일 평범하게 구할 수 있는 책이 아니라면 폴록은 책을 내게 보내주었을 거야. 그런데 이번 계획을 접기 전에 그 친구는 암호를 풀 수 있는 열쇠를 편지로 알려줄 생각이었어. 편지에도 나와 있었지. 그 말은 내가 책을 찾는 게 쉬울 거라고 생각했다는 뜻이야. 폴록은 책을 가지고 있었어. 그리고 나도 그 책을 가지고 있을 거라고 생각한 거야. 한마디로, 아주 흔한 책이란 말이지."

"확실히 그럴듯하게 들리는군."

"그러니까 우리가 가지고 있는 책들 중에서 두껍고, 이 단으로 인쇄되어 있으면서, 아주 흔한 책을 찾으면 된다는 거지."

"성서!"

내가 의기양양하게 외쳤다.

"좋아, 왓슨. 아주 좋아! 하지만 좀더 생각해봐야 할 것 같네. 내가 또 잘난척하는 것처럼 보일지 모르지만, 모리아티 일당이 성서를 갖고 있을 것 같지는 않아. 더군다나 성서는 판본이 다양해서 폴록이 가지고 있는 것과 내가 가지고 있는 성서의 쪽수가 같지 않을 수도 있어. 우리가 찾는 책은 분명히 표준화된 책일 거야. 폴록은 자기가 가진 책의 534쪽과 내가 가진 책의 534쪽이 똑같다는 걸 알고 있다네."

"조건에 부합하는 책들이 별로 없을 텐데."

"맞아. 우리로선 천만다행이지. 사람들이 대부분 한 권씩 가지고 있을 거라고 생각되는 표준화된 책으로 범위가 좁혀진 걸세."

"브래드쇼 철도 안내서!"

"왓슨. 그것도 문제가 많아. 철도 안내서에 쓰인 어휘들은 지나칠 정도로 간결한데다 제한적이야. 일상적인 메시지를 전달할 단어들을 선택하기에는 폭이 너무 좁지. 그러니 브래드쇼 철도 안내서는 제외해야 할 거야. 같은 이유로 사전도 제외해야겠고. 자, 그럼 남은 게 뭔가?"

"연감이 있군."

"훌륭해, 왓슨! 자네가 그걸 놓칠 수도 있을 거라고 생각했는데, 내가 잘못 생각했어! 바로 연감이야! 《휘터커 연감》이라고 가정해보세. 아주 흔한 책이고 쪽수에서도 조건에 맞아. 그리고 이 단으로 인쇄되어 있지. 앞쪽에서는 말을 아끼지만, 내 기억이 맞다면 뒤쪽으로 갈수록 글이 장황해진다네."

홈스는 책상에 놓여 있던 연감을 집어 들었다.

"534쪽의 두 번째 단에는 영국령 인도의 자원과 무역에 관한 방대한 내용이 실려 있어. 왓슨, 내가 부르는 단어들을 받아 적어주게. 13번째 단어는 '마라타'. 흠, 어쩐지 시작부터 불길한데. 127번째 단어는 '정부', 적어도 뜻은 통하는군. 모리아티 교수나 우리와는 별로 상관이 없을 것 같긴 하지만 말이야. 자, 다음 단어를 찾아볼까. 마라타 정부가 무엇을 했다는 거지? 이런! 그다음 단어가 '돼지 털'이야. 아무래도 이 책은 아닌 것 같네,

왓슨! 망했어."

홈스는 농담처럼 말했지만, 실룩거리는 짙은 눈썹을 보아 하니 결과에 실망하고 짜증이 났다는 것을 알 수 있었다. 나도 무기력하고 불편한 마음에 난롯불만 쳐다보고 있었다. 한참 동안 침묵이 흘렀다. 갑자기 홈스가 탄성을 지르면서 책장으로 달려가더니 또 다른 노란색 표지의 책을 꺼냈다.

"우리가 너무 최신 자료만 생각했던 거야, 왓슨. 너무 앞서가다가 오히려 헛짚은 거지. 오늘 날짜가 1월 7일이라 우린 자연스럽게 신년 연감을 펼쳤어. 하지만 폴록은 작년 연감을 보고 암호문을 작성했을 거야. 만일 예정했던 대로 암호문을 푸는 열쇠가 될 편지를 보냈다면 우리에게 작년 연감을 보라고 했을 테지. 자, 534쪽에 뭐가 있는지 보세. 13번째 단어가 '그곳'이야. 뭔가 말이 되는 것 같군. 127번째 단어는 '있다'……. '그곳에 있다.'"

흥분한 홈스의 눈에서 빛이 나기 시작했다. 단어들을 짚어나가는 그의 가느다란 손가락들도 신경질적으로 움찔거렸다.

"'위험.' 하! 하! 중요한 말이야! 받아 적게, 왓슨. '그곳에 위험이 있다……. 아마…… 곧…… 닥칠 것이다.' 그 뒤에 '더글러스'라는 이름을 쓰고……. '부유한…… 시골…… 지금…… 벌스턴…… 저택…… 벌스턴…… 확신…… 긴박.' 이보게, 왓슨! 순수

이성이 보여준 성과에 대해 어떻게 생각하나? 청과물 가게에서 월계관도 판다면 빌리에게 사 오라고 하고 싶은 심정이군."

나는 홈스가 부르는 대로 급하게 받아 적은 이상한 내용이 적힌 종이를 무릎 위에 올려놓고 한참 동안 쳐다보다 말했다.

"말을 전하는 방법이 참 이상하고 뒤죽박죽인데."

"아니, 도리어 이 친구가 기막히게 잘해낸 걸세. 자신이 전달하고 싶은 내용을 표현할 단어들을 한 단락 안에서 찾아낸다는 건 생각보다 훨씬 힘든 일이지. 미처 담지 못한 말들은 상대방이 알아서 이해해주기를 바라는 수밖에 없어. 이 메시지에는 주제가 명확하게 드러나 있다네. 더글러스라는 사람에게 끔찍한 일이 일어난다는 거지. 이 사람이 누군지는 모르겠지만 벌스턴이라는 곳에 사는 부유한 시골 신사일 거야. 폴록은 사건이 긴박하게 벌어질 것을 확신하고 있다네. 이게 우리가 내릴 수 있는 결론이지. 이 정도 분석이면 제법 그럴듯한 것 같은데."

홈스는 일이 잘 풀리면 진정한 예술가로서 순전한 희열을 느꼈다. 반대로 일이 생각했던 대로 풀리지 않았을 때는 남몰래 한탄하곤 했다. 홈스가 자신의 성공을 만끽하며 한참 동안 큰 소리로 웃고 있을 때 빌리가 방문을 열고 맥도널드 경위를 안으로 안내했다.

앨릭 맥도널드는 경찰 일을 시작한 지 얼마 안 되었던 1880년

대 말까지만 해도 지금처럼 전국적으로 명성을 얻진 못했다. 그는 젊었지만 동료들의 신뢰를 받는 경찰이었고, 몇몇 사건을 계기로 두각을 나타내기 시작했다. 맥도널드는 키가 크고 뼈대가 굵은 체형에 체력도 좋았다. 큰 두개골과 짙은 눈썹 아래로 깊은 안와 속 반짝거리는 눈동자를 보면 그가 뛰어난 지성을 가지고 있다는 것을 알 수 있었다. 맥도널드는 말이 많지 않고 엄격한 성격에 매사가 정확한 사람이었다. 말을 할 때는 애버딘 억양이 강하게 드러났다. 그는 지금까지 홈스의 도움을 받아 사건을 해결한 적이 두 번 있었다. 사건 해결의 공은 맥도널드에게 돌아갔고 홈스는 사건을 추리하는 과정에서 오는 지적인 즐거움을 보상으로 받았을 뿐이다. 그런 이유로 맥도널드는 홈스에게 깊은 애정과 존경심을 품고 어려운 일이 있을 때마다 찾아와 모든 것을 털어놓고 도움을 청했다. 평범한 사람은 자신보다 뛰어난 존재를 알아보지 못하지만 재능이 있는 사람은 천재를 알아보는 법이다. 맥도널드 경위는 맡은 일에 충분한 재능을 가지고 있었기에, 경험적인 측면으로나 능력적인 면으로 보나 유럽에서 독보적인 위치에 있는 인물에게 조언을 청하는 것을 전혀 수치스럽게 여기지 않았다. 사람 사귀는 일에 인색한 홈스도 이 덩치 큰 스코틀랜드인에게는 너그러웠다. 지금도 홈스는 맥도널드를 보자마자 미소를 지으며 말했다.

“일찍 일어난 새가 벌레를 잡는다고 하죠. 경위가 이렇게 일찍 나온 걸 보니 좋은 성과가 있었으면 좋겠습니다. 문제가 생긴 것 같아 걱정도 되지만.”

“걱정이 아니라 기대를 하시는 것 같은데요, 홈스 선생님.”

맥도널드가 다 안다는 것처럼 싱긋 웃으며 말했다.

“독한 술을 조금 마시면 쌀쌀한 아침 기운을 이겨낼 수 있을 것 같긴 합니다. 아뇨, 고맙지만 담배는 됐습니다. 바로 가봐야 하니까요. 사건 현장에 빨리 도착하는 것이 중요하다는 건 선생님께서 누구보다 잘 알고 계시잖습니까. 그런데…… 그런데…….”

맥도널드는 말을 하다 말고 놀란 얼굴로 탁자 위의 종이를 쳐다보았다. 내가 조금 전에 홈스가 해석한 암호문을 받아 적은 종이였다.

“더글러스! 벌스턴! 이게 뭡니까, 홈스 선생님? 마법이라도 부리신 겁니까! 이 이름들은 어떻게 아셨습니까?”

맥도널드가 말을 더듬었다.

“이건 왓슨 박사와 함께 해독한 암호문입니다. 이 이름들과 연관된 무슨 일이라도 생겼습니까?”

맥도널드는 멍한 표정으로 우리의 얼굴을 차례로 쳐다보았다.

“더글러스 씨가 오늘 아침에 벌스턴 저택에서 끔찍하게 살해당했습니다.”

셜록 홈스의 이야기

2.

홈스의 존재는 극적인 순간에 돋보였다. 그는 엄청난 소식을 들은 뒤에도 전혀 흥분한 것처럼 보이지 않았고 충격을 받은 것 같지도 않았다. 그건 성품이 잔인해서가 아니라, 오랜 세월 동안 과도한 자극을 받다 보니 감정이 무뎌졌기 때문이다. 감정이 둔할지는 몰라도 홈스의 지적 통찰력은 어느 때보다 활발하게 작용하고 있었다. 맥도널드 경위의 말에 나는 공포를 느꼈지만 홈스는 별다른 감정을 드러내지 않았다. 마치 과포화용액에서 형성되는 결정체를 흥미롭게 지켜보는 화학자처럼 보였다.

"기가 막히는군! 정말 굉장하네요."

홈스가 말했다.

"선생님은 전혀 놀라지 않으신 것 같습니다."

"흥미로운 일이긴 해도 놀랄 일은 아닙니다, 맥 경위. 놀랄 일이 뭐가 있겠습니까? 난 십오 분 전에 어떤 사람이 심각한 위협을 받고 있다는 사실을 알려주는 중요한 익명의 편지를 받았습니다. 그리고 한 시간도 안 돼서 위협이 현실로 나타나, 그 사람이 결국 죽었다는 이야기를 듣게 되었습니다. 흥미롭긴 해도 놀랄 일은 아니란 거죠."

홈스는 맥도널드에게 편지와 암호문에 대해 간략히 설명해주었다. 맥도널드는 양손으로 턱을 괴고 앉아 이야기를 들었다. 그가 눈살을 찌푸리자 옅은 갈색의 촘촘한 눈썹이 하나로 이어진 것처럼 보였다.

"전 벌스턴으로 가는 길에, 선생님과 여기 계신 친구분이 함께 가주실 수 있을지 여쭤보러 들른 겁니다. 그런데 지금 선생님의 말씀을 듣고 보니 우리 모두 런던에 그대로 있는 편이 수사에 도움이 될지도 모르겠다는 생각이 드는군요."

맥도널드가 말했다.

"난 그렇게 생각하지 않습니다."

홈스가 말했다.

"홈스 선생님! 하루이틀 안에 온 신문이 '벌스턴의 수수께끼'라는 기사로 도배될 겁니다. 하지만 사건이 일어나기 전에 런던에 있는 사람이 그 범죄를 예고했다면 더이상 수수께끼라고 할 것도 없지 않습니까? 그 남자만 붙잡으면 끝나는 일이니까요!"

"그야 그렇죠. 그러면 이 폴록이라는 자는 어떻게 붙잡을 겁니까?"

맥도널드는 홈스가 건네준 편지 봉투를 뒤집어보았다.

"캠버웰에서 보낸 편지군요. 발신지는 별 도움이 되지 않을 것 같습니다. 이름도 가명이라고 했고, 쓸 만한 정보가 별로 없군요. 참, 이자에게 돈을 보내준 적이 있다고 하셨죠?"

"두 번 보냈죠."

"어떻게 보내셨습니까?"

"지폐를 캠버웰 우체국으로 보냈습니다."

"돈을 누가 찾아갔는지는 확인하셨겠죠?"

"아니요."

맥도널드는 놀라고 약간 충격을 받은 것 같았다.

"어째서요?"

"난 항상 신의를 지키니까. 폴록과 처음 편지를 주고받을 때 뒤를 쫓지 않겠다고 약속했습니다."

"선생님은 배후에 누군가 있다고 생각하십니까?"

"물론입니다."

"전에 말씀하셨던 교수입니까?"

"맞습니다."

맥도널드는 미소를 지었다. 그리고 눈꺼풀을 떨며 나를 돌아보았다.

"솔직히 말씀드리면, 우리 범죄 수사과에서는 선생님이 그 교수에게 지나치게 집착한다고 여기고 있습니다. 그래도 조사는 해봤죠. 교수는 학식이 뛰어나고 재능도 많으며 세상 사람들에게 널리 존경을 받는 인물이더군요."

"경위가 그자의 재능을 알아봤다니 다행이군요."

"알아보지 못하는 게 더 이상할 겁니다. 선생님의 말씀을 듣고 직접 교수를 만나러 갔죠. 우리는 일식과 월식에 대한 이야기를 나눴습니다. 어쩌다 그런 이야기를 하게 된 건지 모르겠지만 교수는 반사판이 달린 손전등과 지구본을 꺼내 그 자리에서 쉽게 설명해주더군요. 책도 빌려주었습니다. 제 머리로는 따라가기 벅찼지만요. 저도 나름 애버딘에서 좋은 교육을 받았다고 생각하는데 말입니다. 교수는 얼굴이 바짝 마른데다가 백발이고 말하는 방식도 엄숙해서 마치 성직자 같은 인상이었어요. 헤어질 때가 되자 춥고 잔인한 세상에 나가기 전에 축복을 내려주는 신부님처럼 제 어깨를 두드려주었습니다."

홈스는 소리 내어 웃고는 양손을 문질렀다.

"대단하다니까! 정말 대단해! 말해봐요, 맥도널드 경위. 기쁨과 감동이 함께한 만남의 장소가 교수의 서재였습니까?"

"맞습니다."

"좋은 방이죠. 안 그렇습니까?"

"아주 좋았습니다. 정말 멋진 곳이었죠."

"경위는 교수의 책상 맞은편에 앉아 있었습니까?"

"그랬습니다."

"경위가 햇빛을 받는 자리에 앉고 교수는 그늘진 쪽에 앉아 있었죠?"

"아, 그때는 저녁이었습니다. 하지만 등불 불빛이 제 얼굴 쪽을 비추고 있었어요."

"그랬을 겁니다. 그럼 혹시 교수의 머리 뒤쪽에 걸려 있는 그림을 봤습니까?"

"물론이죠. 선생님의 가르침을 따라 더 세심히 주위를 살피고 있으니까요. 그림을 봤습니다. 젊은 여자가 양손을 포개어 얼굴에 대고 곁눈질을 하고 있는 그림이었죠."

"그 그림은 장 밥티스트 그뢰즈의 작품이에요."

맥도널드는 관심이 있는 척하려고 애쓰고 있었다.

"장 밥티스트 그뢰즈는……."

홈스는 양손의 끝을 모은 뒤 의자에 등을 기댔다.

"1750년에서 1800년 사이에 왕성하게 활동한 프랑스 화가입니다. 물론 화가로서의 작품 활동 시기를 말하는 겁니다. 현대

비평가들은 당대 비평가들보다 그뢰즈에 대해 훨씬 높게 평가하고 있어요."

맥도널드의 눈을 보니 그는 이미 딴생각을 하고 있었다.

"그보다는 사건 이야기를 하는 편이……."

맥도널드가 말했다.

"지금 그 이야기를 하는 중입니다."

홈스가 말을 가로막았다.

"내가 지금 말하고 있는 내용은 경위가 '벌스턴의 수수께끼'라고 부르는 사건과 직접적이고 중요한 연관이 있습니다. 사실상 사건의 핵심이라고 할 수도 있을 겁니다."

맥도널드는 희미하게 미소를 짓더니 호소하는 눈빛으로 나를 돌아보았다.

"선생님은 사고 전환 속도가 너무 빠른데다가 연결 고리를 한두 개씩 건너뛰기 때문에 제가 따라잡기 힘듭니다. 대체 죽은 화가와 벌스턴 사건에 무슨 연관이 있단 말입니까?"

"모든 지식은 탐정에게 유용한 법이죠. 그뢰즈가 1865년에 그린 〈어린 양과 함께 있는 아가씨〉라는 그림이 포르탈리스 경매에서 사천 파운드가 넘는 가격에 팔렸답니다. 별것 아닌 정보처럼 보이지만, 잘 생각해보면 거기서부터 실마리가 풀리기 시작할 겁니다."

홈스가 말한 대로였다. 맥도널드는 진짜로 흥미를 가지기 시작한 것처럼 보였다.

홈스가 말을 이었다.

"정보를 하나 더 드리죠. 믿을 수 있는 자료에 따르면 교수의 연봉은 칠백 파운드라고 하더군요."

"어떻게 그 그림을 살 수가……."

"바로 그겁니다. 어떻게 샀을 것 같습니까?"

"아, 정말 놀라운데요. 계속 말씀해주십시오, 홈스 선생님. 좀더 듣고 싶습니다. 아주 흥미롭군요."

맥도널드가 진지하게 말했다.

홈스는 미소를 지었다. 진정한 예술가답게 그는 상대방이 진심에서 우러난 존경을 보일 때면 항상 뿌듯하게 여겼다.

"이제 벌스턴으로 출발해야 하지 않을까요?"

홈스가 물었다.

"아직 시간이 있습니다."

경위가 시계를 흘깃 보며 말했다.

"문 앞에 마차를 대기시켜놓았으니 빅토리아 역까지는 이십 분도 걸리지 않을 겁니다. 그런데 그림은……. 홈스 선생님은 모리아티 교수를 한 번도 만난 적이 없다고 하셨던 것 같은데요."

"맞아요. 한 번도 만난 적이 없습니다."

"그런데 그 그림이 교수의 서재에 걸려 있다는 사실을 어떻게 아시는 겁니까?"

"아, 그건 다른 문제입니다. 난 그 방에 세 번 들어갔어요. 두 번은 교수를 기다린다는 구실로 들어갔다가 그자가 오기 전에 나왔고 나머지 한 번은…… 경찰 앞에서 말하긴 조금 어려운 경우로군요. 어쨌든 그때 서재에 있는 서류들을 살펴보았습니다. 의외의 결과가 나오더군요."

"뭔가 수상한 점이라도 발견한 겁니까?"

"아니, 아무것도 없었습니다. 바로 그 점이 놀라웠죠. 어쨌든 이제 그림의 의미를 알았을 겁니다. 그림은 교수가 굉장한 부자라는 것을 보여주고 있죠. 어떻게 그런 부를 축적했을까? 모리아티 교수는 결혼을 하지 않았습니다. 남동생은 잉글랜드 서부에서 역장으로 일하고 있고. 교수 연봉은 칠백 파운드밖에 안 되지요. 그런데 그뢰즈의 그림을 가지고 있단 말입니다."

"그렇다는 건?"

"그것만 봐도 명확하지 않습니까?"

"선생님 말씀은 교수가 엄청난 재산을 불법적인 방식으로 취득한 거란 뜻인가요?"

"그렇지. 바로 그겁니다. 물론 그렇게 생각할 만한 다른 이유들도 있습니다. 수십 가닥의 가느다란 실이 독거미가 꼼짝도 않고 숨어 있는 거미집의 중심으로 희미하게 연결되어 있죠. 내가 그리즈의 그림만 언급한 건 경위가 직접 눈으로 본 소재를 통해 이 문제를 알려주고 싶었기 때문입니다."

"선생님의 말씀이 흥미로운 건 사실입니다. 아니, 흥미로운 정도가 아니에요. 굉장한 이야기입니다. 가능하다면 구체적으로 말씀해주실 수 있을까요? 이를테면 가짜 그림이나 화폐 위조라든가 강도 사건 같은 것처럼 말입니다. 돈이 어디서 난 걸까요?"

"조너선 와일드에 대해 들어본 적 있습니까?"

"들어본 적은 있는 것 같습니다. 소설에 나온 인물 아닌가요? 탐정이 나오는 소설들은 별로 보지 않아서 말입니다. 책에 나오는 탐정들은 사건을 해결해도 어떻게 한 건지 알려주지 않으니까요. 제대로 조사를 하는 게 아니라 전부 영감으로 해결해버리지 않습니까."

"조너선 와일드는 탐정도 아니고 소설에 등장하는 인물도 아닙니다. 그자는 지난 세기, 그러니까 대략 1750년경에 살았던 범죄자죠."

"그러면 제겐 별 쓸모가 없겠습니다. 전 현실적인 사람이거든요."

"맥 경위, 정말 현실적인 수사관이 되고 싶다면 석 달쯤 집에 틀어박혀 하루에 열두 시간씩 범죄 기록들을 읽어봐야 할 겁니다. 모든 범죄는 돌고 도는 법이니 말입니다. 모리아티조차 그렇죠. 조너선 와일드는 런던 범죄자들의 숨은 실세였습니다. 그자는 자신의 두뇌와 조직을 빌려주고 십오 퍼센트의 수수료를 받아 챙겼죠. 그런 자들은 예전에도 있었고 앞으로도 있을 겁니다. 이 모든 일들이 예전에 있었던 일이고 앞으로 일어날 일들이란 거죠. 모리아티에 관해 경위가 관심을 가질 만한 이야기를 몇 개 해줄까 합니다만."

"정말 듣고 싶습니다."

"난 우연히 모리아티와 연결된 사슬의 첫 번째 인물을 알게 되었습니다. 사슬의 한쪽 끝에 길을 잘못 든 나폴레옹 같은 인물이 있고, 반대편에는 폭력배와 공갈범, 카드 게임 사기꾼을 비롯한 온갖 범죄자들 백 명이 우글거리고 있는 거죠. 모리아티의 참모 격인 서배스천 모런 대령 역시 법망의 밖에 있습니다. 모리아티가 대령에게 급여를 얼마나 줄 것 같습니까?"

"모르겠습니다."

"일 년에 육천 파운드입니다. 뛰어난 두뇌에 대한 대가인데, 이게 바로 미국식 상업주의입니다. 어쩌다 제법 자세히 알게 되었습니다만 대령은 영국 수상보다도 수입이 많아요. 이것만 봐도 모리아티의 수입이 얼마나 되는지, 어느 정도 규모로 일을 벌이고 있는지 감이 올 겁니다. 한 가지 더 주목할 점이 있어요. 최근에 모리아티 교수가 쓴 수표들을 추적해봤습니다. 생활비로 지불한 평범한 보통 수표들이 제각각 여섯 개의 다른 은행에서 발행되었더군요. 이 점에 대해서는 어떻게 생각합니까?"

"확실히 수상합니다. 이유가 뭐라고 생각하십니까?"

"교수는 자신이 부자라는 소문이 도는 것을 원하지 않는 겁니다. 그가 무슨 짓을 하는지 아무도 몰라야 하니까. 틀림없이 교수의 은행 계좌는 스무 개도 넘을 겁니다. 그리고 재산의 대부분은 외국으로 빼돌려 독일의 도이치은행이나 프랑스의 크레디리요네은행 같은 곳에 맡겨두었겠죠. 내 생각엔 경위가 시간 여유가 있을 때마다 모리아티 교수에 대해 조사를 하면 좋을 것 같습니다."

맥도널드는 대화가 진행될수록 점점 더 강한 인상을 받은 것 같았다. 그는 이 주제에 완전히 빠져 있었다. 하지만 지극히 현실적인 스코틀랜드인답게 당면한 문제로 재빨리 돌아갔다.

"모리아티 교수에 대해서는 염두에 두고 있겠습니다. 선생님이 흥미로운 사례들을 말씀해주시는 바람에 이야기가 완전히 옆길로 새고 말았네요. 지금 중요한 건 선생님 말씀대로 이번 사건과 그 교수 사이에 뭔가 연관이 있다는 겁니다. 폴록이라는 자로부터 경고 편지를 받았다고 하셨죠. 거기서 현재 상황에 실질적인 도움이 될 만한 건 더 없습니까?"

"범죄의 동기가 무엇인지 어느 정도 짐작할 수 있게 해주죠. 맥 경위의 말만 들었을 때 이 사건은 이해할 수 없을 뿐만 아니라 설명조차 하기 힘든 살인 사건입니다. 이제 사건을 우리가 의심하고 있는 자의 주도로 벌어진 일이라고 가정한다면 범행 동기는 두 가지로 좁힐 수 있습니다. 전에 말했는지 모르겠지만 모리아티는 자기 부하들을 엄격하게 다스리고 있습니다. 규율이 아주 대단하지요. 규율을 어겼을 경우 처벌은 한 가지밖에 없습니다. 바로 죽음이죠. 이제 우리는 살해된 남자, 그러니까 범죄 조직의 말단인 폴록이 예고한 운명의 주인공인 더글러스가 두목을 배신했을 거란 추측을 할 수 있습니다. 모리아티는 배신에는 죽음이 따른다는 본을 보이기 위해 그 남자를 죽였을 수도 있습니다."

"음. 그럴 수도 있겠군요, 홈스 선생님."

"다른 한 가지 동기는 모리아티가 평소처럼 의뢰를 받고 한 일일 수도 있다는 겁니다. 혹시 범행 현장에서 도둑맞은 물건이 있었습니까?"

"아직 그런 얘긴 듣지 못했습니다."

"물건을 도둑맞았다면, 첫 번째 가설보다는 두 번째 가설이 들어맞을 가능성이 큽니다. 그런 경우라면 범행을 의뢰한 사람이 모리아티에게 훔친 물건을 나눠주기로 약속했을 수도 있고,

상응하는 대가를 지불하기로 했을 수도 있죠. 어느 쪽이든 가능합니다. 만일 그런 게 아니라면 세 번째 동기가 있을 수도 있고. 그러니 사건을 해결하기 위해서는 일단 벌스턴으로 가야 합니다. 내가 알기론 모리아티가 이번 사건과 자신을 연관시킬 만한 것들을 런던에 남겨놓았을 리가 없으니까요."

"그렇다면 벌스턴으로 가시죠!"

맥도널드가 자리에서 벌떡 일어나며 말했다.

"이런! 제 생각보다 시간이 많이 지체됐군요. 두 분 다 오 분 안에 준비를 끝내셔야 할 것 같습니다."

"그 정도면 충분합니다."

홈스가 자리에서 일어나 실내복을 벗고 코트로 갈아입으며 말했다.

"맥 경위, 사건에 관련된 자세한 이야기는 가는 길에 해주십시오."

나중에 사건에 관한 이야기를 듣고 보니 "자세한 이야기"라고 할 것도 없을 정도로 정보가 부족했다. 그럼에도 홈스의 관심을 끌기엔 충분한 사건이라는 것을 알 수 있었다. 그는 맥도널드의 빈약하기 짝이 없는 설명을 들으면서 밝은 표정으로 양손을 문지르고 있었다. 지난 몇 주 동안 제대로 된 사건이 없어 뛰어난 능력을 전혀 발휘하지 못하고 있던 참이었다. 날카로운 두뇌도 계속 쓰지 않으면 무뎌지고 녹이 슬기 마련이다. 셜록 홈스의 눈이 반짝거리고 창백한 뺨에 생기가 돌기 시작했다. 진지한 얼굴에 사건을 맡을 때마다 드러나는 열의가 떠오르기 시작했다. 그는 마차 안에서 몸을 앞으로 내민 채, 서식스 주에서 우리를 기다리는 사건에 대해 설명하는 맥도널드의 말에 귀를 기울였다. 경위가 아는 것은 그날 새벽 기차편으로 받은 편지에 적혀 있는 내용뿐이었다. 서식스 경찰인 화이트 메이슨과 개인적인 친분이 있는 덕에 맥도널드 경위는 런던 경찰청으로 지원 요청이 들어왔을 때 사건 내용을 다른 사람들보다 훨씬 빨리 알 수 있었다. 지방에서 단서가 별로 없는 난해한 사건이 발생한 경우 런던 경찰청에 지원을 요청하곤 했다.

맥도널드가 메이슨이 보낸 편지를 읽어주었다.

맥도널드 경위. 경위의 지원을 요청하는 공문도 함께 보내오. 이건 개인적으로 보내는 편지라오. 몇 시 기차를 타고 오는지 전보로 알려주면 마중을 나가겠소. 내가 나갈 수 없는 상황일 때는 다른 사람을 대신 보내고. 이번 사건은 아주 복잡한 것 같소. 곧장 이곳으로 와줬으면 좋겠군요. 가능하면 홈스 선생도 모시고 오면 좋을 것 같은데. 홈스 선생이 좋아할 만한 사건이니 말이오. 한복판에 시체가 놓여 있는 것만 빼면 사건 현장은 마치 꾸

며놓은 연극 무대처럼 보인다오. 아무리 봐도 골치 아픈 사건이 라니까!

"친구가 바보는 아닌 것 같군요."

홈스가 말했다.

"그럴 리가요. 제가 보기에 화이트 메이슨 반장님은 빈틈없는 사람입니다."

"다른 내용은 없습니까?"

"그곳에 도착하면 반장님이 전부 설명해줄 겁니다."

"그렇다면 경위는 더글러스 씨가 끔찍하게 살해당했다는 사실을 어떻게 알았습니까?"

"함께 보낸 공문을 보고 알았습니다. '끔찍한'이라는 말은 없었지만요. 사실 공문에 쓸 만한 용어는 아니잖습니까. 피해자의 이름은 존 더글러스로, 산탄총에 머리를 맞았습니다. 사건 발생 시간은 지난밤 자정 무렵이라더군요. 더불어 이번 사건은 살인 사건이 분명하며, 용의자도 없고, 사건 자체가 복잡한데다, 특이하다고 합니다. 제가 알고 있는 내용은 그게 답니다, 선생님."

"그렇다면 사건 얘기는 이쯤에서 그만하죠. 불충분한 자료로 섣부르게 세우는 이론은 우리 같은 직업을 가진 사람들에겐 독이나 마찬가지입니다. 지금으로선 확실한 게 두 가지밖에 없군요. 런던에 있는 범죄의 배후와 서식스에서 죽은 남자. 우리가 할 일은 둘 사이의 연결 고리를 찾아내는 겁니다."

벌스턴의 비극

3.

이제부터 이 글에서 별로 중요하지 않은 나라는 존재를 빼고 우리가 현장에 도착하기 전까지 있었던 일들을 객관적으로 설명하고자 한다. 이렇게 해야만 독자들이 사건에 연루된 인물들과 그들의 운명을 결정지은 낯선 배경을 이해할 수 있을 것이다.

벌스턴은 서식스 북쪽 경계선 근처에 위치한 오래된 작은 마을로, 나무로 지은 작은 집들이 모여 있다. 몇백 년 동안 예전 그대로의 모습을 간직한 마을의 그림 같은 풍경과 위치에 매력을 느낀 부자들이 모여들면서 몇 년 사이 숲 주위에 대저택들이 들어서기 시작했다. 이 숲은 월드 대삼림의 가장자리에서 시작해 나무들이 점차 줄어드는 북쪽 석회암 지대까지 펼쳐진다. 인구가 늘어나면서 작은 상점들이 생기기 시작하니 머지않아 벌스턴은 구식 마을에서 현대적인 도시로 탈바꿈할 것처럼 보였다. 가장 가까운 주요 도시인 턴브리지웰스는 켄트 주 경계선을 지나 십육 킬로미터에서 이십 킬로미터가량 떨어져 있었기 때문에 이미 벌스턴은 꽤 넓은 지역의 중심부나 다름없었다.

마을에서 팔백 미터가량 떨어진 곳에는 커다란 너도밤나무들로 유명한 오래된 정원과 더불어 벌스턴 대저택이 있다. 이 유서 깊은 저택의 역사는 1차 십자군 전쟁 때로 거슬러 올라간다. 휴고 드 카푸스가 붉은 왕■으로부터 하사받은 영지의 한복판에 작은 요새를 지었는데 1543년에 화재로 소실되었다. 제임스 1세가 통치하던 시절, 봉건시대 요새의 폐허 위에 시골 저택이 지어졌다.

저택에는 불에 그을린 옛 주춧돌이 그대로 사용되었다. 수많은 박공과 작은 마름모꼴의 창틀이 달린 대저택에는 처음 지었던 17세기 초반의 모습이 아직까지 많이 남아 있다. 전투에서 성채를 보호하기 위해 만들었던 이중 해자 중 바깥 해자는 물을 퍼내 텃밭으로 만들었다. 여전히 물이 흐르고 있는 안쪽 해자는 저택 전체를 에워싸고 있었다. 그다지 깊지는 않았지만 폭이 십이 미터였다. 시냇물이 계속 흘러들었기 때문에 물이 탁하긴 해

■ 윌리엄 2세. 안색이 붉어 '붉은 왕'으로 불렸다.

도 지저분하게 고여 썩진 않았다. 1층 창문들은 수면에서 삼십 센티미터도 채 떨어져 있지 않았다. 저택으로 들어가기 위해서는 도개교를 건너는 방법밖에 없었다. 다리에 연결된 쇠사슬과 권양기는 세월이 오래 흐른 탓에 녹슬고 고장난 상태였다. 하지만 최근 저택을 구입한 사람이 도개교를 수리해 제대로 작동하게 만들었을 뿐만 아니라 실제로 저녁마다 도개교를 올리고 아침이 되어서야 내리곤 했다. 새삼스레 중세의 관습을 따르다 보니 저택은 밤마다 섬으로 변했다. 머지않아 영국 전체의 주목을 받게 된 사건의 수수께끼가 바로 여기에 있다.

더글러스 일가가 들어오기 전까지 저택은 몇 년간 방치된 채 금세라도 무너질 것 같은 폐가로 전락해 있었다. 일가라고 해봐야 존 더글러스와 부인뿐이었다. 더글러스는 인품으로나 세간의 평판으로 보나 여러 가지로 뛰어난 인물이었다. 오십 대인 그는 강인해 보이는 턱과 주름진 얼굴, 하얗게 센 콧수염, 유난히 날카로운 회색 눈을 가지고 있었으며 마르긴 했어도 다부진 몸은 젊은 시절의 힘과 활기를 하나도 잃지 않은 듯했다. 누구에게나 유쾌하고 친절했지만 예의를 차리지는 않아 서식스 사교계 사람들의 눈에는 사회적인 계급이 많이 떨어지는 것처럼 보였다. 교양 있는 이웃들이 신중하고도 호기심 어린 눈으로 더글러스를 지켜보는 사이 그는 금세 마을의 유명 인사가 되었다.

온갖 지역 사업에 거금을 기부했고 흡연이 가능한 음악회를 비롯한 각종 행사에 참석했다. 더글러스는 성량이 풍부한 테너 목소리를 가지고 있었기에 근사한 노래를 부르기도 했다. 재산이 아주 많아 보이는 그에 대해서 캘리포니아 금광에서 엄청난 돈을 벌었다는 소문도 돌았다. 더글러스나 부인의 말을 들어보면 한동안 미국에서 살았던 것은 사실인 듯했다.

더글러스는 너그럽고 친근한 태도로 사람들에게 좋은 인상을 주기 시작하더니, 어떤 위험에도 굴하지 않는 자세로 명성을 얻어 평판이 치솟았다. 그는 말을 잘 타지 못했음에도 사냥 대회가 열릴 때마다 참석해서 열성적으로 활약하다가 극적인 모습으로 낙마하여 사람들에게 볼거리를 선사하기도 했다. 사제관에 불이 났을 때는 지역 소방대조차 더이상은 불가능하다고 포기한 시점에 두려워하지 않고 혼자 안으로 들어가 물건들을 꺼내오기도 했다. 그렇게 존 더글러스는 벌스턴에 온 지 오 년도 되지 않아 지역의 유명 인사가 되었다.

더글러스의 아내 역시 지인들 사이에서 인기가 좋았다. 원래 영국 사람들은 아무 연고 없이 새로 정착한 낯선 사람의 집에 찾아가는 일이 드물지만 그녀는 그런 일에 별로 신경쓰지 않았다. 본래 성격이 내성적이기도 했고 겉으로 보기에도 남편과 가사에만 신경쓰는 것처럼 보였다. 영국인인 그녀는 때마침 홀

몸이 된 더글러스를 런던에서 만났다고 했다. 그녀는 아름다웠다. 짙은 갈색 머리에 키가 크고 날씬했다. 남편보다 스무 살은 어린 것 같았지만 나이 차이는 두 사람의 부부 생활에 전혀 문제가 되지 않아 보였다. 하지만 이 부부에 대해 잘 알고 있다고 생각하는 사람들은 두 사람 사이가 완벽해 보이진 않는다고 말하곤 했다. 아내가 남편의 과거에 대해 거의 이야기를 하지 않는 이유는 본래 말이 적은 탓도 있겠지만 그보다는 아는 것이 별로 없는 탓인 듯했다. 남 이야기를 하기 좋아하는 몇몇 사람들의 말에 따르면 더글러스 부인은 때때로 신경과민 증상을 보였는데, 외출한 남편이 어쩌다 늦게 돌아오는 날에는 극도로 불안해한다고 했다. 조용한 시골 마을이다 보니 뜬소문은 언제나 좋은 이야깃거리였다. 대저택에 사는 부인의 약점은 그대로 묻힐 리 없었고 무슨 일만 생겨도 중요한 의미가 있는 것처럼 부풀려졌다.

가끔씩이긴 하지만 저택에서 지내는 다른 사람이 있었다. 그 기이한 사건이 일어난 날에도 저택에 있었던 덕분에 이름이 세간에 널리 알려졌다. 남자의 이름은 세실 제임스 바커로, 햄프스테드의 헤일스 로지에 살고 있었다. 세실 바커가 저택에 찾아와 머무는 일이 워낙 잦았던 터라 큰 키로 벌스턴의 거리를 오가는 모습이 마을 사람들 눈에도 익숙했다. 바커는 새롭게 영국 생활을 시작한 더글러스의 알려지지 않은 과거와 유일하게 연결된 친구라는 점에서 주목받았다. 바커는 영국인이었고 본인 말에 따르면 더글러스와는 미국에서 처음 만났으며 그때부터 아주 친하게 지냈다고 했다. 그 역시 상당한 재산가로 보였지만 결혼은 하지 않은 듯했다. 나이는 더글러스보다 아래로, 많아 봐야 마흔다섯 살 정도 되는 것 같았다. 그는 키가 크고 가슴이 떡 벌어졌고 자세가 꼿꼿했다. 깨끗하게 면도한 얼굴은 마치 권투 선수처럼 보였다. 숱이 많고 강인해 보이는 검은 눈썹과 강렬한 검은 눈동자는 적진 한가운데를 손 하나 쓰지 않고 무사통과할 수 있는 힘을 가진 듯했다. 바커는 승마나 사격을 하지 않았다. 입에 파이프 담배를 문 채 마을을 어슬렁거리며 돌아다니거나 더글러스와 함께 마차를 타고 경치 좋은 교외로 놀러 다니곤 했다. 더글러스가 없을 때는 부인과 함께 다녔다.

"너그럽고 대범한 신사분이십니다. 하지만 저라면 그분의 뜻을 거스르는 일은 하지 않을 겁니다."

집사 에임스가 말했다.

더글러스와 아주 가까운 사이인 바커는 부인과의 사이도 그에 못지않게 좋았다. 그게 여러 번 남편인 더글러스의 심기를 건드린 탓에 하인들까지 알아차릴 정도였다. 비극적인 사건이 일어났을 때 가족이나 다름없는 바커도 저택에 함께 있었다. 그 외에

저택 안에 있던 사용인들 중에서는 일처리가 깔끔하고 단정한 집사 에임스와, 안주인의 집안 살림을 도와주는, 풍만한 몸매에 성격이 쾌활한 가정부 앨런 부인만 언급하면 충분할 것 같다. 두 사람을 제외한 여섯 명의 하인들은 1월 6일 밤에 일어난 사건과는 아무 연관이 없다.

서식스 지방경찰청 소속의 작은 경찰서에 있던 윌슨 경사가 신고를 받은 건 오후 11시 45분이었다. 몹시 흥분한 세실 바커가 무서운 기세로 나타나 미친듯이 초인종을 울리더니 대저택에서 끔찍한 비극이 일어났다고 했다. 존 더글러스가 살해당했다는 것이다. 바커는 숨을 헐떡거리며 그 사실을 전한 뒤 곧장 저택으로 돌아갔다. 윌슨 경사는 심상치 않은 사건이 일어났다는 사실을 일단 지방경찰청에 보고한 뒤 바커의 뒤를 따라 대저택으로 향했다. 범죄 현장에 도착했을 때는 자정이 조금 지난 시각이었다.

대저택에 도착한 경사는 도개교가 내려져 있고 창문마다 불빛이 환하게 새어 나오는 것을 발견했다. 집안에 있는 사람들은 모두 충격과 혼란에 빠진 모습이었다. 하인들은 하얗게 질린 얼굴로 홀에 모여 있었고 겁을 먹은 얼굴의 집사는 문 앞에서 양손을 꼭 모으고 서 있었다. 세실 바커만이 감정을 억누른 침착한 모습이었다. 그가 현관에서 가까운 문을 열어주더니 경사에게 따라오라는 손짓을 했다. 때마침 기운차고 유능한 의사인 우드 박사도 저택에 도착했다. 세 사람은 함께 사건이 일어난 방으로 들어갔다. 겁에 질린 집사가 따라 들어와 다른 하인들이 방안을 보지 못하게 문을 닫았다.

죽은 남자는 팔다리를 벌리고 방 한복판에 쓰러져 있었다. 잠옷 위에 분홍색 실내복을 걸쳤고 맨발에 모직 실내화를 신고 있었다. 의사는 옆에 무릎을 꿇고 앉아 탁자 위에 놓여 있던 등불로 시신을 비추며 살피기 시작했다. 얼핏 보기에도 치료할 수 있는 단계는 지난 듯했다. 상태는 끔찍했다. 가슴 위에는 이상한 무기가 놓여 있었다. 총열을 짧게 자른 산탄총이었다. 근거리에서 총이 발사된 터라 얼굴은 형태를 알아볼 수 없을 정도로 엉망이었다. 철사로 묶여 있는 방아쇠 두 개를 보니 두 개의 총구에서 한꺼번에 총알이 발사되도록 한, 파괴력이 극대화된 산탄총 같았다.

시골 경찰관은 갑자기 자신에게 닥친 엄청난 책무에 당혹스러움과 곤혹스러움을 느꼈다.

"상관이 올 때까지 현장에 손대시면 안 됩니다."

윌슨 경사가 무시무시하고 끔찍한 시신의 얼굴을 쳐다보며 잔뜩 쉰 목소리로 말했다.

"지금까진 아무것도 손대지 않았습니다. 그 점에 대해선 내가 보장하죠. 이곳은 처음 발견했을 당시 그대로예요."

바커가 말했다.

"발견하신 게 언제였죠?"

경사가 수첩을 꺼내며 물었다.

"11시 30분이 막 지났을 때였을 겁니다. 그때 난 침실에서 아직 옷을 갈아입지 않은 채로 난로 옆에 앉아 있었습니다. 그런데 총소리가 들렸습니다. 아주 큰 소리는 아니었어요. 총구를 뭔가로 감싼 것 같은 소리였죠. 서둘러 아래층으로 내려왔어요. 총소리를 듣고 이 방에 오기까지 삼십 초도 걸리지 않았을 겁니다."

"문은 열려 있었습니까?"

"네. 열려 있었습니다. 그리고 보이는 것처럼 불쌍한 더글러스가 쓰러져 있었죠. 난 더글러스가 들고 내려간 촛불을 끄고 등불을 켰습니다."

"수상한 사람은 보지 못하셨습니까?"

"네. 그때 더글러스 부인이 계단을 내려오는 소리가 들리기에 이 끔찍한 광경을 보지 못하게 하려고 방 밖으로 나갔어요. 가정부인 앨런 부인의 모습이 보여서 더글러스 부인을 모시고 올라가라고 했습니다. 마침 에임스가 나왔기에 함께 이 방으로 돌아왔죠."

"도개교가 계속 올라가 있었던 걸로 알고 있습니다만."

"맞습니다. 내가 내릴 때까지 그대로 올라가 있었죠."

"그렇다면 범인이 어떻게 빠져나갔단 말입니까? 이번 사건은 아무래도 의심의 여지가 없습니다. 더글러스 씨는 자살한 거예요."

"처음엔 우리도 그렇게 생각했죠. 하지만 이걸 보십쇼."

바커는 커튼을 걷어 활짝 열린 길쭉한 마름모꼴 창틀을 보여주었다.

"이것도 보세요!"

그가 등불을 아래쪽으로 비추자 나무 창틀에 남아 있는 핏자국이 보였다.

"누가 창틀에 서 있다가 도망간 겁니다."

"범인이 해자를 건너갔다는 말씀이십니까?"

"그렇습니다."

"범행이 일어나고 삼십 초도 채 지나기 전에 바커 씨가 방에 들어오셨다고 했으니, 범인은 그때 해자를 건너고 있었단 말이군요."

"틀림없이 그랬을 겁니다. 바로 창문 쪽으로 달려갔으면 좋았을 텐데! 보다시피 커튼이 내려져 있었기 때문에 그땐 그런 생각을 하지 못했습니다. 그리고 더글러스 부인이 내려오는 발소리가 들려서 부인을 방에 들어오지 못하게 해야 했어요. 너무 끔찍한 광경이니 말입니다."

"끔찍하다마다요! 벌스턴 기차 충돌 사건 이후로 이런 처참한 광경은 처음 보는군요."

시신의 산산조각 난 머리와 주변의 처참한 흔적들을 살피던 의사가 말했다.

"그런데 바커 씨가 말씀하신 대로 범인이 해자를 가로질러 도망갈 순 있다고 해도, 애초에 도개교가 올라가 있는데 어떻게 저택 안에 들어올 수 있었을까요?"

그때까지 경사는 열린 창문을 보며 생각에 잠겨 있었다. 그는 생각하는 속도가 느리긴 했지만 아주 상식적인 사고를 하는 사람이었다.

"아, 그건 정말 이상하군요."

바커가 말했다.

"도개교는 몇 시에 올렸습니까?"

"6시쯤 올렸습니다."

에임스가 대답했다.

"보통 해가 지면 도개교를 올리는 걸로 알고 있는데요. 이맘때는 해가 4시 30분이면 지지 않던가요?"

경사가 물었다.

"더글러스 부인과 차를 마시기 위해 찾아온 손님들이 계셨습니다. 그분들이 나가실 때까지 도개교를 올릴 수가 없었죠. 손님들이 가신 뒤에 제가 직접 도개교를 올렸습니다."

"이렇게 생각할 수밖에 없겠군요. 만약 누구 하나, 혹은 둘 이상이, 밖에서 들어온 거라면 도개교를 올린 6시 이전에 들어와서, 더글러스 씨가 이 방에 들어온 11시까지 어딘가에 숨어 있었다고 말입니다."

경사가 말했다.

"그랬을 겁니다. 더글러스는 매일 밤 잠자리에 들기 전에 집 안을 한 바퀴 돌면서 불이 켜진 곳은 없는지 확인하곤 했어요. 그렇게 이 방에도 들어왔던 거죠. 기다리고 있던 남자가 그때 더글러스를 총으로 쏜 겁니다. 그러고는 총을 그대로 놔둔 채 창문을 통해 도망친 거죠. 아무리 봐도 그렇게 생각할 수밖에 없는 상황입니다."

바커가 말했다.

경사는 바닥에 쓰러져 있는 시신 옆에 놓여 있던 카드 한 장을 집어 들었다. V.V.라는 머리글자와 그 밑에 341이라는 숫자가 잉크로 휘갈겨 씌어 있었다.

"이게 뭡니까?"

경사가 카드를 들어올리며 물었다.

바커가 호기심 어린 눈으로 카드를 쳐다보았다.

"처음 보는 거예요. 범인이 놔두고 간 것이 분명합니다."

"V.V. 341. 무슨 뜻인지 모르겠군요."

경사가 두툼한 손가락으로 카드를 이리저리 뒤집어보며 말했다.

"V.V.는 무엇을 말하는 걸까요? 어쩌면 사람 이름의 머리글자일 수도 있겠죠. 그건 그렇고 우드 박사님, 저게 뭡니까?"

난로 앞 양탄자 위에 상당한 크기의 망치가 놓여 있었다. 묵직하고 튼튼해 보이는 망치였다. 세실 바커가 벽난로 선반 위에 놓여 있던 못 상자를 가리켰다.

"어제 더글러스가 저기 있는 그림을 바꿔 거는 걸 봤습니다. 의자에 올라가 저 큰 그림을 걸었죠. 그때 사용했던 망치입니다."

"그렇다면 처음 발견했을 때처럼 양탄자 위에 가만히 놔두는 것이 좋겠습니다."

경사가 더이상은 어쩔 줄 모르겠다는 듯 곤혹스러운 얼굴로 머리를 긁으며 말했다.

"아무래도 이번 사건을 해결하려면 최고의 수사 인력이 나서야겠습니다. 런던 경찰청의 지원을 받아야겠군요."

경사는 등불을 들고 천천히 방안을 둘러보았다.

"이럴 수가!"

경사가 흥분한 듯 소리치며 창문 커튼을 한쪽으로 확 젖혔다.

"이 커튼은 언제 내렸습니까?"

"등불에 불을 밝혔을 때요. 4시가 조금 지났을 때였을 겁니다."

집사가 말했다.

"바로 여기에 누군가 숨어 있었습니다."

경사가 등불로 아래쪽을 비추자 한쪽 구석에 뚜렷하게 남은 진흙투성이 신발 자국이 보였다.

"바커 씨의 추측을 뒷받침해주는 증거로군요. 범인은 이 커튼을 내린 4시부터 도개교를 올린 6시 사이에는 저택에 들어와 있던 겁니다. 여기 들어온 건 이 방이 처음 보이는 곳이었기 때문일 거예요. 달리 숨을 데가 없으니 커튼 뒤에 숨었겠죠. 이제 모든 것이 명백해진 것 같습니다. 범인은 도둑질을 하려고 숨어들었다가 우연히 더글러스 씨와 마주치는 바람에 살인을 하고 도망친 겁니다."

"내 생각도 그래요. 하지만 정말 그런 거라면 지금 우리가 시간을 낭비하고 있는 것 아닙니까? 범인이 멀리 도망치기 전에 수색을 시작해야 하지 않을까요?"

바커의 말을 듣고 경사는 잠시 생각에 잠겼다.

"오전 6시 이전에는 출발하는 기차가 없습니다. 그러니 범인이 기차를 타고 도망치진 못합니다. 만일 그자가 옷에서 물을 뚝뚝 떨어뜨리며 도로를 지나갔다면 눈에 띌 수밖에 없으니 기억하는 사람이 있을 겁니다. 어쨌든 저는 다른 경관들이 오기 전에는 이곳을 떠날 수가 없습니다. 여러분도 좀더 명확하게 사태가 파악되기 전에는 아무도 여기서 나가실 수 없습니다."

의사가 등불을 들고 시신을 자세히 살피기 시작했다.

"이 표식은 뭐죠? 이번 사건과 관련이 있는 걸까요?"

죽은 남자의 오른쪽 팔꿈치가 실내복 소매 밖으로 드러나 있었다. 팔뚝 중간 부분에 이상한 표식이 있었다. 원 안에 삼각형 모양이 그려진 갈색 표식은 하얀 피부와 대조되어 눈에 띄었다.

"문신은 아닙니다."

의사가 안경을 쓰고 자세히 살핀 뒤 말했다.

"이런 건 처음 보는군요. 언젠지 몰라도 소한테 찍는 낙인 같은 걸 찍은 모양인데요. 이게 무슨 의미일까요?"

"무슨 의미인지는 모르겠군요. 지난 십 년 동안 더글러스의 팔에 새겨진 그 표식을 늘상 보긴 했어요."

세실 바커가 말했다.

"저도 봤습니다. 주인님이 소매를 걷고 계실 때 여러 번 봤어요. 표식을 볼 때마다 그게 무엇인지 궁금했습니다."

집사가 말했다.

"이번 사건과는 아무 상관이 없다는 말이군요. 하지만 그래도 뭔가 이상하긴 합니다. 이번 사건은 모든 게 이상하네요. 또 무슨 일입니까?"

집사 에임스가 깜짝 놀라 괴성을 지르면서 죽은 남자의 손을 가리켰다.

"범인이 결혼반지를 가져갔습니다!"

에임스가 숨막힌 듯한 소리로 외쳤다.

"그게 무슨!"

"정말입니다! 주인님은 항상 왼손 새끼손가락에 금으로 된 결혼반지를 끼고 계셨습니다. 그 위에 원석이 달린 반지를 끼고, 가운뎃손가락에는 뱀 모양으로 된 반지를 끼고 계셨어요. 지금 보니 원석 반지와 뱀 모양 반지는 있는데, 결혼반지만 없습니다."

"집사의 말이 맞아요."

바커가 말했다.

"결혼반지 위에 다른 반지를 또 끼고 있었단 말입니까?"

경사가 물었다.

"예. 늘 그러셨습니다!"

"살인자든 도둑이든 범인은 먼저 원석 반지를 빼고, 결혼반지를 뺀 뒤, 원석 반지를 다시 끼워놓았다는 말이군요."

"그렇습니다."

전형적인 시골 경관인 윌슨은 고개를 내저었다.

"아무래도 이번 사건은 가능한 한 빨리 런던 경찰청에 넘기는 편이 낫겠습니다. 물론 화이트 메이슨 반장님도 유능하긴 하죠. 이 근방에서 그분이 해결하지 못한 사건은 없었으니까. 안 그래도 이제 곧 여기로 오실 겁니다. 하지만 이번 사건은 런던의 지원을 받아야 한다고 생각합니다. 저 같은 사람이 감당할 수 있는 사건이 아닙니다."

어둠

4.

월슨 경사의 다급한 호출을 받은 서식스 지방경찰청 형사 반장은 이륜마차를 타고 벌스턴까지 정신없이 달려갔다. 도착한 시간은 새벽 3시였다. 그리고 새벽 5시 40분 기차편으로 런던 경찰청에 공문을 보낸 뒤, 12시에 벌스턴 역으로 우리를 마중나왔다. 화이트 메이슨은 조용하고 낙천적인 인상을 가진 사람이었다. 깨끗하게 면도를 마친 혈색 좋은 얼굴의 그는 듬직한 어깨에 헐렁한 트위드 양복을 걸치고 있었다. 바깥쪽으로 휘긴 했지만 다리는 튼튼해 보였고 각반이 달린 신발을 신고 있었다. 마치 키가 작은 농부나 은퇴한 사냥터지기처럼 보였지, 어떻게 봐도 지방경찰청의 형사처럼 보이지는 않았다.

"맥도널드 경위, 정말 힘든 사건이라오. 혹시라도 기자들이 알게 되면 파리떼처럼 몰려들 거요. 냄새를 맡고 달려든 기자들이 엉망으로 만들어버리기 전에 사건을 해결하고 싶은 마음뿐이오만. 이제껏 이런 사건은 처음이오. 홈스 선생, 선생이라면 현장에서 뭔가 알아내실지도 모르겠습니다. 왓슨 박사께서도 의사의 입장에서 해주실 말씀이 있을 겁니다. 숙소는 웨스트빌암스로 잡아뒀습니다. 다른 곳이 없기도 하지만 사람들 말이 깨끗하고 좋은 여관이라고 하더군요. 저 친구가 짐을 옮겨드릴 겁니다. 이쪽으로 가시죠."

서식스 형사인 메이슨은 몹시 부산스럽고 친절한 사람이었다. 우리는 십 분 뒤 숙소에 도착했다. 그다음 십 분 동안 여관 응접실에 앉아 간략하게 사건 개요를 들었다. 앞 장에서 설명했던 바로 그 내용이다. 맥도널드는 가끔씩 메모를 했고, 홈스는 희귀한 꽃을 바라보는 식물학자처럼 경건하고 경이롭다는 표정으로 이야기를 듣고 있었다.

"대단하군요! 정말 굉장해요! 지금까지 이렇게 독특한 사건은 보지 못했습니다."

이야기를 다 듣자 홈스가 말했다.

"그렇게 말씀하실 줄 알았습니다, 홈스 선생. 서식스도 시대에 그리 뒤떨어지지 않았다니까요. 지금까지 제가 한 이야기는 새벽 3시에서 4시 사이에 윌슨 경사로부터 사건을 인계받으면서 들었던 내용입니다. 여기까지 급히 오느라고 늙은 암말을 얼마나 재촉했는지! 하지만 현장에 와보니 그렇게 서둘러 올 필요가 없었더군요. 그 시각에 할 수 있는 일이 아무것도 없었으니까요. 윌슨 경사가 필요한 일은 전부 다 해놓은 상태였죠. 난 그저 그 친구가 해놓은 일들을 확인하고 검토했을 뿐입니다. 그중 몇 가지는 직접 확인했습니다."

화이트 메이슨이 환한 얼굴로 말했다.

"그게 뭡니까?"

홈스가 적극적으로 물었다.

"먼저 망치를 조사해보았습니다. 우드 박사의 도움을 받았죠. 망치에서는 아무것도 찾아내지 못했습니다. 더글러스 씨가 망치로 자신을 방어하려고 했다면 바닥에 떨어뜨리기 전에 그걸로 범인을 공격했을지도 모른다고 생각했거든요. 하지만 망치에는 아무 흔적도 남아 있지 않았습니다."

"그것만으로 확신할 순 없어요. 망치를 흉기로 이용한 수많은 살인 사건들 중에 망치에 아무 흔적도 남아 있지 않은 경우가 많으니까."

맥도널드가 말했다.

"그건 그렇소. 망치를 사용한 건지 입증할 수가 없지. 핏자국이 남아 있었다면 틀림없이 도움이 됐을 텐데 말이오. 어쨌든 망치엔 아무것도 남아 있지 않았습니다. 그런 다음 총을 살펴보았죠. 산탄총이었는데, 윌슨 경사가 말한 대로 방아쇠 두 개를 함께 묶어 양쪽 총구에서 총알이 동시에 나가도록 개조되었습니다. 총알이 빗나가지 않게끔 만반의 준비를 한 셈이죠. 총열은 길이가 육십 센티미터가 안 되게 잘려 있었습니다. 그 정도 길이라면 누구든 쉽게 외투 속에 숨길 수 있을 겁니다. 총열을 톱으로 자르는 바람에 제조사 이름이 중간에 잘려나가 총열에 찍혀 있던 'P, E, N'이라는 글자밖에 남아 있지 않았습니다."

"'P'는 커다란 장식 문자고 나머지 'E'와 'N'은 작던가요?"

홈스가 물었다.

"그렇습니다."

"펜실베이니아 소형 화기 회사. 미국에 있는 유명한 총기 제조사죠."

홈스가 말했다.

메이슨은 마치 시골 의사가 자신이 쩔쩔매며 힘들어하던 어려운 병을 한마디 말로 해결해버리는 할리 스트리트■ 전문의를 쳐다보는 것 같은 눈으로 내 친구를 쳐다보았다.

"수사에 큰 도움이 되었습니다, 홈스 선생. 선생의 말이니 틀

■ 런던의 거리. 의사들이 모여 있는 병원 골목.

림없겠죠. 정말 훌륭합니다. 훌륭해요! 전 세계 총기 제조사의 이름을 전부 다 기억하고 계신 겁니까?"

홈스는 손을 내저으며 그 질문에는 대답하지 않았다.

"미국제 총이 분명합니다. 미국 어딘가에서 총신을 톱으로 자른 총을 사용한다는 글을 읽은 적이 있습니다. 제조사의 이름은 몰라도 총의 모양을 보니 생각이 나는군요. 이 집에 몰래 들어와 주인을 죽인 범인이 미국인이라는 확실한 증거입니다."

메이슨이 말했다.

맥도널드가 고개를 저었다.

"반장님은 너무 앞서 나가신다니까요. 저택에 침입자가 들어왔다는 증거를 찾았다는 말도 아직 듣지 못했는데 말입니다."

"창문이 열려 있었고 창틀에는 핏자국이 남아 있었소. 이상한 카드에다가 방 한쪽 구석에는 신발 자국도 남아 있었고. 그 총도 있잖소."

"그 정도야 얼마든지 조작할 수 있습니다. 더글러스 씨는 미국인이거나 오랫동안 미국에서 살았으니까요. 바커 씨도 마찬가지고. 미국제 총으로 저지른 범죄라는 이유만으로 범인을 외부에서 침입한 미국인이라고 볼 순 없습니다."

"에임스 집사가……."

"그자가 뭐라고 했습니까? 믿을 만한 사람입니까?"

"찰스 챈도스 경의 집에서 십 년 동안 일했던 바위처럼 믿음직한 사람이오. 에임스는 지난 오 년간 이 대저택에서 더글러스 씨를 위해 일했소. 그 사람 말로는 집안에서 이런 총은 한 번도 본 적이 없다더군."

"총은 어디든 숨길 수 있습니다. 그렇게 하려고 총신을 짧게 잘랐겠지요. 아무 상자에나 들어갈 겁니다. 그런데 그는 어떻게 집안에 그런 총이 없다고 확신할 수 있는 거죠?"

"어쨌든 에임스는 이제껏 그런 총을 본 적이 없다고 했소."

맥도널드는 완고한 스코틀랜드인답게 고개를 저었다.

"여전히 전 저택에 누가 침입했다고 확신할 수 없습니다. 반장님 생각대로라면……."

그가 말했다. 자기 의견을 열성적으로 토로하다 보니 애버딘 억양이 점점 더 심해졌다.

"반장님 생각대로라면 총도 외부에서 들여온 것이고 외부인이 집안에 숨어들어 기이한 범행을 저질렀다는 말이 아닙니까. 그런 일은 있을 수 없어요! 상식적으로 말이 안 됩니다. 홈스 선생님, 이번 사건에 대한 제 생각을 한번 말해볼까 합니다."

"들어봅시다, 맥 경위."

홈스가 재판관처럼 말했다.

"범인이 있다고 해도 그자는 도둑이 아닙니다. 없어진 결혼반지와 남겨놓은 카드로 보아, 개인적인 원한을 가진 자의 계획적인 살인입니다. 제대로 성공했죠. 만일 살인을 계획하고 저택에 숨어든 자라면 저택이 해자로 둘러싸여 있어서 탈출이 어렵다는 사실을 알았을 겁니다. 이런 상황에서 범인이 어떤 무기를 고를까요? 세상에서 가장 조용한 무기를 골라야겠죠. 그래야만 살인을 저지른 뒤 창문을 통해 저택을 빠져나가 해자를 건너 여유롭게 도망칠 수 있을 테니까요. 그래야 말이 됩니다. 하지만 범인은 요란한 소리가 나는 총을 골라 범행을 저질렀고 집안사람들을 모두 범행 장소로 끌어모았습니다. 해자를 완전히 건너기 전에 누가 볼지도 모르는데 말입니다. 이게 말이 된다고 보십니까, 홈스 선생님?"

"꽤 확고한 주장이군요, 맥 경위."

홈스가 신중하게 대답했다.

"확실히 몇 가지는 검증이 필요합니다. 화이트 메이슨 반장님, 해자 건너편에 누가 올라간 흔적이 남아 있는지 바로 살펴보았습니까?"

"아무 흔적도 없었습니다, 홈스 선생. 해자 가장자리는 석조로 마감되었으니 아무래도 흔적이 남기 어렵죠."

"발자국 같은 흔적도요?"

"아무것도 없었습니다."

"흠! 반장님, 그럼 이제 저택 안을 살펴봐도 되겠습니까? 아주 작은 단서라도 남아 있을지 모르니까 말입니다."

"저도 그러자고 말씀드리려 했습니다, 홈스 선생. 하지만 그곳에 가기 전에 먼저 사건에 관련된 사실들을 모두 아시는 게 나을 것 같아서요. 그런데 혹시 뭔가 짐작가는 게 있으시면……."

메이슨이 의심스러운 눈빛으로 홈스를 쳐다보며 말했다.

"난 홈스 선생님과 함께 일을 한 적이 있습니다. 선생님은 공정하신 분입니다."

맥도널드의 말에 홈스가 미소를 지으며 말했다.

"내 입장을 말씀드리죠. 나는 경찰을 도와 정의를 실현하기 위해 사건을 맡습니다. 내가 만약 경찰과 별개의 행보를 보이게 된다면, 그건 그쪽에서 나를 떼놓은 탓이죠. 경찰을 이용해 공을 세우고 싶은 마음은 없습니다, 반장님. 그렇지만 나는 내 방식대로 일합니다. 수사 결과 또한 하나하나 밝히지 않고, 내가 원할 때 한꺼번에 공개할 겁니다."

"선생이 이 자리에 함께 계신 것만으로도 영광입니다. 우리가 알고 있는 것은 모두 말씀드리겠습니다."

메이슨이 진심으로 말했다.

"함께 가시죠, 왓슨 박사님. 언젠가 우리도 박사님이 쓰신 책에 등장할 수 있으면 좋겠습니다."

우리는 느릅나무가 늘어선 고즈넉한 마을길을 따라 걸어갔다. 길 끝에는 오래된 돌기둥 두 개가 서 있었다. 비바람에 변색되고 이끼로 뒤덮인 기둥 위에는 뒷발을 딛고 일어서 있는 사자상이 있었다. 벌스턴의 카푸스 가문의 상징이었지만 이제는 형태도 거의 알아볼 수 없었다. 영국 시골에서만 볼 수 있는 떡갈나무와 풀밭 사이로 난 굽이진 짧은 진입로를 따라 들어가다 갑작스럽게 길을 꺾자, 제임스 1세 시대 양식의 거무스름한 벽돌 저택이 우리 앞에 나타났다. 옆으로 길쭉하고 나지막한 저택 측면에는 주목 나무들이 양옆으로 심어져 있는 고풍스러운 정원도 보였다. 가까이 다가가자 나무로 된 도개교와 폭이 넓은 아름다운 해자도 모습을 드러냈다. 해자를 흐르고 있는 물줄기가 차가운 겨울 햇살에 수은처럼 빛나고 있었다.

지난 삼백 년의 시간이 흐르는 동안, 대저택에서는 수많은 사람들이 태어나고 떠났다가 돌아왔을 것이며, 무도회와 여우 사냥도 수없이 치렀을 것이다. 유서 깊은 대저택에서 그토록 끔찍한 사건이 일어났다는 사실이 기이하게 느껴졌다. 한편으론 끝이 뾰족한 기괴하게 생긴 지붕과 예스럽게 달려 있는 박공들이 무자비하고 무시무시한 음모에 어울리는 것 같기도 했다. 벽에 깊숙이 박혀 있는 창문들과 물에 비치는 긴 저택 정면의 암울한 빛깔을 보다 보니, 비극에 이처럼 어울리는 장소는 없을 거라는 생각이 들었다.

"도개교 오른쪽에 보이는 창문이 바로 그 창문입니다. 지난 밤에 열려 있는 것을 발견한 뒤에 그대로 놔두었습니다."

화이트 메이슨이 말했다.

"사람이 넘나들기엔 좁아 보이는군요."

"그렇죠. 범인의 몸집이 그리 크진 않았던 모양입니다. 그 정도는 홈스 선생이 말씀하시지 않아도 알고 있습니다. 아마 선생이나 저 정도 몸집이라면 충분히 나갈 수 있을 겁니다."

홈스는 해자 끝 쪽으로 걸어가 건너편을 바라보았다. 그런 다음 돌로 된 해자 테두리와 그 너머 풀밭을 살펴보았다.

"여긴 충분히 조사했습니다. 아무것도 없었습니다. 누가 건너온 흔적도 없었고요. 하지만 범인이 흔적을 남길 이유도 없지 않습니까?"

메이슨이 말했다.

"그렇죠. 범인이 흔적을 남길 이유는 없어요. 그런데 여기 물은 늘 이렇게 탁한가요?"

"보통은 그렇습니다. 강물에 진흙이 섞여서 흘러들어오니까요."

"깊이는 얼마나 됩니까?"

"양쪽 가장자리는 육십 센티미터 정도, 한복판은 구십 센티미터 정도 됩니다."

"범인이 물에 빠져 죽었을 가능성은 없다는 말이군요."

"물론입니다. 어린아이라고 해도 빠져 죽진 않을 테니까요."

우리가 도개교를 건너가자 주름이 자글자글하고 삐쩍 마른 노인이 우리를 맞아주었다. 집사 에임스였다. 불쌍한 노인은 아직도 충격에서 벗어나지 못한 듯 하얗게 질려 바들바들 떨고 있었다. 죽음의 방은 우울하고 뻣뻣해 보이는 키 큰 경사가 아직도 안에서 지키고 있었다. 의사는 이미 돌아간 뒤였다.

"무슨 일 있었나, 윌슨?"

메이슨이 물었다.

"아무 일도 없었습니다."

"그럼 자네도 그만 돌아가보게. 수고 많았어. 필요하면 그때 다시 부르도록 하지. 집사도 밖에서 기다리라고 하는 게 낫겠어. 그리고 집사에게 세실 바커 씨와 더글러스 부인, 그리고 가정부에게 우리가 조금 있다 만나고 싶어 한다고 전해달라고 하게. 자, 신사 여러분. 먼저 이번 사건에 대한 제 생각을 말씀드리죠. 그다음에 여러분의 의견을 듣겠습니다."

나는 이 시골 형사에게 깊은 인상을 받았다. 메이슨은 사태를 정확하게 판단하고 있을 뿐만 아니라 냉철하고 확실하며 상식적인 사고방식을 가지고 있었다. 이 정도 능력이면 앞으로도 형사로서 잘 해나갈 것이다. 보통 경찰들이 이야기를 할 때면 조바심을 내던 홈스도 지금은 가만히 귀를 기울이고 있었다.

"이번 사건에서 제일 처음 드는 의문은 자살이냐 타살이냐 하는 것이죠. 안 그렇습니까? 만일 이번 사건이 자살이라면 더글러스 씨는 제일 먼저 결혼반지를 빼서 숨겨놓은 뒤, 실내복을 입고 이 방으로 내려와 누가 자신을 기다리고 있었던 것처럼 보이기 위해 커튼 뒤 방구석에 진흙 자국을 남기고, 창문을 열고, 창틀에 피를……."

"그럴 가능성은 없다고 생각합니다."

맥도널드가 말했다.

"내 생각도 그렇소. 그러니 자살은 아니라는 말이 되겠지. 이번 사건은 타살이라고 봐야 할 거요. 이제 문제는 범인이 외부인인지 내부인인지를 밝혀내는 것일 테고."

"알겠습니다, 계속하시죠."

"양쪽 다 어려움이 있긴 하지만 누구든 범행을 저질렀다는 것만은 확실합니다. 먼저 범인이 내부인일 경우부터 생각해보죠. 범인은 사방이 조용하긴 하지만 집안사람들이 아무도 잠들지 않은 시각에 더글러스 씨를 이 방으로 불렀어요. 그런 다음 세상에서 가장 별나고 시끄러운 무기로 범행을 저질렀습니다. 마치 무슨 일이 일어났는지 다른 사람들에게 알리려는 것처럼 말이에요. 게다가 그 무기는 이제껏 집에서 한 번도 본 적이 없던 물건이었습니다. 시작부터 아주 이상하죠. 안 그렇습니까?"

"그렇긴 하군요."

"그리고 총소리가 들린 지 일 분도 되지 않아 온 집안에 있던 사람들이 이 방으로 모여들었어요. 시신을 처음 발견했다는 세실 바커 씨뿐만 아니라, 집사를 비롯한 모든 사람들이 말입니다. 바로 그런 상황에서 범인이 방구석에 발자국을 남기고, 창문을 열고, 창틀에 핏자국을 남기고, 죽은 남자의 손가락에서 결혼반지를 빼내는 일을 할 수 있었겠습니까? 그건 불가능한 일입니다!"

"아주 명쾌한 설명이군요. 나도 그 생각에 동의합니다."

홈스가 말했다.

"이번에는 범인이 외부인일 경우를 가정해보죠. 이 경우에도 문제점들이 많이 있긴 하지만 아주 불가능하다고 볼 순 없습니다. 범인은 오후 4시 30분에서 6시 사이, 그러니까 해가 지고 도개교를 올리기 전에 저택 안에 숨어들었을 겁니다. 마침 집안에 손님이 있어서 문이 열려 있었으니 그자가 들어오는 데 큰 어려움은 없었을 거예요. 범인은 단순한 도둑이거나 더글러스 씨에게 개인적인 원한을 가진 사람이었을 겁니다. 하지만 더글러스 씨가 미국에서 오랫동안 살았고 범행에 쓰인 산탄총이 미국 제품처럼 보인다는 점으로 보아 개인적인 원한이 있는 자의 소행일 가능성이 높다고 봐야 합니다. 범인은 집안으로 잠입한 후 제일 먼저 눈에 띈 이 방에 들어와 커튼 뒤에 숨었습니다. 그리고 밤 11시가 될 때까지 기다렸죠. 그때 더글러스 씨가 방으로 들어왔습니다. 만일 대화를 나눴다고 하더라도 아주 짧은 순간이었을 겁니다. 더글러스 부인 말로는 남편이 내려간 지 몇 분 지나지 않아 총소리가 들렸다고 했으니까요."

"그건 초를 봐도 알 수 있군요."

홈스가 말했다.

"그렇습니다. 그 초는 새것인데, 일 센티미터 정도밖에 줄지 않았습니다. 더글러스 씨는 범인의 공격을 받기 전에 초를 탁자 위에 내려놓았을 겁니다. 그렇지 않았다면 더글러스 씨가 바닥에 쓰러질 때 초도 같이 떨어졌을 테니까요. 그 말은 곧 더글러스 씨가 방에 들어오자마자 공격당한 것은 아니란 뜻입니다. 나중에 바커 씨가 들어와서 촛불을 끄고 등불을 켰다고 했으니까요."

"모든 것이 명확하군요."

"그럼 이제부터 지금까지 알게 된 사실들을 토대로 사건을 재구성해볼까 합니다. 더글러스 씨는 이 방에 들어왔습니다. 그리고 촛불을 탁자에 내려놓았죠. 커튼 뒤에 숨어 있던 범인이 총을 들고 모습을 드러냅니다. 범인은 더글러스 씨에게 결혼반지를 내놓으라고 요구합니다. 이유는 도저히 모르겠지만, 틀림없이 그랬을 겁니다. 더글러스 씨가 반지를 빼서 범인에게 줍니다. 그때 범인이 무자비하게 총을 쏜 건지, 아니면 양탄자 위에 놓여 있던 망치를 발견한 더글러스 씨와 싸우다가 그렇게 된 건지는 모르겠지만 어쨌든 더글러스 씨를 이렇게 끔찍하게 죽였습니다. 범인은 총을 떨어뜨린 뒤, 무슨 의미인지는 모르겠지만 'V.V. 341'이라고 쓰인 이상한 카드를 놓고는 창문으로 빠져나가 해자를 건너 도망쳤습니다. 그때 세실 바커 씨가 범행 현장에 들어온 겁니다. 어떻게 생각하십니까, 홈스 선생?"

"아주 흥미롭군요. 확실하지 않은 부분들이 좀 있습니다만."

"반장님, 조금 전의 가설보다는 나을지 몰라도 그건 정말 말도 안 되는 소립니다!"

맥도널드 경위가 소리쳤다.

"누군가 더글러스 씨를 죽였어요. 그리고 누가 죽였든 그런 방식으로 범행을 저지르진 않았을 겁니다. 그건 제가 증명할 수 있습니다. 범인은 도망갈 길이 없는데도 어째서 저택 안에 들어왔을까요? 도망칠 시간을 벌기 위해서는 최대한 조용히 범행을 저질러야 하는데도 어째서 산탄총을 썼을까요? 홈스 선생님, 반장님이 한 이야기 중에 확실하지 않은 점들이 있다고 하셨죠? 선생님의 의견을 말씀해주시지 않겠습니까?"

홈스는 두 사람의 의견을 한마디도 빼놓지 않고 집중해서 듣고 있었다. 날카로운 시선을 오른쪽 왼쪽으로 계속 옮기면서 무엇을 숙고하는지 이마를 찌푸린 채였다.

"내 생각을 말하기 전에 몇 가지 확인하고 싶은 게 있습니다, 맥 경위."

홈스가 시신 옆에 무릎을 꿇고 앉았다.

"세상에! 정말 끔찍하군요. 잠깐 집사를 불러주시겠습니까? ……에임스, 더글러스 씨의 팔뚝에 새겨진 이상한 표식, 원 안에 삼각형이 들어가 있는 문양을 전에도 본 적이 있다고 했죠?"

"여러 번 봤습니다."

"표식이 무엇을 뜻하는지 들은 적이 있습니까?"

"아니요."

"피부에 낙인을 찍었으니 엄청난 고통이 따랐을 겁니다. 불에 지진 거니까요. 에임스, 그건 그렇고 더글러스 씨의 턱에 작은 반창고가 붙어 있군요. 더글러스 씨가 살아 있을 때도 반창고를 붙이고 있었습니까?"

"네. 그건 주인님이 어제 아침에 면도를 하다가 베인 상처에 붙이신 겁니다."

"더글러스 씨가 면도하다가 베이는 일이 전에도 있었습니까?"

"아뇨. 그런 일은 좀처럼 없으셨습니다."

"시사하는 바가 많군요! 물론 단순한 우연의 일치일 수도 있지만 말입니다. 어쩌면 더글러스 씨가 위험이 닥치고 있다는 것을 알고 불안에 떨었다는 증거로 볼 수도 있습니다. 에임스, 어제 더글러스 씨의 행동이 평소와 다르진 않던가요?"

"그러고 보니 약간 불안해 보이기도 하고 흥분한 것처럼 보이기도 했습니다."

"흠! 그렇다면 더글러스 씨가 전혀 예상치 못했던 공격을 당한 건 아니라고 할 수도 있겠군요. 이제 약간이나마 일이 풀리기 시작한 것 같습니다. 그렇지 않나요? 맥 경위, 혹시 이의가 있습니까?"

"아닙니다, 홈스 선생님. 이의랄 게 뭐가 있겠습니까."

"이번에는 카드로 넘어가보죠. 'V.V. 341.' 거친 마분지로군요. 집에 이런 마분지가 있습니까?"

"없습니다."

홈스는 책상 앞으로 다가가더니 그 위에 놓여 있는 잉크병에서 잉크를 조금 찍어 압지에 묻혀보았다.

"이건 이 방에서 쓴 것이 아닙니다. 카드는 검은색 잉크로 씌어 있는데, 방에 있는 잉크는 자주색이니까요. 그리고 카드의 글씨는 굵은 펜촉으로 썼는데, 방에 있는 펜은 촉이 아주 가늡니다. 카드는 다른 곳에서 쓴 것으로 봐야 할 겁니다. 에임스,

카드에 적힌 내용에 대해 아는 게 있습니까?"

"아뇨. 아무것도 모릅니다."

"맥 경위는 어떻게 생각합니까?"

"제가 보기엔 비밀 조직을 뜻하는 것 같습니다. 팔뚝에 찍혀 있는 표식도 마찬가지고요."

"제 생각도 그렇습니다."

메이슨이 말했다.

"그렇게 가정하면 얼마나 많은 문제점들이 해결되는지 알 수 있을 겁니다. 어떤 비밀 조직에 속한 자가 이 집에 숨어들어 더글러스 씨의 머리를 총으로 날려버린 뒤, 해자를 건너 도망친 겁니다. 시신 옆에 카드를 남겨놓은 이유는 나중에 신문을 통해 복수에 성공했다는 사실을 다른 조직원들에게 알리기 위해서겠죠. 이제 모든 것들이 착착 들어맞는 것 같군요. 그런데 하고많은 무기들 중에 왜 이 총을 사용한 걸까요?"

"그러게 말입니다."

"결혼반지는 무엇 때문에 가져간 걸까요?"

"그것도 정말 이상한 일입니다."

"그리고 어째서 아직까지 범인이 잡히지 않는 걸까요? 벌써 오후 2시가 지났습니다. 새벽부터 지금까지 경관들을 총동원하여 반경 육십 킬로미터 이내에서 옷이 젖어 있는 낯선 사람을 찾아다녔을 것 아닙니까?"

"맞습니다, 홈스 선생."

"범인이 근처에 은신처를 가지고 있거나 미리 준비해놓은 옷으로 갈아입은 게 아니라면 놓칠 리가 없을 텐데 말입니다. 지금까지도 소식이 없는 걸 보면 놓쳤다고 봐야 할 겁니다."

홈스는 창문 앞으로 다가가더니 돋보기를 꺼내 창틀에 묻어 있는 핏자국을 살폈다.

"이건 신발에서 묻은 게 확실하군. 볼이 아주 넓은 걸 보니 평발인 것 같고. 아, 이거 정말 이상한데. 커튼 뒤 방구석에 남아 있는 진흙 발자국은 발볼이 이것보다 좁아. 둘 다 너무 흐릿해서 확실하지 않군. 이 작은 탁자 밑에 놓여 있는 건 뭡니까?"

"주인님이 쓰던 아령입니다."

에임스가 대답했다.

"아령이라. 그런데 한 짝밖에 없군요. 다른 한 짝은 어디 있습니까?"

"모르겠습니다. 원래 한 짝밖에 없을지도 모릅니다. 지난 몇 달간 보이지 않았으니까요."

"아령이 한 짝밖에 없다는 건……."

홈스가 심각한 표정으로 말을 꺼냈다. 그때 누가 방문을 요란하게 두드렸다. 키가 크고 햇볕에 그을린 피부에 깨끗이 면도를 한 유능해 보이는 남자가 방안으로 들어왔다. 보자마자 말로만 듣던 세실 바커라는 것을 알 수 있었다. 그가 의아한 기색을 담은 강렬한 눈빛으로 우리의 얼굴을 차례로 살폈다.

"방해해서 죄송합니다. 방금 들어온 소식이 있어서요."

바커가 말했다.

"범인을 체포했답니까?"

"그건 아닙니다. 하지만 자전거를 찾았답니다. 범인이 자전거를 놔두고 간 모양이에요. 어서 가서 보시죠. 현관문에서 백 미터도 떨어지지 않은 곳에 있답니다."

밖으로 나가보니 한량들과 마부 서너 명이 모여 상록수 수풀 속에 숨겨져 있던 자전거를 끌어내 이리저리 살피고 있었다. 러지 휘트워스사의 오래된 낡은 자전거로 먼길을 달려왔는지 여기저기 진흙으로 얼룩졌다. 안장 주머니에 스패너와 기름통이 들어 있었지만 자전거 주인에 대한 단서는 아무것도 없었다.

"번호판이나 등록증만 있었어도 큰 도움이 되었을 텐데. 하지만 지금으로선 자전거를 찾았다는 것만으로도 고마운 일이죠. 만일 범인이 어디로 도망갔는지 알아내지 못하더라도 최소한 그자가 어디서 왔는지는 알아낼 수 있을 테니 말입니다. 하지만 범인은 어째서 자전거를 남겨놓고 간 걸까요? 그리고 자전거도 없이 어떻게 도망친 걸까요? 정말 이번 사건은 도저히 앞이 보이지 않는 것 같습니다, 홈스 선생님."

맥도널드가 말했다.

"그런가요? 어떨는지!"

홈스가 생각에 잠긴 채 대답했다.

무대 위의 사람들

5.

“서재는 다 둘러보셨습니까?”

우리가 다시 집에 들어가자 메이슨이 물었다.

“지금은 이 정도로 됐습니다.”

맥도널드가 말했다. 홈스도 고개를 끄덕였다.

“그렇다면 이제 집에 있던 사람들의 이야기를 들어보고 싶으시겠죠? 식당에서 하는 게 좋겠습니다. 에임스, 우선 당신 이야기부터 들어봅시다.”

집사의 이야기는 간단하고 명확했다. 나는 그가 아주 성실한 사람이라는 인상을 받았다. 집사는 더글러스가 벌스턴에 처음 왔던 오 년 전부터 이곳에서 일을 했다고 했다. 그는 더글러스를 미국에서 많은 돈을 번 부자로 알고 있었다. 더글러스는 친절하고 배려심이 많은 주인이었다. 예전에 모셨던 주인들보다는 못했지만 세상에 완벽한 사람은 없는 법이니까. 에임스는 더글러스가 불안에 떠는 모습을 한 번도 본 적이 없을 뿐만 아니라 본 중에 가장 겁이 없는 사람이라고 했다. 더글러스는 매일 밤 도개교를 끌어올리라고 지시를 내렸는데, 그건 저택의 오래된 전통에 따르기 위해서였다. 더글러스는 그런 옛날 관습을 지키는 것을 좋아했다.

사건이 있기 전날은 마을을 떠나 런던에 가는 일이 드문 더글러스가 턴브리지웰스로 물건을 사러 간 날이었다. 에임스가 보기에 그날 더글러스는 평소와 다르게 불안해하고 흥분한 것 같았다. 평소와 다르게 조바심을 내면서 짜증이 난 것처럼 보이기도 했다. 사건이 일어났던 그 시각, 에임스는 잠자리에 들지 않고 저택 안쪽에 있는 식기 보관실에서 은그릇을 정리하고 있었다. 그때 요란하게 울리는 종소리를 들었다. 총소리는 듣지 못했다고 했다. 식기 보관실과 주방은 저택 가장 안쪽인데다가 긴 복도를 사이에 두고 문들이 겹겹이 닫혀 있었기 때문이다. 가정부 역시 요란한 종소리를 듣고 방에서 나왔기에 함께 홀로 뛰어갔다.

그들이 계단 아래쪽에 도착했을 때 더글러스 부인이 2층에서 내려오고 있었다. 부인은 서두르는 모양새도 아니었고 놀란 얼굴도 아니었다. 그녀가 계단을 다 내려왔을 때 바커가 황급히 서재에서 뛰어나왔다. 그리고 더글러스 부인을 가로막으며 침실로 돌아가라고 했다.

"부디 침실로 돌아가세요! 불쌍하게도 잭이 죽었어요. 부인이 할 수 있는 일은 아무것도 없어요. 방으로 올라가 계세요!"

바커의 말을 듣고 더글러스 부인은 침실로 돌아갔다. 그녀는 비명을 지르지도 않았고 큰 소리로 울지도 않았다. 가정부인 앨런 부인이 더글러스 부인을 침실로 데려가 그 옆을 지켰다. 에임스와 바커는 서재로 돌아갔다. 그리고 그곳에서 경찰들이 본 것과 똑같은 광경을 목격했다. 그때 촛불은 꺼졌고 등불이 켜져 있었다. 두 사람은 창문 밖을 내다보았지만 한밤중이라 아무것도 보이지 않았고 아무 소리도 들리지 않았다. 그들은 다시 홀로 나왔다. 에임스는 권양기를 돌려 도개교를 내렸다. 바커는 급히 경찰서로 달려갔다.

여기까지가 집사가 한 진술의 주된 내용이었다.

그다음에는 가정부인 앨런 부인의 이야기를 들었다. 대체로 집사의 이야기를 뒷받침해주는 내용이었다. 가정부의 방은 에임스가 일하고 있던 식기 보관실보다는 저택 정면에 가까이 있었다. 그녀가 막 잠자리에 들려고 할 때 요란한 종소리가 울렸다. 부인은 귀가 약간 어두웠고 방도 서재와는 거리가 제법 떨어져 있기 때문에 총소리를 듣진 못했다. 대신 종소리가 나기 삼십 분 전쯤에 문을 세게 닫는 것 같은 쾅 소리를 들은 기억이 난다고 했다. 그녀가 홀 쪽으로 달려갔을 때 에임스도 달려나왔다. 그때 앨런 부인은 얼굴이 파랗게 질린 채 몹시 흥분한 모습으로 서재에서 나오는 바커를 보았다. 그가 계단을 내려오는 더글러스 부인을 가로막았다. 바커가 더글러스 부인에게 침실로 돌아가라고 간청하자 부인이 뭐라고 대답했지만 앨런 부인은 듣지 못했다고 했다.

"부인을 모시고 올라가요. 그리고 부인과 같이 있어줘요!"

바커가 앨런 부인에게 말했다.

그녀는 더글러스 부인을 침실로 데려간 뒤 진정시키려고 애를 썼다. 부인은 몹시 흥분한 것처럼 온몸을 바들바들 떨었다. 하지만 아래층으로 내려가려고 하진 않았다. 그저 실내복 차림으로 벽난로 앞에 앉아 얼굴을 양손에 파묻고 있었다. 앨런 부인은 그날 밤 내내 더글러스 부인 옆에 있었다. 먼저 잠자리에 들었던 다른 하인들은 아무것도 모르고 있다가 경찰이 도착한 뒤에야 상황을 알게 되었다. 하인들의 처소는 집 안쪽에 있었고 모두 깊이 잠들었기 때문에 아무 소리도 듣지 못했던 것이다.

가정부의 진술에서 새로운 내용은 아무것도 없었다. 그저 앨런 부인의 탄식과 놀라움만이 더해졌을 뿐이다.

앨런 부인의 뒤를 이어 세실 바커의 이야기를 들었다. 그가 전날 밤 있었던 사건에 대해 경찰에게 말했던 것과 거의 다르지 않은 내용이었다. 바커는 범인이 창문을 통해 도망쳤다고 확신하고 있었다. 창틀에 남아 있는 핏자국이 결정적인 증거라고 했다. 도개교를 올린 뒤에 다른 탈출 방법은 없었기 때문이다. 하지만 그도 범행의 동기가 무엇인지, 발견된 자전거가 범인의 것이라면 어째서 놔두고 갔는지에 대해서는 설명하지 못했다. 해자의 깊이가 구십 센티미터 정도밖에 안 되기 때문에 범인이 물에 빠져 죽었을 가능성은 없었다.

바커는 이 사건에 대해 짐작 가는 점이 있다고 했다. 원래 과묵한 편이었던 더글러스는 자기 인생의 어떤 부분에 관해선 절대로 입을 열지 않았다. 더글러스는 젊을 때 아일랜드에서 미국으로 이민을 가 그곳에서 크게 성공했다. 바커와 처음 만난 곳은 캘리포니아였다. 두 사람은 동업을 하기로 한 뒤 베니토캐니언이라는 광산에서 큰 성공을 거뒀다. 사업이 잘되고 있을 때 더글러스가 갑자기 재산을 정리해 영국으로 떠났다. 그때 그는 상처해 홀몸이었다. 그 뒤에 바커도 자기 몫을 정리하고 런던으로 돌아왔다. 두 사람은 다시 만나 예전 관계를 회복했다.

더글러스는 항상 뭔가 위협을 받고 있는 것처럼 보였다. 갑자기 캘리포니아를 떠나 영국의 조용한 마을에 집을 구한 이유도 그 때문 같았다. 바커는 더글러스가 앙심을 품은 비밀 조직에게 쫓기고 있다고 생각했다. 또한 조직은 그를 죽일 때까지 추적을 멈추지 않을 성싶었다. 바커가 대놓고 물어봐도 더글러스는 무슨 조직인지, 무슨 일로 쫓기고 있는지 말해주지 않았다. 바커는 카드에 적혀 있던 이상한 기호도 비밀 조직과 연관되었을 거라 생각하고 있었다.

"캘리포니아에서는 더글러스 씨와 얼마나 함께 지냈습니까?"

맥도널드 경위가 물었다.

"오 년 동안 같이 지냈습니다."

"그때는 더글러스 씨가 혼자 살았다고 했었죠?"

"부인을 잃은 뒤였으니까요."

"혹시 더글러스 씨의 첫 번째 부인이 어디 출신인지 알고 있습니까?"

"아뇨. 그저 독일계라고 했던 것만 기억납니다. 부인의 초상화도 보여줬죠. 아름다운 여성이었습니다. 나와 만나기 일 년 전에 장티푸스로 죽었다고 하더군요."

"미국에서 더글러스 씨의 과거와 관련이 있는 지역을 아십니까?"

"시카고에 대해 이야기하는 걸 들은 적이 있습니다. 잭은 그 도시에 대해 잘 알고 있었고 거기서 일도 했다고 했죠. 석탄과 철광 지대에 대한 이야기도 들었습니다. 잭은 젊었을 때 정말 많은 곳을 돌아다녔다고 했어요."

"더글러스 씨가 정치적인 활동을 한 적이 있습니까? 정치와 관련된 비밀 조직은 아닐까요?"

"아뇨. 잭은 정치에는 관심이 없었습니다."

"그렇다면 범죄 조직과 관련이 있는 건 아닐까요?"

"아뇨. 지금껏 살아오면서 잭만큼 올곧은 사람은 본 적이 없습니다."

"캘리포니아에서 지내는 동안 뭔가 이상한 점은 없었습니까?"

"잭은 광산에 틀어박혀 일하는 것을 좋아했습니다. 웬만하면 사람들이 모인 곳에는 가려고 하지 않았죠. 그래서 잭이 누구에게 쫓기고 있을지도 모른다는 생각을 하게 된 겁니다. 이 친구가 갑자기 유럽으로 떠나버리자 확신을 갖게 되었습니다. 그때 잭은 누군가로부터 경고를 받았던 모양이에요. 그가 떠난 지 일주일도 되지 않아 여섯 명이나 되는 남자들이 찾아와 잭에 대해 물었으니까요."

"어떤 사람들이었습니까?"

"인상이 좋지 않은 사람들이었죠. 다짜고짜 찾아와 잭이 어디 있는지 말하라고 하더군요. 난 그 사람들에게 잭이 유럽으로 갔고 정확하게 어디로 갔는지는 모른다고 말했어요. 잭을 위협하는 사람들이 분명했어요. 한눈에 알아볼 수 있었죠."

"그 사람들은 미국인, 그러니까 캘리포니아에 사는 사람들이었나요?"

"캘리포니아에 사는 사람들인지는 모르겠지만 미국인인 건 확실했습니다. 하지만 광부는 아니었습니다. 무슨 일을 하는 사람들인지는 모르겠지만 그자들이 돌아가니 마음이 놓이더군요."

"그게 육 년 전에 있었던 일입니까?"

"거의 칠 년 전이죠."

"바커 씨가 캘리포니아에서 더글러스 씨와 함께 오 년을 지냈다고 했으니, 그 사람들과의 문제는 적어도 십일 년 전에 있었던 일이라고 볼 수 있겠군요?"

"그렇다고 봐야죠."

"그렇게 오랜 세월 동안 쫓아다니는 걸 보면 아주 깊은 원한이 분명합니다. 사소한 문제로 살인을 저지르진 않을 테니까요."

"잭은 평생 동안 그 그림자 속에 살았습니다. 한순간도 떨쳐버리지 못했죠."

"더글러스 씨가 위험이 닥치고 있다는 것을 알고 있었다면 어째서 경찰에 신변 보호를 요청하지 않았을까요?"

"경찰이 지켜줄 수 없는 위험이었겠죠. 여러분이 아셔야 할 것이 있는데, 잭은 항상 무기를 지니고 있었습니다. 주머니에 권총을 넣어가지고 다녔습니다. 하지만 운이 나쁘게도 어젯밤에는 실내복으로 갈아입다가 권총을 침실에 놔두고 서재로 온 겁니다. 도개교만 올리면 안전하다고 생각했으니까요."

"아무래도 시간 순서대로 정리를 해야겠습니다. 더글러스 씨가 캘리포니아를 떠난 건 육 년 전이고, 당신은 그다음 해에 그곳을 떠났다고 했습니다. 맞습니까?"

맥도널드가 말했다.

"그렇습니다."

"더글러스 씨가 결혼한 지 오 년이 됐다고 들었습니다. 그러니까 더글러스 씨가 결혼했을 즈음에 바커 씨도 영국에 돌아왔겠군요."

"결혼식이 있기 한 달 전에 돌아왔죠. 내가 신랑 들러리를 섰습니다."

"결혼하기 전부터 더글러스 부인과 알던 사이였습니까?"

"아뇨. 몰랐습니다. 영국을 십 년 넘게 떠나 있었으니까요."

"그런 것치고는 결혼한 뒤로 더글러스 부인을 너무 자주 만난 게 아닙니까?"

바커가 맥도널드를 굳어진 얼굴로 쳐다보았다.

"결혼한 이후로 자주 만난 건 잭입니다. 잭을 만나러 오다 보니 부인도 만나게 된 거죠. 혹시 부인과의 사이를 오해하고 있다면…….”

“오해 같은 건 하지 않습니다, 바커 씨. 사건과 관련된 것들이라 질문하는 겁니다. 기분을 상하게 할 의도는 없었습니다.”

“하지만 기분 나쁜 질문들이 있군요.”

바커가 화가 난 듯 대꾸했다.

“우리가 원하는 건 오직 진실뿐입니다. 바커 씨를 비롯한 모든 사람들의 이해관계를 명확하게 밝혀야만 하죠. 더글러스 씨도 당신과 부인의 친분을 인정해주었습니까?”

얼굴이 창백해진 바커는 힘껏 맞잡고 있던 두 손을 부르르 떨었다.

“당신은 그런 질문을 할 자격이 없습니다! 그건 사건과 아무 관계가 없습니다!”

“다시 한번 묻죠.”

“대답을 거부하겠습니다.”

“물론 대답을 거부할 수도 있습니다. 하지만 거부 자체가 대답이 될 수 있다는 것도 알아두십시오. 숨기는 게 없다면 대답을 거부할 이유가 없잖습니까.”

바커는 얼굴이 굳은 채 그대로 서서 짙은 검은색 눈썹이 아래로 처질 정도로 깊은 생각에 잠겼다. 그러다가 미소를 지으며 고개를 들었다.

"그렇죠. 여러분은 할 일을 하는 것뿐이니까요. 내가 수사를 방해해서도 안 되는 거고요. 다만 더글러스 부인은 이 문제를 신경쓰지 않게 해주십시오. 안 그래도 무척 힘들 테니 말입니다. 불쌍한 잭에게는 단점이 한 가지 있었어요. 질투심 말입니다. 그 친구는 날 좋아했습니다. 세상 어느 누구도 친구를 그렇게 좋아할 순 없을 겁니다. 그리고 부인에게도 헌신적이었죠. 그 친구는 내가 이 집에 오는 것을 무척 좋아해서 끊임없이 사람을 보내 초대할 정도였습니다. 그렇지만 함께 대화를 나누다가 부인과 내가 생각이나 감정을 공유하는 모습을 보이기라도 하면 심하게 질투를 했어요. 화를 내며 심한 말을 퍼붓곤 했죠. 그런 이유로 다신 이곳에 오지 않겠다고 맹세한 적이 한두 번이 아니었습니다. 그때마다 잭은 잘못을 뉘우치며 다시 찾아와달라고 부탁하는 편지들을 보내곤 했습니다. 그런 편지를 받으면 마음을 풀고 이곳을 다시 찾을 수밖에 없었어요. 난 여러분께 분명히 말할 수 있습니다. 더글러스 부인만큼 남편을 사랑하고 남편에게 충실한 아내는 없을 겁니다. 그리고 이 세상에 나만큼 신의를 지키는 친구도 없을 겁니다."

바커는 진심을 담아 열변을 토했지만 맥도널드는 이 문제를 그냥 넘어가지 않았다.

"더글러스 씨의 결혼반지가 없어졌다는 건 알고 있죠?"

"그렇게 보이더군요."

바커가 말했다.

"그렇게 보인다는 건 무슨 뜻입니까? 바커 씨는 그게 어떻게 됐는지 알고 있는 것 같군요."

바커는 순간 당황하여 어쩔 줄 몰라 하는 것처럼 보였다.

"내가 그렇게 보인다고 한 건 잭이 직접 반지를 뺐을 가능성도 있다는 뜻이었습니다."

"반지를 누가 뺐든 간에 결혼반지가 없다는 것만으로도 이번 사건이 더글러스 씨의 결혼과 연관되었을지도 모른다는 생각이 들지 않습니까?"

바커가 넓은 어깨를 으쓱했다.

"무슨 연관이 있다는 건지 모르겠습니다. 하지만 지금 하신 말씀이 더글러스 부인의 명예를 실추시킬 만한 내용을 담고 있다면……."

순간 바커는 눈빛을 번쩍거리긴 했지만 이내 마음을 가라앉힌 듯 차분히 말을 이었다.

"……완전히 잘못 생각하고 계신 겁니다."

"당장은 더 여쭤볼 게 없군요."

맥도널드가 냉정하게 말했다.

"별건 아니지만 한 가지 물어보고 싶은 게 있습니다. 서재에 들어갔을 때 탁자 위에 촛불만 켜져 있었다고 했지요?"

홈스가 물었다.

"네. 그랬습니다."

"촛불만으로 끔찍한 현장을 알아볼 수 있었습니까?"

"네."

"그리고 바로 종을 울리신 건가요?"

"그렇습니다."

"다른 사람들은 언제 나타났습니까?"

"일 분도 안 되어 다들 모였습니다."

"사람들이 방에 도착했을 때는 촛불은 꺼져 있고 등불이 켜져 있었다고 했습니다. 그 점이 이상합니다만."

바커는 또다시 뭔가 망설이는 것처럼 보였다. 그는 잠시 머뭇거리다가 대답했다.

"전혀 이상할 것 없습니다. 촛불이 별로 밝지 않았기 때문에 좀더 환하게 해야겠다는 생각이 들었습니다. 마침 탁자 위에 등이 놓여 있기에 불을 붙였고요."

"그리고 촛불을 껐습니까?"

"네, 그랬습니다."

홈스는 더이상 질문하지 않았다. 바커는 어쩐지 도전적인 눈빛으로 우리의 얼굴을 차례로 쳐다보고는 식당을 나갔다.

맥도널드는 더글러스 부인의 방으로 찾아가겠다는 의사를 전했다. 하지만 그녀는 자신이 식당으로 내려오겠다는 답을 보냈다. 조금 뒤, 키가 크고 아름다운 삼십 대 여성이 모습을 드러냈다. 더글러스 부인이었다. 갑자기 닥친 비극에 넋이 나갔을 거라는 예상과는 달리 그녀는 깜짝 놀랄 정도로 침착한 모습이었다. 충격이 크긴 했는지 안색이 창백하고 표정이 굳어 있었지만 태도는 차분했다. 식탁 끝에 올린 아름다운 손가락도 전혀 떨림이 없었다. 그녀는 슬픈 호소가 가득한 눈으로 우리를 차례로 쳐다보았다. 영문을 몰라 답을 구하는 듯한 표정이었다. 그 절박한 눈빛이 갑자기 질문으로 터져 나왔다.

"뭔가 알아냈나요?"

질문에 희망보다는 두려움이 어려 있다는 느낌이 드는 건 내 착각일까?

"빠짐없이 조사하고 있으니 마음을 놓으셔도 됩니다."

맥도널드가 대답했다.

"비용은 얼마가 들어도 상관없어요. 최선을 다해주셨으면 좋겠어요."

더글러스 부인이 힘은 없었지만 침착한 목소리로 말했다.

"사건 해결의 실마리가 될 만한 걸 알고 계시면 말씀해주십시오."

"그런 게 있을진 모르지만 제가 알고 있는 사실은 모두 말씀드리겠습니다."

"세실 바커 씨의 말에 따르면, 부인은 끔찍한 사건이 일어난 방에 들어가지 않았고 아무것도 보지 못했다고 하더군요?"

"맞아요. 제가 계단을 내려오자 그분이 가로막았어요. 그냥 방에 돌아가 있으라고 간곡하게 청하더군요."

"그랬군요. 총소리를 듣자마자 아래층으로 내려오셨습니까?"

"실내복만 걸치고는 바로 내려갔어요."

"계단에서 바커 씨와 마주쳤을 때는 총소리가 나고 얼마나 지났을 때였습니까?"

"이 분 정도 지났을 거예요. 그런 상황이라 시간을 정확하게 재진 못했지만요. 바커 씨는 서재에 들어가지 말라고 했어요. 제가 할 수 있는 일이 아무것도 없다면서 말이에요. 그때 앨런 부인이 절 다시 2층으로 데려갔어요. 모든 일들이 끔찍한 악몽 같았습니다."

"남편분이 아래층으로 내려가고 얼마나 지난 뒤에 총소리가 들렸습니까?"

"잘 모르겠어요. 그이가 옷을 갈아입으러 화장실에 가는 건 봤는데, 아래층으로 내려가는 소리는 듣지 못했거든요. 남편은 매일 밤 집안을 둘러보며 불이 켜진 곳은 없는지 확인했습니다.

화재라도 날까 봐 걱정이 많았죠. 그게 그이의 유일한 걱정거리였어요."

"바로 그 점에 대해 묻고 싶습니다. 부인은 남편분을 영국에서 만났죠?"

"네. 결혼한 지 오 년 됐습니다."

"혹시 더글러스 씨가 미국에서 있었던 일이나 그 일로 위협을 받을 수도 있다는 말을 한 적이 있습니까?"

더글러스 부인은 한참 생각한 뒤에 질문에 대답했다.

"네. 항상 그이의 주변에 위험이 드리워져 있다는 느낌이 들었어요. 남편은 제게 그런 이야기를 하는 걸 꺼렸죠. 절 믿지 못했던 건 아니에요. 우리 두 사람 사이에는 완벽한 사랑과 믿음이 있었으니까. 그이는 저까지 걱정시키고 싶지 않았던 거예요. 만일 제가 사실을 알게 될 경우 계속 거기에 신경쓸까 봐 말을 하지 않은 거겠죠."

"그런데 어떻게 알게 됐습니까?"

더글러스 부인의 얼굴에 잠깐이나마 미소가 번졌다.

"남편이 사랑하는 아내에게 평생 동안 비밀을 숨길 수 있다고 생각하세요? 알아내는 방법이야 여러 가지가 있죠. 그이는 미국에서 살았을 때의 일들을 절대 말해주지 않았어요. 하지만 뭔가를 경계하는 모습이나 무심코 흘린 말을 통해 알 수 있었죠. 갑자기 낯선 사람들이 찾아왔을 때 그들을 대하는 모습을 보면서 알았어요. 남편에게는 무서운 적들이 있고 그 사람들이 자기 뒤를 쫓고 있다고 생각한다는 걸 말이에요. 항상 그들에 대한 경계심을 늦추지 않고 있다는 사실도 알게 됐고요. 그래서 남편이 예정보다 집에 늦게 들어올 때면 늘 겁에 질리곤 했어요."

"어떤 말들이 신경쓰였습니까?"

홈스가 물었다.

"'공포의 계곡'이란 말요. 내가 물어보자 그런 표현을 쓰더군요.

'난 공포의 계곡에 머물러 있소. 아직도 거기서 벗어나지 못했지.'

'우리가 공포의 계곡에서 벗어날 방법은 없는 거예요?'

제가 묻자, 남편은 평소보다 훨씬 심각한 표정으로 이렇게 대답했어요.

'가끔씩은 그곳을 절대 벗어나지 못할 거라는 생각이 든다오.'"

"공포의 계곡이 무엇인지는 물어봤습니까?"

"그럼요. 하지만 남편은 심각한 얼굴로 고개를 저었어요. '그림자 속에 갇혀 있는 건 나 혼자면 충분해요. 부디 당신한테는 아무 일도 없기를!'이라면서요. 제 생각에 남편은 실제로 그 계곡에서 지냈고 그곳에서 끔찍한 일을 당한 게 분명해요. 하지만 그 이상은 저도 몰라요."

"남편분이 다른 사람의 이름을 말한 적이 있습니까?"

"있어요. 삼 년 전에 사냥을 하러 갔다가 다친 적이 있었는데 열이 너무 많이 나서 정신이 혼미해졌죠. 그때 계속해서 누군가의 이름을 불렀어요. 분노와 공포가 섞인 목소리였죠. 맥긴티, 맥긴티 지부장이라고 했어요. 남편이 회복된 뒤에 맥긴티가 누구며, 어디의 지부장이냐고 물어보았더니 '천만다행으로 나와는 상관없는 사람이라오!' 하고 웃더군요. 그게 그이한테서 알아낼 수 있는 전부였죠. 하지만 맥긴티 지부장과 공포의 계곡은 뭔가 연관이 있는 게 분명해요."

"한 가지 확인할 게 있습니다. 부인은 더글러스 씨를 런던의 하숙집에서 처음 만났고, 그곳에서 결혼을 약속했다고 하셨죠? 두 분은 연애결혼하신 건가요? 결혼을 준비할 때 뭔가 비밀이나 의심스러웠던 점은 없었습니까?"

경위가 물었다.

"네, 연애결혼을 했어요. 당연히 서로를 사랑했고요. 의심스러웠던 점은 아무것도 없었어요."

"연애 관계에서 경쟁자는 없었나요?"

"없었어요. 당시엔 만나는 사람이 없었으니까요."

"부인도 들으셨겠지만 남편분의 결혼반지가 사라졌습니다. 그 사실에 대해 어떻게 생각하십니까? 과거의 적이 계속 더글러스 씨를 쫓아다니다가 이런 끔찍한 범죄를 저질렀다고 한다면, 굳이 결혼반지를 가져가야 할 이유가 있을까요?"

그 순간 더글러스 부인의 입가에 아주 옅은 미소가 순간적으로 스쳤다.

"그건 모르겠어요. 정말 이상한 일이긴 해요."

"이제 가보셔도 됩니다. 이런 상황에 번거롭게 해서 죄송하군요. 궁금한 점이 생기면 그때 다시 여쭤보도록 하겠습니다."

더글러스 부인이 자리에서 일어났다. 나는 그녀가 또다시 뭔가 궁금해하는 눈빛으로 우리를 재빨리 살피는 것을 느꼈다. 마치 '제 이야기에서 어떤 느낌을 받았나요?'라고 묻는 듯했다. 더글러스 부인은 가볍게 목례를 한 뒤 식당 밖으로 나갔다.

"정말 아름다운 여인이군요. 정말 아름다워요."

더글러스 부인이 나가자 맥도널드가 생각에 잠긴 듯 말했다.

"바커는 확실히 이곳에 자주 왔습니다. 그자는 여자들이 좋아할 부류의 남자죠. 바커는 죽은 더글러스 씨가 자기를 질투했다는 사실을 인정했습니다. 어째서 질투를 했는지는 본인이 제일 잘 알고 있을 겁니다. 게다가 결혼반지가 없어졌어요. 그냥 넘어갈 일이 아닙니다. 죽은 남자의 손에서 결혼반지를 빼간다……. 홈스 선생님은 어떻게 생각하십니까?"

홈스는 양손에 얼굴을 파묻고 깊은 생각에 잠겨 있었다. 그러다가 자리에서 벌떡 일어나 종을 울렸다. 집사가 나타나자 홈스가 물었다.

"에임스, 지금 세실 바커 씨는 어디 있습니까?"

"알아보고 오겠습니다."

에임스는 잠시 뒤에 돌아와 정원에 있다고 말했다.

"바커 씨가 지난밤 서재에 들어갔을 때 어떤 신발을 신고 있었는지 기억이 납니까?"

"그럼요. 바커 씨는 침실용 슬리퍼를 신고 계셨습니다. 그분이 경찰서에 가기 전에 제가 구두를 가져다드렸습니다."

"그가 신었던 슬리퍼는 어디 있습니까?"

"홀에 있는 의자 밑에 그대로 있을 겁니다."

"좋아요, 에임스. 우리로서는 어느 것이 바커 씨의 발자국이고 범인의 발자국인지 구분하는 것이 중요하니까요."

"네, 그러시겠죠. 그런데 바커 씨의 슬리퍼에는 핏자국이 묻어 있습니다. 그리고…… 제 슬리퍼도 마찬가지고요."

"그건 당시 서재 상황을 생각해보면 당연한 일입니다. 수고했어요, 에임스. 부탁할 일이 있으면 다시 부르죠."

몇 분 뒤, 우리는 서재로 들어갔다. 홈스는 홀에서 바커의 슬리퍼를 가져왔다. 에임스의 말대로 밑창에 거무스름한 피가 묻어 있었다.

"이상하군! 정말 이상해!"

홈스가 창문 앞에서 슬리퍼를 햇빛에 비춰 보며 중얼거렸다.

그는 사냥하는 고양이처럼 슬리퍼를 창틀 위에 남아 있던 발자국 위에 재빨리 내려놓았다. 두 개가 정확하게 일치했다. 홈스가 동료들을 돌아보며 싱긋 웃었다.

맥도널드는 흥분한 듯했다. 막대기로 철책을 긁는 것 같은 애버딘 억양이 튀어나왔다.

"세상에! 딱 들어맞는군요! 창틀에 발자국을 남긴 건 바커였어요. 보통 신발보다 발볼이 넓군요. 아까 선생님이 평발이라고 하셨던 게 생각납니다. 이렇게 된 거였군요. 그런데 왜 이런 수를 쓴 걸까요? 무슨 의도로 이런 거죠?"

"글쎄, 무슨 의도로 이런 걸까요?"

홈스가 생각에 잠기며 되물었다.

화이트 메이슨은 그럴 줄 알았다는 듯 만족스러워하며 소리 내어 웃었다. 그리고 두툼한 손을 문지르며 큰 소리로 말했다.

"제가 골치 아픈 사건이라고 하지 않았습니까! 정말 골치 아픈 사건이라니까요!"

여명

6.

홈스와 경찰들은 조사해야 할 세부 사항들이 많았다. 나는 혼자 숙소로 돌아가기 전에 저택 측면에 위치한 기묘하리만치 고풍스러운 정원을 산책했다. 정원은 이상한 형태로 가지치기를 한 나이 많은 주목 나무들에 둘러싸여 있었다. 안에는 아름다운 잔디밭이 있었고 한복판에는 오래된 해시계가 있었다. 살짝 곤두서 있던 신경을 누그러뜨리고 마음이 편안하게 만드는 아름다운 곳이었다. 정원의 평온한 분위기는 모든 것을 잊게 해주었다. 컴컴한 서재에 쓰러져 있는 피투성이 시체조차 가벼운 악몽처럼 여겨졌다. 그곳에서 지친 내 영혼을 달래려는 순간 예기치 못한 광경을 목격하고 말았다. 그 바람에 내 마음에는 비극이 되살아나 불길한 기분만 남았다.

앞에서도 말했지만 주목 나무들이 정원을 빙 두르고 있다. 저택에서 멀어질수록 주목 나무 산울타리는 더욱 무성해져 저택에서는 울타리 너머가 보이지 않았다. 바로 그 자리에 돌의자가 있었다. 내가 그쪽으로 다가갔을 때 사람 목소리가 들렸다. 굵은 남자 목소리가 무슨 말인가 하자 이어 나지막하게 웃는 여자 목소리가 들렸다. 울타리 끝을 돌자 바커와 더글러스 부인의 모습이 눈에 들어왔다. 두 사람은 아직 나를 알아차리지 못했다. 나는 부인의 모습에 충격을 받았다. 식당에서 그녀는 차분하고 조심스러워 보였다. 그런데 지금 그녀에게서 슬픔 같은 건 전혀 느낄 수 없었다. 눈동자는 삶의 기쁨으로 빛났고 두 뺨엔 바커의 말에 즐거워하는 기색이 역력했다. 바커는 의자에 앉아 무릎 위에 팔꿈치를 대고 양손을 깍지 낀 채 몸을 앞으로 내밀고 있었다. 그 역시 잘생긴 얼굴에 미소를 지은 채 부인을 쳐다보았다. 내가 나타난 것을 알아차리자마자 두 사람은 웃음기를 지우고 진지한 얼굴을 했지만 이미 늦은 일이었다. 두 사람 사이에 뭔가 짧게 말이 오갔다. 바커가 자리에서 일어나 내게 다가왔다.

"실례합니다만, 왓슨 박사님이시죠?"

바커가 말했다.

나는 조금 전 받았던 불쾌한 느낌을 그대로 보여주듯이 차갑

게 인사를 했다.

"왓슨 박사님이실 줄 알았습니다. 박사님과 셜록 홈스 씨의 친분은 유명하니까요. 잠깐 이쪽으로 와서 더글러스 부인과 이야기를 나누시지 않겠습니까?"

나는 뚱한 얼굴로 바커의 뒤를 따라갔다. 서재 바닥에 쓰러져 있던 피해자의 모습이 눈앞에 생생하게 떠올랐다. 비극이 일어난 지 몇 시간 만에 피해자의 부인과 가장 친한 친구라는 사람이 이렇게 피해자의 정원 뒤에 숨어서 함께 웃고 있다니. 나는 마지못해 부인에게 인사를 했다. 식당에서는 슬퍼하는 그녀의 모습에 마음이 아팠다. 하지만 지금 그녀의 매력적인 눈동자를 쳐다보는 내 마음은 아주 차가웠다.

"박사님은 지금 절 냉정하고 잔인한 사람이라고 생각하시겠죠?"

그녀가 물었다.

난 어깨를 으쓱해 보였다.

"저하고는 상관없는 일입니다."

"언젠가는 이해하실 거예요. 박사님이 아시게 되면……."

"왓슨 박사님이 꼭 아실 필요는 없을 것 같습니다. 박사님도 상관없는 일이라고 하셨고."

바커가 재빨리 끼어들었다.

"그 말이 맞습니다. 다시 산책이나 하러 가야겠습니다."

"잠깐만요, 왓슨 박사님."

더글러스 부인이 애원하는 목소리로 나를 불렀다.

"여쭤보고 싶은 게 있어요. 박사님만큼 확실한 대답을 해줄 수 있는 분은 없을 거예요. 대답에 따라 제 인생이 크게 달라질 수도 있고요. 박사님은 홈스 씨와 경찰의 관계에 대해 잘 알고 계시죠? 만일 홈스 씨가 어떤 일을 알게 된다면 경찰에게 알려야만 하나요?"

"그래요. 저도 그걸 묻고 싶었습니다. 홈스 씨가 독자적으로 일을 하는 건지, 아니면 전적으로 경찰과 공조하는 건지 그 점이 궁금합니다."

바커도 열성적으로 말했다.

"제가 그런 문제를 얘기해도 좋을지 잘 모르겠군요."

"부탁드립니다. 아니, 이렇게 간청드릴게요, 왓슨 박사님. 부디 우리를 도와주세요. 박사님이 대답해주신다면 정말 큰 도움이 될 거예요."

더글러스 부인의 절절한 목소리에 나는 조금 전 그녀의 경솔한 행동은 까맣게 잊고 부탁을 들어주었다.

"홈스는 독자적으로 수사를 합니다. 그 친구는 언제나 자신의 판단에 따라 행동하죠. 그렇지만 같은 사건을 수사하는 경찰에게 충실한 것도 사실입니다. 특히 범죄자가 법의 심판을 받게 하는 데 도움이 된다면 경찰에게 아무것도 숨기지 않을 겁니다. 제가 드릴 수 있는 답은 이 정도입니다. 더 자세히 알고 싶으시다면 홈스 본인에게 들으십시오."

나는 모자를 들어올려 인사를 한 뒤 그 자리를 떠났다. 두 사람은 의자에 계속 앉아 있었다. 내가 산울타리 끝에 도착해 잠깐 뒤를 돌아보았을 때도 그들은 여전히 뭔가를 열심히 이야기하고 있었다. 그러면서도 두 사람의 시선이 계속 내 뒤를 좇고 있는 걸 보면 열띤 토론의 주제가 조금 전 나와 했던 이야기라는 것이 확실했다.

"그 사람들의 비밀 이야기 같은 건 듣고 싶지 않군."

내가 그들과 마주쳤던 일을 이야기하자 홈스가 말했다. 그는 오후 내내 대저택에 있으면서 맥도널드, 메이슨과 함께 사건에 대해 논의하다가 5시가 다 되어서야 여관으로 돌아왔다. 그리고 내가 주문해놓은 간단한 저녁 식사를 허겁지겁 먹어치웠다.

"비밀 이야기는 사양일세, 왓슨. 그들은 살인 공모죄로 체포될까 봐 전전긍긍하고 있거든."

"그 사람들이 체포될 거라고 생각하나?"

홈스는 기분이 좋은 것 같았다.

"이보게, 왓슨. 네 번째 달걀을 먹고 난 뒤에 진행 상황을 알려주겠네. 아직 사건의 전모가 밝혀진 건 아니야. 아직은 아니지. 하지만 없어진 아령 한 짝만 찾는다면……."

"아령이라고?"

"그래, 왓슨. 자넨 이번 사건이 없어진 아령에 달려 있다는 사실을 아직까지 깨닫지 못한 건가? 그래도 기죽을 필요는 없어. 우리끼리 말이지만, 맥 경위나 그 실력 좋은 시골 형사도 아령이 얼마나 중요한지 알고 있는 것 같진 않으니까 말이야. 왓슨, 아령이 한 짝밖에 없단 말이야! 아령을 한 짝만 드는 운동선수를 한번 생각해보게. 몸이 한쪽만 발달하게 되어 금세 척추가 휠 위험이 있어. 끔찍한 일이지. 왓슨. 정말 끔찍한 일이고 말고!"

홈스는 입안 가득 토스트를 쑤셔넣으며 장난기가 가득한 눈으로 뭐가 뭔지 몰라 혼란스러워하는 내 모습을 지켜보았다. 그의 왕성한 식욕만 봐도 사건 해결이 머지않았다는 것을 알 수 있었다. 생각대로 풀리지 않는 문제가 있을 때면 홈스는 몇 날 며칠이고 아무것도 먹지 않은 채 머리를 쥐어짜곤 했다. 그렇게 고행에 가까운 정신 집중을 할 때마다 안 그래도 마른 홈스는 더 마르기 일쑤였다. 마침내 식사를 끝낸 홈스는 여관의 난롯가에 앉아 파이프 담배에 불을 붙였다. 그리고 이번 사건에 대해 이것저것 천천히 이야기를 하기 시작했다. 생각해서 말을 하는 것이 아니라 떠오르는 대로 말을 하는 것 같았다.

"거짓이야, 왓슨. 우리가 처음 서재에 들어서면서 보았던 모든 광경이 말도 안 되는 기가 막힌 거짓이었단 말이네. 처음부터 그랬던 거야. 바커가 한 이야기는 모두 거짓말이었어. 하지만 바커의 진술은 더글러스 부인의 말과 일치하지. 따라서 부인 역시 거짓말을 한 거야. 두 사람 다 거짓말을 하고 있으니 공모했다는 소리지. 이제 문제는 명확해졌어. 그들은 무엇 때문에 거짓말을 했으며 그렇게까지 숨기려고 하는 진실은 무엇인가? 이제부터 자네와 내가 두 사람이 하는 거짓말의 속내를 파헤치고 진실을 재구성해보는 거야.

그들이 거짓말을 하고 있다는 것을 내가 어떻게 알았는지 궁금한가? 그건 도저히 사실처럼 보이지 않는 서투른 거짓말을 했기 때문이야. 생각해보게! 범인이 살인을 저지른 뒤 일 분도 되지 않는 시간 동안 죽은 사람의 손가락에서 반지를 빼낸 뒤, 그 아래에 끼고 있던 결혼반지를 빼내고 다시 처음 뺐던 반지를 끼워놓고, 시신 옆에 카드를 남겨놓는 것이 가능한 일인가? 불가능해. 더글러스가 죽기 전에 범인에게 반지를 직접 줬을 수도 있지 않느냐고 반박할 수도 있지. 자네는 판단력이 뛰어나니 틀림없이 그런 생각이 들었을 거야. 하지만 촛불이 켜져 있던 시간이 짧다는 건 범인과 더글러스가 대치한 시간이 길지 않았다는 것을 말해주지. 사람들 말에 따르면 더글러스는 겁이라고는 모르는 용감한 성격이라고 했어. 그런 사람이 결혼반지를 범인에게 얼른 빼주었겠나? 아니, 애초에 결혼반지를 내놓겠다는 생각을 했을까? 그랬을 리 없어. 왓슨, 범인은 등불까지 켜고 죽은 사람 옆에 한참 동안 있었을 거야. 그 점만큼은 확실해. 하지만 사망 원인은 총상이 확실하지. 그렇다는 건 총성이 울린 시간이 우리가 알고 있는 것보다 빨랐다는 뜻이라네. 하지만 사람들이 그렇게 큰 소리를 잘못 들을 리 없지. 따라서 총성을 들었다고 진술한 두 사람, 바로 바커와 더글러스 부인이 공모했다는 것을 알 수 있다네. 바커는 경찰에 거짓 단서를 주기 위해 창틀에 피 묻은 발자국까지 남겼지. 상황이 점차 바커에게 불리해지고 있다는 것을 알 수 있을 거야.

우리가 알아내야 하는 건 실제로 범행이 일어난 시간이라네. 일단 하인들이 집안을 돌아다니는 10시 30분까지는 평소와 다름없었어. 10시 45분에는 하인들이 모두 처소로 돌아가 있었지. 식기 보관실에 있던 집사 에임스만 제외하고 말이야. 오후에 자네가 가고 난 뒤 작은 실험을 해봤다네. 맥도널드 경위가 서재에서 아무리 큰 소리를 내도 문을 다 닫은 상태에서는 식기 보관실에 아무 소리도 들리지 않더군. 하지만 가정부의 방은 그렇지 않았어. 그 방은 복도에서 그리 멀리 떨어져 있지 않아서 서재에서 큰 소리가 나면 흐릿하게 들리더군. 목표물 아주 가까이에서 총을 발사할 경우 소리가 약간 작아지긴 해. 이번 사건 같은 경우라면 확실히 그랬을 테지. 아주 크게 들리진 않았을지 몰라도 사방이 조용한 한밤중이었으니까 앨런 부인의 방에선 분명히 들렸을 거야. 앨런 부인은 자기 입으로 귀가 약간 어둡다고 했었지. 하지만 종소리가 울리기 삼십 분 전에 문을 세게 닫는 것 같은 소리를 들었다고 했어. 종소리가 울리기 삼십 분 전이면 10시 45분이야. 난 가정부가 들었다는 문소리가 총성이었을 거라고 생각하네. 그때가 진짜 범행이 일어난 시간인 거지. 만일 그렇다면 바커 씨와 더글러스 부인이 실제 범인이 아니라는 가정하에, 진짜 범행이 일어난 10시 45분부터 종을 울려 하인들을 부른 11시 15분까지 서재에서 무엇을 했는지 알아봐야 할 차례야. 두 사람은 그곳에서 무엇을 했을까? 어째서 곧바로 종을 울리지 않은 걸까? 이것이 우리 앞에 놓인 문제라네. 그 답을 찾는다면 이번 사건은 해결된 거나 마찬가지야."

"난 두 사람 사이에 뭔가 있다고 확신한다네. 남편이 살해당한 지 몇 시간 되지도 않았는데 다른 남자의 농담 한마디에 그렇게 웃어대는 걸 보면 더글러스 부인은 피도 눈물도 없는 매정한 여자가 분명해."

"그래, 부인은 진술을 할 때도 아내로서의 모습은 별로 보여주지 않았어. 내가 여자들에게 별 기대를 하지 않는다는 건 자네도 알고 있을 테지, 왓슨. 하지만 지금까지의 경험만으로도 충분히 알 수 있는 사실이 있는데, 자기 남편을 조금이라도 생각하는 아내라면 남편이 죽었다는 사실을 알고도 다른 남자의 말 한마디에 자기 방으로 돌아가진 않아. 만일 내가 결혼을 한다면 아내가 불과 몇 미터 앞에 누워 있는 내 시체를 보지도 않고 가정부의 부축을 받으며 그대로 자기 방으로 올라가진 않을 정도의 감정이 있는 여자이길 바랄 뿐이네. 연출도 상당히 어설펐어. 이런 경우 오열하는 다른 여자들과 달리 눈물 한 방울 보이지 않는 더글러스 부인을 보면 아무리 서툰 수사관이라도 의심할 수밖에 없을 거야. 의심할 이유가 전혀 없더라도 그 사실 하나에 미리 계획된 범죄일지도 모른다는 생각이 들 테니까."

"그렇다면 자네는 바커와 더글러스 부인이 범인이라고 생각하는 건가?"

"그 질문은 무서울 정도로 단도직입적인걸."

홈스가 내 쪽을 보며 파이프를 흔들었다.

"질문이 마치 총알처럼 곧바로 치고 들어오는군. 만일 더글러스 부인과 바커가 이번 사건의 진실을 알고 있으며 그 사실을 숨기기 위해 공모한 거냐고 묻는다면 나는 그렇다고 대답할 걸세. 그건 확실하니까. 하지만 그들이 범인이냐는 질문에는 확실하게 대답할 수 없어. 좀더 찬찬히 생각해봐야 할 어려운 문제들이 있으니까 말이야.

두 사람이 불륜 관계이고, 그들 사이를 가로막고 있는 남자를 죽이기로 했다는 건 지나친 가정이야. 왜냐하면 그 문제에 관해 하인들과 다른 사람들을 신문해보았지만 가정을 뒷받침할 만한 증언은 하나도 없었으니까. 반대로 더글러스 부부의 사이가 아주 좋았다는 증언만 들었지."

"그럴 리가 없어."

나는 정원에서 미소 짓고 있던 더글러스 부인의 아름다운 얼굴을 떠올리며 말했다.

"두 사람이 그런 인상을 주긴 했지. 하지만 그들이 주변 사람들을 속이고 남편을 살해하기로 공모한 교활한 한 쌍이라고 가정해보세. 마침 남편이 누군가의 위협을 받고 있는 상황이라면……."

"그것도 두 사람의 말일 뿐이지 않은가."

홈스는 생각에 잠긴 것처럼 보였다.

"알겠네, 왓슨. 자넨 그들이 말한 모든 것이 거짓이라고 생각하고 있군. 자네 생각대로라면, 은근한 위협이나 비밀 조직, 공포의 계곡, 맥 뭐라고 하는 지부장도 아예 없다는 말인데, 그렇게 되면 완전히 다른 얘기가 된다네. 어떻게 되는지 한번 생각해볼까. 두 사람은 이번 범행을 위해 없는 이야기를 만들어냈어. 그런 다음 이야기에 맞춰 외부인이 침입했다는 증거를 만들기 위해 공원에 자전거를 남겨놓았지. 같은 생각에서 창틀에 피 묻은 발자국도 남겨놓았어. 그리고 집안 어딘가에서 미리 준비한 카드를 시신 옆에 놔둔 거지. 그렇게 보면 자네 가설과 모든 것이 들어맞는다네. 왓슨. 하지만 어떻게 해도 도저히 꿰맞출 수 없는 난감한 사실들이 몇 가지 남아 있어. 하고많은 무기들 중에 어째서 총신을 자른 산탄총을 썼을까? 그것도 하필이면 미국제를 말이야. 그 소리를 듣고도 아무도 달려오지 않을 거라고 어떻게 확신할 수 있었을까? 앨런 부인이 문이 쾅 닫히는 소리를 듣고도 나와보지 않은 건 순전히 우연이었어. 자네가 의심하고 있는 두 사람은 어째서 그런 짓을 한 걸까?"

"솔직히 그건 모르겠군."

"그리고 한 가지, 만일 여자와 애인이 남편을 죽이기로 공모했다면, 자기들이 한 짓이라는 것을 광고라도 하듯 죽은 남편의 손에서 결혼반지를 빼낼 필요가 있었을까? 그게 말이 된다고 생각하나?"

"아니. 그건 아니지."

"그리고 또 한 가지, 굳이 자전거를 숨겨놓을 필요가 있었을까? 범인이 도망갈 때 가장 필요한 건 자전거야. 그런데 자전거를 놔두고 갔다는 건 아무리 멍청한 형사라고 해도 눈속임이라는 것을 알아차리지 않을까?"

"그건 정말 말이 되지 않는군."

"상식적으로 설명할 수 없는 일들이 연달아 일어나지는 않는 법이지. 그저 두뇌 운동 해보는 셈치고 한번 생각이나 해볼까. 사실인지 아닌지는 생각하지 말고. 물론 이건 상상에 지나지 않는다네. 하지만 상상이 현실이 되는 경우가 종종 있지 않았던가?

일단 이 더글러스라는 남자가 과거에 떳떳하지 못한 죄를 저질러 남에겐 말하지 못할 수치스러운 비밀이 있다고 가정해보세. 그 때문에 누가 복수를 하기 위해 더글러스를 죽인 거지. 범인은 아직까지는 설명할 수 없는 어떤 이유 때문에 죽은 남자의 시신에서 결혼반지를 빼냈어. 피의 복수는 어쩌면 더글러스의 첫 번째 결혼이 원인이라 결혼반지를 가져간 것일 수도 있겠지. 범인이 도망치기 전에 바커와 더글러스 부인이 서재에 들어갔을 거야. 범인은 두 사람에게 만일 자신을 경찰에 넘기면, 더글러스의 추악한 과거가 세상에 드러나게 될 거라고 설득했을 수도 있어. 결국 그들은 그 말에 넘어가 범인을 놔주기로 한 거지. 최대한 범인을 조용하게 내보내기 위해 두 사람은 도개교를 내렸다가 다시 올린 거야. 범인은 그렇게 저택에서 빠져나간 뒤, 어떤 이유에선지 모르겠지만 자전거를 타는 것보다는 걸어서

가는 게 안전하다고 판단했고 안전한 곳으로 피신할 때까지 자전거가 다른 사람 눈에 띄지 않도록 숨겼어. 지금까지 한 이야기는 그럴듯하지 않은가?"

"확실히 그럴듯하긴 하군."

나는 여지를 두고 대답했다.

"왓슨, 우린 이번 사건이 아주 이상하다는 것만큼은 기억하고 있어야 해. 조금 전의 가정을 계속 이어나가볼까. 현장에 남은 두 사람은 비록 범인은 아니지만 살인 사건 때문에 입장이 곤란해졌다는 사실을 깨달았어. 자신들이 저지른 범행이 아니며 방조한 적이 없다는 사실을 증명하기가 힘들다는 걸 알게 된 거야. 그들은 상황을 수습해보려고 했지만 너무 서두르다 보니 아무래도 엉성할 수밖에 없었지. 바커가 창틀에 남긴 피 묻은 슬리퍼 자국도 범인이 창문으로 도망간 것처럼 보이게 하기 위해서였던 거고. 총소리를 들은 사람이 두 사람밖에 없다는 것이 확실해지자 그렇게 대충 상황을 정리한 뒤에 종을 울려 다른 사람들에게 알렸던 거야. 그러다 보니 삼십 분이 지나 있었던 거지."

"자네는 그것들을 다 어떻게 증명할 건가?"

"만일 범인이 외부에서 침입한 자라면 언젠간 붙잡힐 거야. 모든 상황을 증명할 수 있는 가장 효과적인 방법이지. 하지만 그렇지 않은 경우라면…… 과학적인 수단으로 얼마든지 해결할 수 있을 걸세. 오늘밤 내가 서재에서 혼자 지내보는 것도 큰 도움이 될 테고."

"혼자서 말인가!"

"조금 있다 가봐야 해. 믿음직스러운 에임스에게 얘기를 해두었다네. 에임스는 바커에게 별다른 충성심이 없거든. 난 서재에 앉아 있을 생각이라네. 혹시 그 분위기에서 어떤 영감이 떠오를지도 모르지. 난 어느 곳에나 수호신이 있다고 믿거든. 왓슨, 지금 자네 웃고 있는 건가? 어디 한번 두고 보세나. 자, 그건 그렇고 자네 혹시 큰 우산 가져왔나?"

"여기 있어."

"잘됐군, 좀 빌려주게."

"얼마든지. 그런데 무기로 쓰기엔 너무 약할 텐데! 만에 하나 위험한 일이 생기기라도 하면……."

"그런 일은 없을 거야, 왓슨. 그럴 것 같으면 자네한테 도움을 청했겠지. 어쨌든 이 우산은 내가 가져가겠네. 일단 우리 경찰 친구들이 돌아오기를 기다려봐야지. 자전거 주인에 대해 알아본다고 턴브리지웰스에 갔으니까."

맥도널드와 메이슨은 밤늦게 의기양양한 모습으로 돌아와 수사에 큰 진전이 있었다고 보고했다.

"전 사실 침입자의 존재 자체를 의심하고 있었죠. 하지만 이

젠 아닙니다. 자전거의 주인을 찾아냈고, 인상착의도 알아냈어요. 수사에 큰 진전이 있었습니다."

맥도널드가 말했다.

"이제 해결이 얼마 남지 않은 것처럼 들리는군요. 진심으로 축하드립니다."

홈스가 말했다.

"더글러스 씨가 전날 턴브리지웰스에 갔다 온 뒤부터 불안해 보였다는 점에서 시작했죠. 그 사람은 턴브리지웰스에서 위험을 감지했던 겁니다. 따라서 자전거를 타고 온 사람이 있다면 턴브리지웰스에서 왔을 가능성이 높았죠. 우린 호텔마다 돌면서 자전거를 보여주었습니다. 이글스 커머셜 호텔의 지배인이 자전거를 한눈에 알아보더군요. 이틀 전 호텔에 묵었던 하그레이브라는 남자의 것이라고 했습니다. 남자의 짐은 자전거와 작은 여행 가방 하나밖에 없었다는군요. 그자는 숙박부에 이름과 함께 런던에서 왔다고 적었지만 자세한 주소는 기입하지 않았습니다. 런던에서 만든 가방이고 속에 든 내용물도 영국 제품들이었지만 미국인이 분명하다고 하더군요."

"흠. 내가 이 친구와 여기 앉아 가설만 이것저것 늘어놓는 동안 두 분은 제대로 일을 하셨군요. 뭐든 실행에 옮겨야 한다는 걸 배웠습니다, 맥 경위."

홈스가 기분 좋게 말했다.

"하하, 그러셨습니까."

맥도널드가 만족스러워하며 말했다.

"하지만 자네 가설이 들어맞은 거잖아."

내가 말했다.

"그럴 수도 있고, 아닐 수도 있지. 그곳에 갔다 온 이야기부터 마저 들어보세. 맥 경위, 남자의 신원을 파악할 만한 건 없었습니까?"

"그자가 신원이 드러나지 않도록 각별히 주의한 탓에 별다른 건 알아내지 못했습니다. 짐에 서류나 편지 같은 것도 없었고 옷에도 상표가 붙어 있지 않았으니까요. 침대 옆 탁자 위에 이 지역 자전거 여행 지도 한 장이 놓여 있었습니다. 그자는 어제 아침 식사 후 자전거를 타고 호텔을 나선 뒤로 지금껏 아무 소식이 없다고 하더군요."

"그 점이 이상합니다, 홈스 선생. 만일 그자가 추적을 피하고 싶었다면 아무 일도 없었다는 듯 호텔로 돌아와 관광객처럼 행동하는 편이 나았을 겁니다. 만일 호텔 지배인이 실종 신고라도 하게 되면, 경찰이 살인 사건과 자신을 연관 지을 수도 있다는 것을 알고 있을 테니까요."

메이슨이 말했다.

"대부분은 그렇게 생각하겠죠. 하지만 여태 붙잡히지 않은 것을 보면 그자의 판단이 옳았던 겁니다. 그자의 인상착의는 어떻습니까?"

맥도널드가 수첩을 뒤적거렸다.

"그자에 관해 들은 내용은 전부 적어 왔습니다. 호텔 사람들은 그자를 크게 눈여겨보진 않았던 것 같더군요. 그래도 짐꾼이나, 프런트 직원, 객실 담당 청소부가 하나같이 이렇게 말했습니다. 신장은 백팔십 센티미터쯤 되고, 나이는 오십 대, 머리는 희끗희끗하고, 회색 콧수염에, 매부리코를 가졌고, 험악하고 무서운 표정을 짓고 있었다고 말입니다."

"표정만 제외하면 그자의 인상착의는 더글러스 씨와 비슷하군요. 더글러스 씨도 오십 대에, 희끗희끗한 머리에 콧수염을 길렀고, 키도 거의 비슷하죠. 다른 건 없습니까?"

홈스가 말했다.

"두툼한 회색 모직 양복에 노란색 코트를 입고 사냥 모자를 쓰고 있었답니다."

"산탄총은 어디에 넣어 온 걸까요?"

"그 총은 길이가 육십 센티미터도 채 되지 않으니 가방 안에 들어갈 겁니다. 코트 속에 숨기는 것도 어렵지 않을 테고요."

"경위는 그런 것들이 모두 사건과 연관이 있을 거라고 생각합니까?"

"홈스 선생님, 그자를 붙잡기만 하면 모든 것이 밝혀집니다. 인상착의를 알아내자마자 오 분 안에 전보로 전국에 알렸지요. 지금 이 정도도 상당한 진척이라고 봅니다. 우리는 이틀 전 하그레이브라는 미국인이 턴브리지웰스에 자전거와 여행 가방을 들고 나타났다는 것을 알게 됐습니다. 가방 안에는 총신을 자른 산탄총이 들어 있었을 테고요. 처음부터 범행을 저지를 의도로 온 겁니다. 어제 아침에 그자는 코트 속에 총을 감춘 채 자전거를 타고 이쪽으로 왔습니다. 우리가 알기로는 그자가 저택에 온 것을 본 사람은 없어요. 마을을 거치지 않아도 저택에 올 수 있습니다. 더군다나 길에는 자전거 여행객들이 많으니까요. 그자는 자전거를 상록수 수풀 속에 숨겨놓은 뒤 그곳에 숨어 더글러스 씨가 집밖으로 나오기만 기다렸을 겁니다. 산탄총은 집안에서 사용하기엔 적당하지 않으니 밖에서 사용할 생각이었겠죠. 밖에서 사용할 경우에는 확실한 이점이 있으니까요. 총알이 빗나갈 염려도 없고 근방에 사냥터도 있고 하니 총성이 들린다 해도 사람들의 주의를 끌지 않겠죠."

"아주 명쾌하군요!"

홈스가 말했다.

"그런데 더글러스 씨는 밖으로 나오지 않았습니다. 범인은 어떻게 했을까요? 자전거를 그대로 놔둔 채 해질 무렵 저택 쪽으로 간 겁니다. 도개교가 내려져 있고 주위에 아무도 없다는 것을 알게 되었죠. 그자는 기회를 놓치지 않았습니다. 혹시 누군가와 마주칠 경우에 대비해 변명거리도 생각해두었겠지만 다행히 아무도 만나지 않았죠. 범인은 제일 먼저 보이는 방에 들어가 커튼 뒤에 몸을 숨겼습니다. 거기서 도개교를 올리는 것을 보고 도망치려면 해자를 건널 수밖에 없음을 알게 되었겠죠. 그자는 그곳에서 계속 기다렸어요. 그러다 11시 15분이 되었을 때 더글러스 씨가 집안에 불이 켜진 곳은 없는지 확인하기 위해 평소처럼 방에 들어왔던 겁니다. 범인은 더글러스 씨에게 총을 쏜 뒤 봐둔 대로 해자를 건너 도망쳤습니다. 호텔 직원들이 보았으니 자전거가 치명적인 단서가 될거란 사실을 알아챘겠죠. 그는 자전거를 놔둔 채 다른 교통편으로 런던에 갔거나 미리 준비한 은신처에 몸을 숨긴 겁니다. 제 생각이 어떻습니까, 선생님?"

"정말 훌륭하고 명확한 설명입니다. 경위는 그렇게 결론을 내렸군요. 난 이번 범행이 알려진 시간보다 삼십 분 빨리 일어났을 거라 생각하고 있습니다. 더글러스 부인과 바커는 뭔가를 숨기기 위해 공모하고 있어요. 그들은 범인의 탈출, 혹은 적어도 그 방에서 범인이 빠져나가는 것을 도왔고, 범인이 창문으로 도망친 것처럼 증거를 조작했습니다. 사실 두 사람이 도개교를 내려서 범인이 저택을 빠져나가게 해주었을 가능성이 제일 높습니다. 이것이 내가 생각한 사건 전반부의 진상입니다."

맥도널드와 메이슨은 고개를 저었다.

"선생님, 만일 그게 사실이라면 이번 사건은 더욱더 알 수 없게 되는 겁니다."

경위가 말했다. 형사 반장이 말을 더했다.

"그보다 더 곤란한 건, 더글러스 부인은 한 번도 미국에 간 적이 없다는 겁니다. 부인이 미국인 침입자를 어떻게 알고 도와준단 말입니까?"

"확실히 이해하기 어려운 점들이 있긴 합니다. 그래서 오늘밤 혼자서 조사를 해볼 생각입니다. 어쩌면 뭔가 밝혀낼 수 있을지도 모릅니다."

"홈스 선생님, 저희가 도와드릴까요?"

"아니, 괜찮습니다! 어둠과 왓슨 박사의 우산만 있으면 됩니다. 그리고 에임스, 충직한 에임스가 도와줄 거예요. 어떤 생각을 하더라도 오직 한 가지 의문점만 떠오를 뿐입니다. 어째서 아령 한 짝으로 부자연스럽게 신체를 단련하는 걸까요?"

홈스는 그날 밤 늦게 돌아왔다. 우리는 2인용 침대가 있는 방에 묵고 있었다. 이 시골 여관에서 가장 좋은 방이었다. 나는 그가 들어오는 소리에 반쯤 잠에서 깼다.

"이제 왔군, 홈스. 뭔가 알아냈나?"

내가 중얼거렸다.

그는 아무 말 없이 손에 촛불을 든 채 침대 옆으로 다가왔다. 그러더니 크고 마른 몸을 내 쪽으로 굽히며 속삭였다.

"이보게, 왓슨, 자네는 미쳐서 정신이 오락가락하는 천치와 같은 방에서 잔다는 게 무섭지 않나?"

나는 그 질문에 깜짝 놀라며 대답했다.

"아니, 전혀."

"그럼 다행이군."

홈스는 더이상 아무 말도 하지 않았다.

해결

7.

다음날 아침 식사를 끝낸 뒤, 우리는 윌슨 경사의 작은 사무실에서 머리를 맞대고 앉아 있는 맥도널드 경위와 메이슨 형사반장을 발견했다. 두 사람은 앞에 수북이 쌓여 있는 편지들과 전보들을 한 장 한 장 내용을 살펴 분류하는 중이었다. 그중 세 장은 한쪽에 따로 놓여 있었다.

“아직도 자전거 주인을 찾고 있는 겁니까? 악당에 관한 소식은 있나요?”

홈스가 기분 좋은 목소리로 물었다. 경위는 암담한 표정으로 산더미처럼 쌓여 있는 편지 뭉치를 가리켰다.

“레스터, 노팅엄, 사우샘프턴, 더비, 이스트햄, 리치먼드, 그 외 열네 곳에서 제보가 들어왔습니다. 그중 세 곳, 이스트햄, 레스터, 리버풀에서는 그자에게 명백한 혐의가 있어서 체포했다고 하는군요. 전국에 노란 외투를 입은 도망자들이 수두룩한 모양입니다."

"이런! 맥 경위, 메이슨 반장님, 진심으로 조언해드리고 싶습니다. 두 분 다 기억하고 있겠지만, 내가 처음 이 사건에 개입했을 때, 완성되지 않은 가설은 밝히지 않겠다고 했죠. 추론이 옳다는 게 증명되어 나 스스로 확신할 수 있을 때까지는 내 속에만 품고 있을 겁니다. 그래서 지금 머릿속에 있는 생각을 두 분에게 말해줄 순 없습니다. 하지만 모든 것은 공정해야 합니다. 지금처럼 두 분이 쓸데없는 일에 힘을 낭비하게 내버려두는 건 공정하지 않은 일이죠. 그런 뜻에서 조언을 드리자면, 딱 한마디로 말할 수 있습니다. 그만두시죠."

앨릭 맥도널드와 화이트 메이슨이 셜록 홈스를 깜짝 놀란 눈으로 쳐다보았다.

"가망이 없다고 생각하시는 겁니까?"

맥도널드가 외쳤다.

"현재의 수사 방향으로는 가망이 없다고 생각합니다. 하지만 사건의 진실에 도달하는 방법이 없는 건 아니죠."

"자전거 주인은 실제로 있습니다. 가상의 인물이 아니에요. 우린 그자의 인상착의를 알고 있고 여행 가방과 자전거도 확보

했습니다. 그자는 어딘가 있어요. 그런데 어째서 잡을 수 없다고 하시는 겁니까?"

"물론 그자는 어딘가에 있을 것이고, 두 분은 그자를 반드시 찾아낼 겁니다. 하지만 이스트햄이나 리버풀 같은 곳에 쓸데없이 신경쓸 필요는 없다는 말입니다. 사건의 진상에 도달하는 지름길이 있습니다."

"뭔가 숨기고 계시군요. 이건 공정하지 않습니다, 선생님."

맥도널드가 기분 나쁜 듯 말했다.

"경위는 내가 일하는 방식을 잘 알고 있을 텐데요. 가능한 한 빨리 알려주겠습니다. 앞으로 세부 사항들 몇 가지만 확인이 된다면 난 모든 것을 털어놓고 런던으로 돌아갈 수 있을 겁니다. 일단 두 분께는 이번 사건을 소개해준 것에 대해 고맙게 생각하고 있습니다. 이렇게 흥미롭고 기이한 사건은 처음이었습니다."

"이해가 가지 않습니다, 선생님. 지난밤 턴브리지웰스에서 돌아와서 선생님을 만났을 때는 우리 생각에 대체적으로 동의하셨잖습니까. 그사이에 무슨 일이 있었기에 생각을 완전히 바꾸신 겁니까?"

"굳이 말하자면, 말씀드린 것처럼 어젯밤에 대저택에서 몇 시간을 지냈죠."

"저택에서 무슨 일이 있었습니까?"

"지금으로선 자세한 이야기는 할 수 없습니다. 대저택을 짧고 간결하게 소개한 흥미로운 소책자를 하나 읽었습니다. 지역 담뱃가게에서 팔고 있더군요."

홈스는 조끼 주머니에서 대저택의 그림이 조잡한 판화로 들어간 작은 책자를 꺼냈다.

"사건 현장 주변의 역사적인 분위기에 관심을 기울이면 수사가 한층 흥미로워집니다. 그렇게 조바심을 내지 말고 한번 들어보십시오. 단조로운 서술이긴 해도 이곳의 예전 모습이 머릿속에 떠오를 테니까. 이를테면 이런 구절이 있죠.

'벌스턴 대저택은 제임스 1세 재위 5년에 옛 성터 자리에 세워졌고, 해자가 있는 당시 건축물 중에는 가장 훌륭한 상태로 남아 있다.'"

"선생님, 지금 우리를 놀리시는 겁니까?"

"이런, 이런. 맥 경위! 이렇게 화내는 모습은 처음 보는군요. 아무래도 경위의 마음이 많이 상한 것 같으니 책을 읽는 건 그만두겠습니다. 하지만 1644년 의회파 대령이 이곳을 점거했던 일이나, 찰스 1세가 의회와 내전중일 때 이곳에서 며칠간 숨어 있었던 일, 마지막으로 조지 2세가 이곳을 찾아왔던 일 등을 듣는다면, 이 유서 깊은 저택이 아주 흥미로운 사건들과 연관되어 있었다는 것을 알게 될 겁니다."

"그야 그렇겠죠, 선생님. 하지만 그 일들은 사건과 아무 상관이 없지 않습니까."

"그럴까요? 그렇게 생각합니까? 맥 경위, 우리 같은 일을 하는 사람들이 가져야 할 필수 조건 중의 하나가 바로 시야를 넓게 가지는 것입니다. 서로 생각을 나누고 주변 지식까지 활용해 보면 종종 특별한 결과가 나오는 법이니까요. 나는 그저 범죄 전문가에 불과하지만, 그래도 경위보다 나이가 많고 여러 일들을 경험한 끝에 하는 말이니까 기분 나빠 하지 않았으면 좋겠습니다."

"선생님의 그런 점에 대해서는 제가 제일 잘 알고 있습니다. 다만 너무 에둘러 말씀하셔서 그랬던 거죠."

맥도널드가 진심으로 말했다.

"알겠습니다. 그럼 과거 이야기는 그만두고 이번 사건에서 밝혀낸 사실들에 대해 이야기하죠. 말했다시피 지난밤 나는 대저택으로 향했습니다. 바커 씨나 더글러스 부인은 만나지 않았죠. 두 사람을 번거롭게 할 필요는 없었으니까요. 다행히도 부인이 그다지 슬퍼하는 기색도 없고 저녁 식사도 맛있게 먹었다는 소식을 전해 들었습니다. 저택에 간 건 에임스를 만나기 위해서였죠. 그동안 붙임성 있게 대한 덕분인지 집사는 다른 사람 모르게 내가 서재에 혼자 있을 수 있게 해줬습니다."

"뭐라고! 그렇다면 혼자서 시체 옆에 있었단 말인가?"

내가 소리쳤다.

"아니, 서재는 정리가 되어 있었어. 맥 경위의 허락을 받았다고 하더군. 난 원래 상태로 돌아간 서재 안에서 십오 분 동안 아주 유익한 시간을 보냈다네."

"거기서 뭘 했는데?"

"간단한 문제를 하나 해결했지. 사라진 아령을 찾았다네. 이번 사건에서 아령은 중요한 단서였으니까 말이야. 마침내 아령을 찾아냈지."

"어디에 있었습니까?"

"아, 미처 찾아보지 않았던 곳에 있더군요. 앞으로 조금만, 아주 조금만 더 시간을 준다면 내가 알고 있는 모든 것들을 털어놓겠습니다."

"그거야 선생님의 말씀을 따를 수밖에 없죠. 하지만 어째서 우리에게 수사를 그만두라고 하신 겁니까?"

경위가 말했다.

"이유는 간단합니다. 지금 경위는 무엇을 수사해야 하는지조차 모르고 있으니까."

"우리는 벌스턴 대저택의 주인인 존 더글러스 씨의 살인 사건을 수사하고 있습니다."

"그래요. 확실히 그렇죠. 하지만 자전거를 타고 왔다는 의문의 남자를 추적할 필요는 없습니다. 사건 해결에 도움이 되지 않을 테니."

"그럼 어떻게 하란 말씀입니까?"

"내가 말하는 대로 따르겠다면 어떻게 할지 알려주겠습니다."

"선생님이 이런 이상한 방식을 고수하실 땐 그럴 만한 이유가 있기 때문이죠. 선생님의 말씀을 따르겠습니다."

"반장님은 어떻게 하실 겁니까?"

시골 형사는 어쩔 줄 모르겠다는 얼굴로 자리에 있는 사람들의 얼굴을 차례로 쳐다보았다. 지금 홈스가 말하는 방식이 그에겐 너무나 낯설었기 때문이다.

"맥 경위가 괜찮다고 하니 저도 그렇게 하죠."

마침내 메이슨이 말했다.

"좋습니다! 그럼 먼저 두 분에게 아주 기분 좋고 상쾌한 산책을 권하겠습니다. 사람들 말로는 벌스턴 리지에서 윌드 대삼림을 바라보는 풍광이 아주 일품이라더군요. 그리고 적당한 곳에서 점심 식사를 하는 겁니다. 이 지역에 대해 잘 알지 못해 추천해드릴 만한 곳이 없긴 합니다만. 그러면 저녁때 피곤하더라도 기분 좋게……."

"장난이 지나치십니다!"

맥도널드가 버럭 화를 내며 의자를 박차고 일어났다.

"아니, 낮시간을 기분 좋게 보내란 뜻이에요. 무엇이든 하고 싶은 일을 하다가 어두워지기 전에 이곳으로 오란 말입니다. 어두워지기 전에 와야 합니다."

홈스가 달래는 것처럼 경위의 어깨를 두드리며 말했다.

"이제야 좀 그럴듯하게 들리는군요."

"내 조언은 유용하다니까요. 여러분이 필요할 때 여기로 와주기만 한다면 낮시간에 뭘하든지 강요할 생각 없습니다. 다만 지금 자리에서 일어나기 전에 바커 씨에게 보낼 편지를 한 장 적어주면 좋겠군요."

"무슨 편지를 말입니까?"

"내가 부르는 대로 받아 적으면 됩니다. 준비됐나요?

'친애하는 바커 씨, 해자의 물을 빼야 할 것 같습니다. 수사에 도움이 될 만한 단서를 찾기 위해서…….'"

"그건 불가능합니다. 제가 알아봤어요."

맥도널드가 말했다.

"이런, 이런. 맥 경위, 제발! 그대로 받아 적어요."

"알았습니다. 계속하시죠."

"'……수사에 도움이 될 만한 단서를 찾기 위해서 말입니다. 모든 준비는 끝났습니다. 내일 아침 일찍 인부들을 보내 물줄기를 바꾸는 작업을…….’”

“불가능하다니까요!”

“‘……물줄기를 바꾸는 작업을 할 생각입니다. 사전에 양해를 구하는 바입니다.’

자, 다 썼으면 서명을 하고 4시쯤 사람을 시켜 보내세요. 우리는 그 시각에 이 방에서 다시 만납시다. 그때까지는 각자 원하는 대로 시간을 보내도록 하죠. 분명히 말하지만 수사는 잠시 중단하는 겁니다.”

어두워지기 전에 우리는 다시 모였다. 진지한 홈스의 모습에 나는 앞으로 일어날 일에 대한 호기심으로 가득찼다. 그리고 경찰들은 못마땅한 듯 짜증을 내고 있었다.

“자, 신사 여러분. 이제부터 나와 함께 실험에 참여하게 될 겁니다. 내 생각이 맞는지는 결과를 보고 직접 판단해주십시오. 밤이라 쌀쌀할 겁니다. 잠복이 얼마나 길어질지 모르니까 옷은 따뜻하게 입고 나갑시다. 중요한 건 어두워지기 전에 잠복할 장소에 도착해야 한다는 겁니다. 준비됐으면 출발하죠.”

홈스가 진지하게 말했다.

우리는 대저택의 울타리 바깥을 따라 걷던 중에 구멍을 발견했다. 구멍을 통해 정원으로 잠입한 뒤, 컴컴한 어둠 속에서 홈스의 뒤만 따랐다. 도개교와 현관문의 맞은편에 있는 관목 수

풀 뒤로 갔다. 도개교는 아직 올라가 있지 않았다. 홈스가 월계수 수풀 뒤에 몸을 웅크리자 우리 세 명도 그를 따라 몸을 웅크렸다.

"이제 뭘 하면 됩니까?"

맥도널드가 다소 퉁명스럽게 물었다.

"인내심을 갖고 기다려야죠. 아무 소리도 내면 안 됩니다."

홈스가 대답했다.

"대체 여기서 뭘 하는 겁니까? 솔직하게 말씀해주세요."

홈스가 웃었다.

"왓슨은 내가 현실을 연극처럼 만든다고 말하곤 하죠. 내 안에 있는 예술가 기질 때문에 제대로 된 무대를 끊임없이 갈망하는 모양입니다. 맥 경위, 우리가 이룬 성과를 빛나게 해주는 무대를 가끔씩이라도 이렇게 준비하지 않는다면 우리 일은 너무나 단조롭고 지루해질 겁니다. 무뚝뚝하게 범인을 고발하고 어깨를 사납게 후려치는 게 전부인 결말이라면 사람들이 어떻게 생각하겠습니까? 신속하게 가설을 세우고, 교묘하게 함정을 파며, 앞으로 닥칠 일들을 절묘하게 예측하고, 과감한 추리를 보기 좋게 증명해내는 것이 우리가 하는 일에서 얻을 수 있는 자부심과 보람이 아닐까요? 경위도 현재의 상황을 즐기면서 사냥꾼의 기대와 함께 짜릿한 긴장감을 느껴보십시오. 모든 일들이 계획표대로 일어난다면 무슨 재미가 있겠습니까? 조금만 기다려봐요, 맥 경위. 이제 곧 모든 것이 명확하게 밝혀질 겁니다."

"우리가 얼어죽기 전에 그 자부심과 보람이라는 것을 느낄 수 있었으면 좋겠군요."

익살이 섞인 맥도널드의 말에서 체념이 느껴졌다.

그런 생각이 드는 건 우리 모두 마찬가지였다. 잠복은 너무 길고 힘들었다. 음울한 대저택의 기다란 외관 위로 서서히 어둠이 드리워지기 시작했다. 해자에서 올라오는 차갑고 눅눅한 냉기로 뼛속까지 시렸다. 우리는 이를 딱딱 맞부딪치며 추위에 떨었다. 현관 앞에 걸려 있는 등불과 사건이 있었던 서재에서 새어 나오는 둥근 불빛을 제외하면 사방이 칠흑처럼 깜깜했다.

"여기 얼마나 더 오래 있어야 하는 겁니까? 우리가 기다리고 있는 게 뭐죠?"

맥도널드가 불쑥 물었다.

"여기서 얼마나 오래 있어야 할지는 나도 모릅니다."

홈스가 약간 퉁명스럽게 대꾸했다.

"범죄자들이 기차 시간표처럼 시간에 맞춰 움직인다면 우리야 편하겠지만 말입니다. 우리가 기다리고 있는 건…… 앗, 바로 저겁니다. 우리가 기다리고 있던 거예요!"

서재에서 새어 나오던 노란 불빛이 흐려지는 것을 보니 누가 그 앞을 서성거리는 모양이었다. 우리가 숨어 있는 월계수 수풀은 창문 바로 정면에 있었고, 거리도 불과 삼십 미터 정도밖에 떨어져 있지 않았다. 창문이 삐걱거리는 소리와 함께 열렸다. 누가 어둠 속으로 상체를 내밀었다. 그는 지켜보는 사람이 없는지 주위를 한참 동안 살피다가 몸을 앞으로 숙였다. 사방이 적막한 가운데 갑자기 나지막하게 첨벙거리는 소리가 들렸다. 그가 뭔가를 들고 해자 속을 휘젓는 모양이었다. 그러다 갑자기 물고기를 낚아올리는 어부처럼 뭔가를 끌어올렸다. 커다랗고 둥근 물체가 서재 창문에서 새어 나오는 불빛을 가로막았다.

"지금이오! 갑시다!"

홈스가 외쳤다.

우리는 자리에서 벌떡 일어나 뻣뻣해진 다리로 휘청거리며 홈스의 뒤를 따랐다. 홈스는 보통 이런 상황에서 가장 힘이 넘치고 행동력도 뛰어났다. 재빨리 도개교를 건넌 그가 초인종을 울려댔다. 안에서 빗장 여는 소리가 들렸다. 깜짝 놀란 에임스가 문 앞에 서 있었다. 홈스는 말없이 에임스의 옆을 지나쳐 서재로 향했다. 우리도 서둘러 뒤를 쫓아갔다. 우리가 봤던 남자가 아직도 서재에 있었다.

밖에서 봤던 불빛은 탁자에 놓여 있는 등불이 비친 것이었다.

우리가 안으로 들어가자 세실 바커가 등불을 우리 쪽으로 들어 올렸다. 깨끗하게 면도한 얼굴에는 강인함과 단호함이, 눈빛에는 위협이 담겨 있었다.

"이게 무슨 짓입니까? 무슨 일로 이 난리를 치는 거죠?"

바커가 소리쳤다.

홈스는 재빨리 주위를 둘러보다가 탁자 밑에 놓인 꾸러미를 집어 들었다. 물에 흠뻑 젖은 꾸러미는 밧줄로 묶여 있었다.

"이걸 찾고 있었습니다, 바커 씨. 아령으로 무게를 더한 이 짐 꾸러미, 당신이 방금 해자에서 건져 올린 이것 말입니다."

바커는 깜짝 놀란 얼굴로 홈스를 쳐다보았다.

"어떻게 알았습니까?"

"내가 던져놓았으니까요."

"당신이 던져놓았다니! 그게 무슨!"

"'그 자리에 도로 던져놓았다'라고 하는 편이 정확하겠군요. 맥도널드 경위, 한 짝밖에 없는 아령을 내가 이상하게 여겼던 걸 기억할 겁니다. 내가 그 사실을 여러 번 강조했지만 경위는 다른 일을 처리하느라 조사할 시간이 없었죠. 아령에 대해 생각해봤다면 사건 해결에 큰 진척이 있었을 겁니다. 물 근처에서 무게가 나가는 물건이 없어졌다면 물속에 가라앉혔을 가능성을 생각해봐야 합니다. 적어도 확인해볼 만한 가치는 있는 일이었습니다. 그래서 에임스의 도움을 받아 이 방에 들어왔고, 왓슨 박사의 우산 손잡이를 이용해 짐꾸러미를 건져 올릴 수 있었죠. 하지만 그보다 중요한 건 꾸러미를 해자에 가라앉힌 사람이 누군지를 밝혀내는 일이었습니다. 그래서 내일 해자의 물을 빼겠다는 통보를 한 겁니다. 그렇게 하면 짐꾸러미를 숨긴 사람이 밤에 다시 건져낼 수밖에 없을 거라고 생각했죠. 지금 그 광경을 목격한 사람이 네 명이나 됩니다. 바커 씨, 이제 무슨 말이든 해보십시오."

셜록 홈스는 젖은 짐꾸러미를 등불 옆에 올려놓고 밧줄을 풀었다. 그 안에서 아령을 꺼내 다른 한 짝이 있는 구석 자리에 던져놓았다. 그리고 꾸러미 안에서 구두 한 켤레를 꺼냈다.

"보시다시피 미국제입니다."

홈스가 신발 끝을 가리키며 말했다. 그런 다음 칼집에 들어 있는 길고 날카로운 사냥용 칼을 꺼내 탁자에 내려놓았다. 마지막으로 옷 뭉치를 꺼냈다. 속옷부터 시작해 양말, 회색 모직 양복, 짧은 노란색 코트까지 있었다.

"이 옷은 흔한 것들입니다. 코트만 제외하고 말이에요. 코트에서 많은 정보들을 얻을 수 있습니다."

홈스가 말했다. 그는 길고 가느다란 손가락으로 코트를 들어 불빛에 비추었다.

"여기 총신을 자른 산탄총이 들어갈 정도로 넓고 깊은 안주머니가 보일 겁니다. 목 뒤에 달린 상표에 '미국, 버미사, 닐 양장점'이라고 적혀 있습니다. 나는 오늘 오후 교회 도서관에서 유익한 시간을 보냈습니다. 버미사는 미국에서 석탄과 철광산으로 유명한 지역에 위치한 소도시로 한참 경제적으로 번창하고 있는 곳이더군요. 바커 씨가 더글러스 씨의 첫 번째 부인과 석탄 광산에 관한 이야기를 한 적이 있습니다. 그러니 시신 옆에 놓여 있던 카드에 적혀 있던 V.V.는 버미사 계곡Vermissa Valley을 가리킨다고 보면 될 겁니다. 또한 그 계곡이 우리가 들었던 '공포의 계곡'으로, 그곳에서 살인자를 보냈다고 볼 수 있겠죠. 이제 많은 것이 명확하게 밝혀졌습니다. 지금부터는 바커 씨의 해명을 들어보고 싶군요."

셜록 홈스라는 위대한 탐정의 설명을 듣는 동안 세실 바커의 표정 변화는 정말 볼만했다. 분노, 경탄, 경악, 망설임이 차례대로 스쳐지나갔다. 결국 바커는 빈정거리는 태도로 상황을 벗어나려고 했다.

"홈스 씨, 정말 많은 것을 알고 계시군요. 더 말해보지 그러십니까."

"물론 더 많은 이야기를 해드릴 수도 있습니다, 바커 씨. 하지만 직접 털어놓는 게 나을 겁니다."

"오, 정말 그렇게 생각합니까? 내가 말할 수 있는 건 설령 비밀이 있다고 해도 그건 내 비밀이 아니라는 겁니다. 난 다른 사람의 비밀을 떠벌리고 다니는 사람이 아니에요."

"계속 그런 식으로 나온다면 체포 영장이 나올 때까지 옆에서 감시하겠습니다."

맥도널드 경위가 조용히 말했다.

"그러든지 말든지 마음대로 하시죠."

바커가 반항조로 말했다.

더이상 방도가 없었다. 바커의 단호한 표정을 보아 하니 그에게서는 아무것도 알아낼 수 없을 것 같았다. 가혹한 고문을 가한다 해도 꺾일 뜻이 아니었다. 이러지도 저러지도 못하던 교착 상태에서 여성의 목소리가 들려왔다. 더글러스 부인이 반쯤 열린 문 앞에서 이야기를 듣고 있다가 서재 안으로 들어온 것이다.

"세실, 그만하면 충분해요. 앞으로 무슨 일이 생기든 당신은 그만큼 했으면 됐어요."

더글러스 부인이 말했다.

"충분하다마다요. 부인의 현재 상황에 대해서 진심으로 안타깝게 생각하고 있습니다. 더불어 부디 사법 체계를 믿고 자진해서 모든 것을 경찰에 털어놓기를 진심으로 바랍니다. 일전에 왓슨 박사를 통해 넌지시 전해주셨던 힌트를 알아차리지 못한 건 내 실수입니다. 하지만 그때는 부인이 이번 사건과 직접 연관되어 있다고 믿을 수밖에 없는 상황이었어요. 물론 이제는 그렇지 않다는 것을 잘 압니다. 해명해야 할 일들이 아직 많이 남아 있지만요. 그러니 더글러스 씨가 직접 이야기를 할 수 있게 부인께서 설득해주셨으면 합니다."

셜록 홈스가 진지하게 말했다.

더글러스 부인은 홈스의 말에 깜짝 놀라 소리를 질렀다. 순간 맥도널드와 메이슨, 나 역시 소리를 질렀다. 어떤 남자가 벽을 뚫고 나온 것처럼 어두운 방 한쪽 구석에서 걸어 나왔기 때문이다. 더글러스 부인이 돌아서서 남자를 끌어안았다. 바커도 남자가 내민 손을 꼭 잡았다.

"잭, 이게 최선이에요. 이게 최선이라고 생각해요."

더글러스 부인이 말했다.

"맞습니다, 더글러스 씨. 나도 이게 최선이라고 생각합니다."

셜록 홈스가 말했다.

남자는 어두운 곳에 있다가 환한 곳으로 나와서 그런지 눈부시다는 표정으로 우리를 쳐다보며 눈을 깜박거렸다. 확실히 인상적인 얼굴이었다. 윤곽이 뚜렷한 회색 눈, 짧게 잘라 억세 보이는 희끗희끗한 콧수염, 앞으로 튀어나온 각진 턱, 그리고 우스꽝스럽게 생긴 입매까지. 그는 우리를 한 명씩 자세히 쳐다보았다. 그러다가 놀랍게도 내게 다가와 종이 한 다발을 건넸다.

"박사님에 대해선 잘 알고 있습니다."

그가 완전히 영국식도 아니고 미국식도 아닌, 두 억양이 섞여 있는 부드럽고 듣기 좋은 발음으로 말했다.

"이분들의 역사를 기록하는 분이시죠, 왓슨 박사님. 그렇지만 지금 들고 있는 종이에 적힌 이야기 같은 건 처음 보실 겁니다. 전 재산을 걸 수도 있어요. 박사님이 원하는 방식으로 글을 쓰셔도 좋습니다. 사실대로만 적어주세요. 그러기만 해도 독자들을 사로잡을 수 있을 겁니다. 지난 이틀 동안 저 안에 갇혀 지내면서 쥐구멍을 통해 들어오는 것 같은 가느다란 빛에 의지해 썼죠. 박사님도 그렇고 독자들도 마음에 들어 할 겁니다. 바로 공포의 계곡에 관한 이야기니까요."

"더글러스 씨, 그건 과거죠. 우리가 듣고 싶은 건 현재입니다."

셜록 홈스가 조용히 말했다.

"그 이야기도 해드릴 테니까 그전에 담배 한 대 피워도 될까요? 아, 고맙습니다, 홈스 씨. 내 기억이 맞는다면 홈스 씨도 애연가라고 들었습니다. 주머니에 담배가 있는데도 연기가 새어 나갈까 봐 피우지 못하는 게 어떤 심정인지 잘 아실 테죠."

그는 벽난로 선반에 몸을 기댄 채 홈스가 건네준 시가를 피웠다.

"홈스 씨에 대해서는 익히 들었습니다만 이렇게 만나게 될 줄은 생각도 못 했습니다. 하지만 당신은 저걸 다 읽기도 전에 내가 갖고 온 이야기가 아주 새롭다는 걸 알아차리겠죠."

더글러스는 내가 들고 있는 종이 뭉치를 고갯짓으로 가리키며 말했다.

맥도널드는 기가 막히다는 눈빛으로 더글러스를 쳐다보다가 마침내 외쳤다.

"이건 말이 안 됩니다! 만일 당신이 벌스턴 대저택의 주인인 존 더글러스 씨라면 우리가 지난 이틀간 조사한 시신은 대체 누구란 말입니까? 게다가 지금 어디 있다가 나온 겁니까? 인형 상자에서 튀어나오는 것처럼 불쑥 나타났잖습니까!"

"이봐요, 맥 경위. 그래서 내가 아까 책자를 읽어보라고 했던 겁니다. 책자에 보면 찰스 왕이 어디에 숨어 있었는지 잘 설명되어 있으니까. 당시 사람들은 제대로 된 은신처가 아니면 숨지 않았고, 한번 쓴 은신처를 다시 사용하는 경우도 있었죠. 난 더글러스 씨를 저택 안에서 찾을 수 있을 거라고 생각했습니다."

홈스가 나무라듯 집게손가락을 흔들며 말했다.

"이 사실을 얼마나 오랫동안 숨기고 계셨던 겁니까, 홈스 선생님? 우리가 아무 쓸데 없는 수사를 하고 있는 걸 언제까지 보고만 있을 생각이셨습니까?"

맥도널드가 화를 내며 말했다.

"맥 경위, 그런 적 없습니다. 나도 어젯밤에야 사건의 진상을 알아냈으니 말입니다. 그 사실을 입증하려면 오늘 저녁까지 기다려야만 했기 때문에 경위와 반장님에게 낮에는 편안하게 시간을 보내라고 했던 겁니다. 내가 달리 어떻게 했어야 한단 말입니까? 해자에서 옷이 들어 있는 꾸러미를 찾아내고 난 뒤에야 서재에 있던 시신이 존 더글러스 씨가 아니라 턴브리지웰스에서 온 자전거 주인이라는 것 알 수 있었습니다. 그 외에 다른 결론은 없었어요. 존 더글러스 씨가 어디에 숨어 있는지를 알아내야 했습니다. 부인과 친구가 공모한 것을 보면, 아무래도 집안에 숨어 있을 가능성이 가장 높았죠. 세상이 조용해지기를 기다렸다가 마지막에 도망치면 되니까 말입니다."

"아, 홈스 씨가 말한 그대로입니다."

더글러스가 순순히 인정했다.

"우선은 이런 상황에서 영국 법이 어떻게 적용될지 모르기도 했고, 날 쫓아다니는 추적자들을 따돌릴 절호의 기회라는 것을 알았으니까요. 처음부터 끝까지 부끄러운 짓이나 후회할 만한 일은 아무것도 하지 않았습니다. 내 이야기를 듣고 여러분이 직접 판단해보십시오. 경위님, 경고는 필요 없습니다. 난 진실을 말할 겁니다.

모든 일의 시작부터 이야기를 하진 않겠습니다. 그건 저 안에 있습니다."

그는 내가 들고 있던 종이 뭉치를 가리켰다.

"아주 기괴한 이야기죠. 한마디로 요약하면 날 몹시 증오하는 사람들이 있는데, 그들은 날 잡기 위해서라면 무슨 짓이든 할 거라는 겁니다. 내가 살아 있고 저들이 살아 있는 한 이 세상 어디에도 안전한 곳은 없습니다. 저들은 날 시카고에서 캘리포니아까지 쫓아왔고 미국 땅을 벗어나서도 계속해서 쫓아왔습니다. 하지만 결혼해서 여기처럼 조용한 곳에 정착을 하고 나니 남은 인생을 이렇게 평온하게 보내고 싶다는 생각이 들더군요. 아내에게는 아무것도 말해주지 않았죠. 이 사람을 끌어들일 이유가 어디 있습니까? 알고 나면 무슨 일이 일어날까 평생 불안에 떨며 살게 될 텐데 말입니다. 아내가 눈치를 챘다는 건 알고 있었습니다. 내가 무심코 했던 말들 때문이었겠죠. 하지만 어제까지, 여러분이 이 사람을 봤을 때까지만 해도 아내는 사건의 전말을 모르고 있었습니다. 아내는 자기가 알고 있는 것을 모두 여러분께 말했어요. 여기 있는 바커도 마찬가지입니다. 사건이 일어났던 그날 밤에는 설명할 시간이 없었죠. 물론 이제는 모든 것을 알고 있습니다. 아내에게 좀더 일찍 모든 것을 말해주는 편이 나았을 겁니다. 하지만 그건 쉽지 않은 일이었다오, 여보.

나로선 최선을 다한 거였소.”

더글러스는 아내의 손을 꼭 잡았다.

“사건 전날 턴브리지웰스에 갔다가 길에서 우연히 어떤 남자를 봤습니다. 얼핏 봤을 뿐이지만 바로 알아볼 수 있었죠. 나를 쫓는 자들 중에서도 가장 지독한 상대였으니까요. 그자는 굶주린 늑대가 순록을 쫓는 것처럼 오랫동안 나를 쫓아다녔습니다. 나는 앞으로 문제가 생길 거라는 것을 깨닫고 집에 돌아와 대비를 했습니다. 그때까지만 해도 혼자 싸워 이길 수 있을 거라 생각했습니다. 예전에 미국 전역에서 행운의 사나이로 불렸던 적이 있었는데 지금까지도 행운이 남아 있을 거라고 믿었던 거죠.

다음날 나는 경계를 철저히 한 채 온종일 집밖으로는 한 발자국도 나가지 않았습니다. 아주 잘한 일이었죠. 만일 밖에 나갔더라면 손도 한번 못 써보고 그자가 쏜 산탄총을 맞아 쓰러졌을 겁니다. 그리고 그날 저녁 도개교를 올리고 한시름 놨어요. 언제나 저녁때 도개교를 올리고 나면 마음이 편안해졌죠. 그자가 집안에 몰래 숨어들어 나를 기다리고 있을 거라고는 생각도 못했습니다. 그날 밤에도 평소처럼 실내복 차림으로 집안을 살피던 중 서재에 들어서자마자 어쩐지 위험하다는 느낌이 들었습니다. 평생 위험 속에서 살아온 덕에 발달한 육감이 바로 그 순간 빨간 깃발을 흔들어주었던 거죠. 위험이 닥쳤다는 건 알겠는데 이유를 알 수가 없었습니다. 바로 그때 창문 커튼 아래 툭 튀어나온 신발 끝이 보이더군요. 그제야 왜 그런 느낌이 들었던 건지 확실히 알 수 있었습니다.

그때 내 손에 있던 건 촛대 한 자루뿐이었습니다. 다만 열린 문으로 복도에서 들어오는 불빛이 방안을 환하게 비춰주었죠. 나는 탁자에 촛대를 내려놓은 뒤, 벽난로 선반 위에 놔두었던 망치를 집어 들었습니다. 그 순간 그자가 뛰어나왔습니다. 번쩍거리는 칼날을 보고 나도 망치를 휘두르기 시작했습니다. 그러다 어딘가 맞혔는지 칼이 바닥에 떨어지는 소리가 나더군요. 그자는 뱀장어처럼 재빠르게 탁자 뒤쪽으로 몸을 피하더니 코트 안에서 총을 꺼냈습니다. 공이치기를 당기는 소리가 들리기에 방아쇠를 당기기 전에 총신을 붙잡았습니다. 우리는 둘 다 총을 빼앗기 위해 일 분 넘게 몸싸움을 벌였습니다. 총을 뺏기는 순간 죽은 목숨이었으니까요. 그자는 결코 총을 놓지 않았습니다. 하지만 개머리판이 내내 아래쪽으로 향해 있었던 모양이에요. 내가 방아쇠를 당겼는지, 아니면 몸싸움을 하던 중에 우리 둘 중 누가 건드렸든지, 어쨌든 양쪽 총구에서 발사된 총알이 그자의 얼굴에 적중했습니다. 그리고 나는, 난 테드 볼드윈의 사체를 멍하니 쳐다보았습니다. 턴브리지웰스에서도, 서재에서 공격했을 때도 난 그를 바로 알아보았죠. 하지만 테드 볼드윈의 어머니라고 해도 알아보지 못할 상태가 되어 있었습니다. 이제껏 험한 일을 많이 겪었던 나조차 속이 뒤집어질 것 같은 모습이었습니다.

내가 탁자에 기대 간신히 서 있을 때 바커가 아래층으로 내려왔어요. 아내가 내려오는 소리도 들렸습니다. 난 서둘러 밖으로 나가 아내가 들어오지 못하게 막았습니다. 여자가 볼 만한 광경이 아니었죠. 아내에게는 바로 올라가겠다고 약속했습니다. 바커는 한두 마디만 듣고도 대충 상황을 알아차렸습니다. 우리는 총소리를 들은 하인들이 뛰어나오기를 기다렸지만 아무도 나오지 않았습니다. 그제야 아무도 총성을 듣지 못했다는 것을 알아차렸어요. 일을 알고 있는 건 우리밖에 없었습니다.

그때 어떤 생각이 떠올랐습니다. 아주 기발했죠. 마침 그자의 소매가 올라가 있어서 팔뚝에 찍은 지부의 표식도 드러나 있었거든요. 이걸 보시죠."

자신이 더글러스라고 밝힌 남자는 소매를 걷어올리더니 원 안에 삼각형이 새겨진 갈색 표식을 보여주었다. 시신의 팔뚝에서 본 것과 똑같았다.

"이걸 보고 떠오른 겁니다. 순식간에 모든 계획이 떠오르더군요. 테드 볼드윈은 키도, 머리색도, 체격도 나와 비슷했고 얼굴은 아무도 알아볼 수 없는 지경이었죠. 불쌍한 악당 같으니! 난 침실로 올라가 이 옷으로 갈아입은 뒤 입고 있던 실내복을 그에게 입혔습니다. 바커와 함께 하니 십오 분 안에 일이 끝나더군요. 그리고 바닥에 눕혔죠. 그런 다음 그의 물건들을 모아 꾸러미로 만든 뒤 방에서 가장 무거워 보이는 아령 한 개를 같이 넣어 물속에 집어던졌어요. 원래 테드 볼드윈이 내 시체 위에 놔두려고 했던 카드도 그자의 시신 옆에 놔두었죠. 그리고 내 반지들을 그에게 끼웠어요. 하지만 결혼반지를 빼려고 하니……."

더글러스가 억센 손을 내밀었다.

"보시다시피 반지가 꽉 끼어서 빠지질 않더군요. 아무래도 결혼한 뒤로 반지를 뺀 적이 없어서 그런 것 같습니다. 반지를 빼려면 줄이 필요한 상황이었어요. 어떻게 해서든 반지를 뺐어야 했던 건지도 모르겠지만 그 상황에서는 반지를 빼고 싶어도 뺄 수 없는 상황이었습니다. 결국 그대로 두고 가는 수밖에 없었죠. 그런 와중에 반창고를 가져와 내 얼굴과 똑같은 자리에 붙였습니다. 홈스 씨는 아주 영리한 분이지만 이 점은 놓쳤더군요. 만일 반창고를 떼어봤다면 상처가 없다는 걸 알았을 텐데 말입니다.

자, 일이 그렇게 된 겁니다. 여기 얼마 동안 숨어 있다가 다른 곳으로 도망간 뒤에 다시 아내와 만나 여생을 평화롭게 살 수 있을 줄 알았습니다. 저 악마 같은 자들은 내가 살아 있는 한 어디든 쫓아올 테지만 볼드윈이 나를 죽였다는 기사를 보게 된다면 고난은 끝났을 겁니다. 이런 상황을 제대로 설명할 시간이 부족했음에도 두 사람은 이해하고 도와주었죠. 난 저택에 은신처가 있다는 것을 알고 있었습니다. 에임스도 알고 있긴 했지만 이번 사건과 연관 짓지는 못했죠. 난 은신처에 숨었고 나머지 일들은 바커에게 맡겼습니다.

바커가 어떻게 했는지는 모두 알고 계실 겁니다. 이 친구는 창문을 연 뒤 살인범이 그리로 도망친 것처럼 창틀에 발자국을 남겨놓았죠. 무리수긴 했지만 도개교를 올린 뒤라 다른 방법은 없어 보였습니다. 그렇게 모든 상황을 정리한 뒤에 바커가 종을 울렸던 겁니다. 그 뒤로는 여러분이 아는 그대로입니다. 자, 이제 좋을 대로 하십시오. 맹세코 내가 한 이야기는 전부 사실입니다! 영국 법을 적용했을 때 이번 일로 내가 어떤 처벌을 받게 될지 알고 싶군요."

잠시 침묵이 흘렀다. 이윽고 셜록 홈스가 입을 열었다.

"영국 법은 대체로 공정하죠. 도망치는 것보다는 제대로 법정에 서는 편이 나을 겁니다. 묻고 싶은 게 있는데, 그자가 어떻게 당신이 사는 곳을 알아냈는지, 저택 안에 들어오는 방법이나 숨어 있을 만한 곳을 어떻게 알아냈는지 아십니까?"

"모르겠습니다."

핏기가 완전히 가신 얼굴의 홈스는 심각한 표정이었다.

"이번 일이 이대로 끝나지 않을 것 같아 걱정이군요. 아무래도 당신은 지금 영국 법이나 미국의 적들보다 더 큰 위험에 노출된 것 같습니다. 더글러스 씨, 앞으로 더 큰 일이 벌어질 수도 있습니다. 내 말을 새겨듣고 한층 더 주위를 경계하십시오."

인내심 많은 독자들이여, 이제 시간과 공간을 거슬러 올라가 보고자 한다. 존 더글러스라고 알려진 남자의 기이한 이야기로 끝을 맺은 이번 사건이 벌어지기 훨씬 이전으로, 서식스의 벌스턴 저택에서 아주 멀리 떨어진 곳으로 말이다. 나는 지금으로부터 이십 년 전, 이곳에서 서쪽으로 수천 킬로미터 떨어진 곳에서 벌어진 아주 기이하고 무시무시한 이야기를 하려고 한다. 글을 쓰고 있는 나조차 이런 일이 실제로 있었다는 것이 믿어지지 않는 엄청난 이야기다.

한 가지 이야기를 끝내지 않고 또 다른 이야기를 끼워넣었다고 오해하지는 말았으면 한다. 독자들도 글을 읽다 보면 그게 아니라는 것을 알게 될 것이다. 옛날에 일어났던 일들을 상세히 듣고 과거의 수수께끼를 풀고 나면 우리는 다시 베이커 스트리트의 하숙방에서 지금껏 있었던 많은 사건들과 마찬가지로 이번 사건의 결말에 대해 들을 수 있을 것이다.

2부

스카우러스

한 남자

1.

1875년 2월 4일. 몹시 추운 겨울날이었고 길머턴 산맥은 골짜기마다 눈이 깊이 쌓여 있었다. 하지만 철도선로에 쌓인 눈을 증기 제설기로 깨끗이 치운 덕분에, 탄광촌과 철광촌을 이어주는 긴 노선의 야간열차가 평원에 위치한 스태그빌에서부터 버미사 계곡 정상의 작은 마을 버미사로 가는 가파른 경사로를 힘겹게나마 천천히 올라갈 수 있었다. 기차는 버미사부터는 가파른 내리막길을 따라 바턴크로싱과 헬름데일, 농업지대인 머턴으로 향했다. 철도는 단선으로 운행되었지만, 수많은 측선에는 석탄과 철광석을 실은 화물열차가 끝도 없이 늘어서 있었다. 숨겨진 부富라고 알려진 석탄과 철광석을 캐내기 위해 미국 전역의 거친 사내들이 아무것도 없는 이 황량한 지역으로 몰려들었다.

정말 황량한 곳이었다. 처음 이곳에 발을 디딘 개척자는 아마도 시커먼 바위산과 우거진 숲으로 뒤덮인 이 음침한 땅이 탁 트인 초원과 풍부한 물이 샘솟는 목초지보다 더 큰 가치가 있을 거라고 상상도 못 했을 것이다. 사람이 지나다닐 수도 없을 만큼 빽빽한 나무숲이 있는 컴컴한 산허리 위로 하얀 눈에 뒤덮인 울퉁불퉁한 바위 봉우리가 우뚝 솟아 있었다. 바로 그 한복판에 길고 굽이진 계곡이 있었다. 작은 기차는 그곳을 향해 천천히 올라갔다.

맨 앞 객차에 막 불이 켜졌다. 아무 장식도 없는 기다란 객차 안에는 이삼십 명쯤 되는 승객이 앉아 있었다. 대부분은 계곡 아래에서 힘들었던 하루 일을 끝내고 집으로 돌아가는 노동자들이었다. 그중에서도 열두 명 정도는 시꺼먼 얼굴과 안전등을 달고 있는 것으로 보아 광부임이 분명했다. 그들은 자기들끼리 모여 앉아 담배를 피우면서, 경찰처럼 보이는 제복에 배지를 달고 있는 맞은편의 남자 두 명을 힐끔거리며 낮은 목소리로 이야기를 나누었다. 그 외에도 노동자 계급으로 보이는 여자 몇 명과 작은 가게를 하고 있을 것처럼 보이는 여행자도 한두 명 있었다. 그리고 어디에도 속하지 않는 듯한 젊은 남자 한 명이 구석자리에 앉아 있었다. 우리가 관심을 기울여야 할 대상은 바로 이 남자다. 그를 잘 지켜보도록 하자. 그럴 만한 이유가 있으니까.

남자는 보통 체격에 얼굴에 생기가 넘쳤고 나이는 서른 살쯤으로 보였다. 날카로우면서도 장난기가 어린 커다란 회색 눈동자로 주위 사람들을 가끔씩 둘러보곤 했다. 그럴 때마다 안경 너머로 보이는 눈빛에 호기심이 가득했다. 사교적이고 무던한 성격이며 다른 사람들과 친해지고 싶어 하는 마음이 금방 드러났다. 누구든 그를 만나면 사람들과 어울려 대화하는 것을 좋아하고 잘 웃으며 재치가 뛰어난 사람이라는 것을 알 수 있을 것이다. 그렇지만 좀더 가까이에서 보면 단호해 보이는 턱과 꽉 다문 입술에서 그렇게 만만한 상대가 아니라는 것을 알 수 있다. 이렇게 호감을 주는 갈색 머리의 젊은 아일랜드인은 가는 곳마다 좋은 쪽으로든 나쁜 쪽으로든 눈에 띄기 마련이다.

그는 옆에 앉은 광부들에게 한두 마디 말을 붙여보았지만 짧고 무뚝뚝한 대답만 돌아왔다. 어쩔 수 없이 그는 창밖으로 스쳐지나가는 흐릿한 풍경을 우울하게 쳐다보는 수밖에 없었다. 풍경이란 것도 그리 보기 좋진 않았다. 점차 드리워지는 어둠 사이로 언덕에 있는 용광로가 붉게 타오르고 있었다. 언덕에 잔뜩 쌓인 광물 찌꺼기와 재가 어슴푸레 보였다. 위쪽으로는 탄광으로 통하는 갱도가 보였다. 여기저기 흩어져 있는 볼품없는 목조 주택들의 창문에서 불빛이 비치기 시작했다. 열차가 정차하는 곳마다 얼굴이 시꺼먼 사람들로 북적였다. 철과 석탄 광산이 늘어선 버미사의 계곡은 여유와 교양이 있는 사람들을 위한 휴양지가 아니었다. 힘들고 거친 일이 넘쳐나는 치열한 삶의 터전이었고 노동자들로 가득차 있었다.

젊은 여행자는 그런 풍경이 낯설었는지 호기심과 혐오감이 뒤섞인 표정으로 황량한 지역을 쳐다보고 있었다. 그는 간간이 주머니에서 두툼한 편지를 꺼내 보다가 여백에 뭔가를 적어넣기도 했다. 한번은 뒤춤에서 부드러운 인상과는 전혀 어울리지 않는 물건을 꺼내기도 했다. 해군이 사용하는 커다란 권총이었다. 그는 권총을 비스듬히 들어올려 불빛에 비춰 보았다. 탄창 속에서 구리 탄피가 빛났다. 꽉 채워 장전한 모양이었다. 그는 재빨리 총의 상태를 확인한 뒤 남의 눈에 띄지 않게 다시 주머니에 집어넣었다. 하지만 옆에 앉아 있던 노동자에게 들키고 말았다.

"이봐요! 무장까지 한 걸 보니 준비를 단단히 한 모양이오."

노동자가 말했다.

"전에 살던 곳에서는 가끔 필요할 때가 있었거든요."

남자가 대답했다.

"어디서 왔소?"

"시카고에서 왔습니다."

"여긴 처음이오?"

"네."

"여기서도 그게 필요할 수도 있을 거요."

"아! 그런가요?"

젊은 남자는 그 말에 흥미를 느끼는 것처럼 보였다.

"여기 소문을 듣지 못했소?"

"별다른 말은 듣지 못했는데요."

"이런, 여기 소문이 전국에 다 퍼진 줄 알았는데. 곧 알게 될 거요. 무엇 때문에 온 거요?"

"일자리가 많다고 들었습니다."

"노동조합원이오?"

"네."

"그럼 일자리를 구할 수 있을 거요. 아는 사람은 있고?"

"아직 없습니다. 하지만 사람들을 사귈 방법은 있어요."

"무슨 방법?"

"난 '고대 자유 시민단' 단원이거든요. 지부가 어디든 있으니 그곳에서 친구를 사귈 수 있을 겁니다."

젊은 남자의 말에 노동자는 특이한 반응을 보였다. 그는 의심스러운 눈으로 객차 안에 있는 다른 사람들을 둘러보았다. 광부들은 여전히 자기들끼리 속닥거리고 있었고 경찰들은 졸고 있었다. 노동자는 젊은 남자 옆에 바짝 붙더니 손을 내밀며 말했다.

"악수합시다."

두 남자는 악수를 했다.

"그쪽 말이 사실인 것 같긴 하지만 확실하게 해서 나쁠 건 없겠지."

노동자는 오른손을 들어 오른쪽 눈썹에 댔다. 그러자 젊은 남자는 왼손을 들어 왼쪽 눈썹에 댔다.

"어두운 밤은 좋지 않다."

노동자가 말했다.

"그렇다. 낯선 곳을 여행하기엔."

젊은이가 대꾸했다.

"좋아요. 난 버미사 341지부에 있는 스캔런 형제요. 만나서 반갑소."

"감사합니다. 난 시카고 29지부에서 온 존 맥머도 형제입니다. 그쪽 지부장은 J.H. 스콧이죠. 이렇게 빨리 형제를 만나다니 운이 좋은데요."

"이곳은 우리 형제들이 많으니까. 전국에서 버미사 지부만큼 단원들이 활발하게 활동하는 곳은 없을 거요. 하지만 그쪽 같은 젊은이들도 필요하지. 이렇게 팔팔한 조합원이 시카고에서 일자리를 구하지 못했다는 게 이해가 되지 않는데."

"일자리야 많았죠."

맥머도가 말했다.

"어째서 시카고를 떠난 거요?"

맥머도는 고갯짓으로 경찰을 가리키며 미소 지었다.

"저놈들이 알면 좋아할 만한 일 때문이죠."

스캔런이 공감한다는 듯 끙 하는 소리를 냈다.

"문제라도 일으킨 거요?"

그가 속삭이듯 물었다.

"제법 큰 사고를 쳤죠."

"교도소에 갈 만큼?"

"그 정도로도 부족할 거예요."

"사람을 죽인 건가?"

"그런 이야기까지 하긴 이른 것 같군요."

맥머도는 자기가 생각했던 것보다 많은 이야기를 해서 깜짝 놀랐다는 투로 대답했다.

"시카고를 떠날 만한 이유가 있었습니다. 이 정도만 이야기하죠. 그런데 형제는 왜 그런 걸 물어보는 겁니까?"

안경 너머로 보이는 맥머도의 회색 눈동자가 갑자기 위협적으로 번들거렸다.

"좋아요, 친구. 기분 나쁘게 할 생각은 없었소. 그쪽이 무슨 짓을 했든 안 좋게 생각할 단원들은 없을 테니까. 지금은 어디로 가는 거요?"

"버미사에 갑니다."

"여기서 세 번째 역에서 내리면 되겠군. 숙소는 정했나?"

맥머도는 봉투를 꺼내 흐릿한 불빛에 비춰 보았다.

"주소가 있어요. 셰리든 스트리트에 있는 제이컵 섀프터 하숙집요. 시카고에서 아는 사람이 추천해줬습니다."

"잘 모르는 곳이군. 하긴 버미사는 내 구역이 아니니까. 난 홉슨 패치에 살고 있소. 다음에 내린다오. 헤어지기 전에 한 가지만 알려주지. 버미사에서 무슨 문제가 생기면 곧장 유니언 하우스로 가서 맥긴티 대장을 만나시오. 그 사람이 바로 버미사 지부의 지부장이니까. 여기선 블랙 잭 맥긴티의 허락 없이는 아무 일도 할 수 없어요. 그럼 잘 가시오, 친구. 조만간 저녁때 지부에서 만나게 될 거요. 내 말을 명심해요. 혹시 문제가 생기면 바로 맥긴티 대장을 찾아가시오."

스캔런이 열차에서 내리자 맥머도는 다시 혼자 생각에 잠겼다. 어느새 밤이 되어 있었다. 용광로의 불꽃이 어둠을 배경 삼아 연거푸 솟구쳐 올랐다. 시뻘건 불꽃 때문에 그림자처럼 검은 형체로 보이는 노동자들이 권양기가 돌아갈 때마다 울리는 기계 소리에 맞춰 끝없이 몸을 굽혔다 폈다 이리저리 움직이고 있었다.

"지옥이 있다면 저런 모습일 거야."

누군가 말했다.

맥머도가 돌아보자 경찰 중 한 명이 그가 있는 쪽으로 몸을 돌려 용광로의 불길을 쳐다보고 있었다.

"맞아. 지옥은 틀림없이 저런 곳이겠지. 저기 있는 놈들은 악마보다 더 지독하니까. 그쪽 젊은 친구는 이곳이 처음이오?"

다른 경찰관이 말했다.

"그렇다면요?"

맥머도가 퉁명스럽게 대꾸했다.

"친구를 고를 땐 신중해야 한다는 조언을 해주고 싶었을 뿐이오. 내가 당신이라면 마이크 스캔런이나 그 일당들과는 어울리지 않을 거요."

"내가 누구를 사귀든 그쪽이 무슨 상관이오?"

맥머도가 소리쳤다. 그 소리에 객차에 있던 모든 사람들이 돌아보았다.

"언제 댁들한테 조언을 해달라고 했던가? 아니면 내가 댁들 말을 듣지 않으면 한 발자국도 못 움직이는 바보천치처럼 보이나? 그쪽한테 말 시킬 때까지 입 다물고 계시지. 물론 내가 말 걸 일은 평생 없겠지만!"

맥머도가 사나운 개처럼 으르렁거리며 얼굴을 들이댔다.

뚱뚱하고 사람 좋아 보이는 두 명의 경찰은 선의로 해준 조언에 맥머도가 과격하게 반응하자 깜짝 놀랐다.

"기분 나쁘게 할 생각은 없었소. 그쪽이 여기 처음 온 것 같기에 도움이 됐으면 하는 마음으로 한 말이오."

경찰 중 한 명이 말했다.

"여긴 처음 왔지만 당신 같은 사람들은 처음이 아니야. 어딜 가나 똑같아. 듣고 싶지도 않은 말을 조언이랍시고 떠들어대지!"

맥머도가 격노하여 외쳤다.

"머지않아 그쪽을 다시 보게 될 것 같군. 보통내기가 아니야."

경관 한 명이 싱긋 웃으며 말했다.

"내 생각도 그래. 곧 다시 만나겠는데."

다른 경관이 말했다.

"누가 무서워할까 봐? 꿈 깨시지! 내 이름은 잭 맥머도다. 날 보고 싶으면 언제든 버미사의 셰리든 스트리트에 있는 섀프터 하숙집으로 찾아와. 도망치지 않을 테니까. 알겠어? 낮이든 밤이든 언제든지 상대해주지. 명심해!"

맥머도가 소리쳤다.

광부들 사이에 젊은이의 용감한 태도를 지지하고 감탄하는 웅성거림이 퍼졌다. 경찰 두 명은 어깨만 으쓱한 뒤 자기들끼리 이야기를 주고받기 시작했다. 몇 분 뒤 열차가 어두컴컴한 역사에 들어서자 대부분의 승객들이 내릴 준비를 했다. 노선에서 버미사가 가장 큰 마을이었기 때문이다. 맥머도가 가죽 가방을 들고 막 열차에서 내리려고 할 때 광부들 중 한 명이 다가왔다.

"이봐요! 아까 보니 경찰들을 상대하는 게 제법이더군요. 속이 다 시원하구먼. 가방 이리 줘요. 내가 안내해주지. 우리집 가는 길에 섀프터 하숙집이 있거든."

광부가 존경심이 가득한 목소리로 말했다.

두 사람이 역사를 빠져나갈 때 다른 광부들이 호의적인 목소리로 "잘 가시오"라고 합창하듯 인사를 건넸다. 이 지역에 발을 내딛기도 전에 맥머도는 이미 유명 인사가 되어 있었다.

주변 지역도 무시무시했지만 마을도 음침하기는 마찬가지였다. 길게 뻗은 계곡 아래쪽은 거대한 불길과 자욱한 연기 덕분에 음울하면서도 묘하게 장엄한 분위기가 연출되었다. 거대한 굴 옆에 쌓인 흙더미는 인간의 강인함과 근면함을 기리는 기념비처럼 보였다. 하지만 마을은 지저분하고 누추했다. 넓은 도로는 마차 바퀴로 짓눌려 눈과 진흙이 끔찍하게 뒤섞여 있었다. 인도는 좁고 울퉁불퉁했다. 수많은 가로등이 길게 늘어서 있는 목조건물을 비치고 있었는데 어느 집이나 베란다가 지저분하고 더러운 거리 쪽으로 나 있었다. 두 사람이 들어선 마을 중심부에는 불을 환하게 밝힌 상점들에 술집과 도박장까지 모두 모여 있어,

그 덕분에 주변이 환해 보였다. 광부들은 힘들게 번 돈을 여기서 다 날리고 있었다.

"저기가 유니언 하우스요. 잭 맥긴티가 주인이지."

길을 안내해주던 광부가 호텔처럼 보이는 술집을 가리키며 말했다.

"맥긴티는 어떤 사람입니까?"

맥머도가 물었다.

"세상에! 그에 대한 이야기를 들어보지 못했소?"

"이곳에 처음 왔는데 무슨 이야기를 들었겠습니까?"

"음, 난 저 사람이 전국적으로 널리 알려진 줄 알았지. 신문에도 자주 나곤 했으니까 말이오."

"무슨 일로 말입니까?"

"그야 그 사건들 때문이지."

광부가 목소리를 낮췄다.

"무슨 사건인데요?"

"맙소사. 기분 나쁘게 할 마음은 없지만 그쪽도 좀 이상하군. 이 지역에서 사건이라고 하면 뻔하잖소. 스카우러스 사건이지."

"스카우러스 사건이라면 시카고에서 기사로 본 것 같아요. 살인자 무리가 아닙니까?"

"쉿. 죽고 싶지 않으면 입 다물어요!"

광부는 겁을 잔뜩 집어먹은 채 그 자리에 멈춰 섰다. 그리고 깜짝 놀란 눈으로 맥머도를 쳐다보았다.

"이봐요. 길거리에서 그런 식으로 말했다가는 목숨을 부지하지 못할 거요. 이것보다 훨씬 사소한 일들로 얼마나 많은 사람들이 목숨을 잃은 줄 아쇼?"

"나야 아무것도 모르죠. 신문 기사로 읽은 게 다니까."

"그쪽이 신문에서 읽었다는 내용이 틀린 건 아니오."

광부는 말을 하면서도 불안한 듯 주위를 두리번거렸다. 위험이 도사리고 있기라도 한 것처럼 어둠 속을 유심히 살폈다.

"사람을 죽이는 것이 살인이라면, 여기서 얼마나 많은 살인이 일어나고 있는지는 아무도 모를 거요. 하지만 절대로 잭 맥긴티의 이름과 살인을 결부시켜선 안 되오. 아무리 작은 소리로 말해도 전부 그 사람 귀에 들어가니까. 그는 그런 이야기를 절대 그냥 넘기는 법이 없지. 자, 그쪽이 찾는 집이 바로 저 집이오. 길에서 안쪽으로 들어가 있는 집이지. 하숙집을 운영하는 제이컵 섀프터는 이 마을에서 가장 정직한 사람이라오."

"고맙습니다."

맥머도는 새로 알게 된 광부와 악수를 한 뒤 가죽 가방을 들고 하숙집으로 향했다. 문을 두드리자 소리가 크게 울렸다. 금세 문이 열렸다. 문 앞에는 예상했던 것과는 전혀 다른 사람이

서 있었다.

젊고 너무나 아름다운 여인이었다. 밝은 금발에 아름다운 검은 눈동자가 두드러지는, 독일계로 보이는 아가씨였다. 눈앞에 서 있는 낯선 남자 때문에 놀라 당황한 탓인지 그녀의 하얀 얼굴이 붉게 물들었다. 열린 문을 통해 새어 나오는 환한 빛을 받으며 서 있는 그녀의 모습은 세상에서 가장 아름다운 한 폭의 그림과 같았고, 지저분하고 음울한 주변 환경과 대조되어 매혹적이었다. 아름다운 제비꽃이 광산의 시꺼먼 잿더미 속에서 피어났다 한들 이보다 놀랍지는 않을 것 같았다. 그는 아무 말도 하지 못한 채 그 자리에 서 있었다. 그녀가 먼저 침묵을 깨고 말을 건넸다.

"아버지가 돌아오신 줄 알았어요."

독일식 억양이 살짝 남아 있는 듣기 좋은 말투였다.

"아버지를 보러 오신 거죠? 시내에 나가셨는데 금세 돌아오실 거예요."

맥머도가 감탄하는 눈빛으로 계속 쳐다보자 그녀가 당황한 듯 시선을 밑으로 떨어뜨렸다.

마침내 맥머도가 입을 열었다.

"아닙니다, 아가씨. 아버님을 만나는 일은 급하지 않습니다. 아는 사람이 하숙집으로 이 집을 추천하더군요. 괜찮은 집일 거라고 생각은 했지만 지금 보니 정말 그렇습니다."

"마음을 빨리 정하셨네요."

그녀가 미소를 지으며 말했다.

"장님이 아니라면 누구나 그럴 겁니다."

그녀는 맥머도의 찬사에 웃음을 터뜨렸다.

"안으로 들어오세요. 전 에티 섀프터예요. 이 집 딸이죠. 어머니가 돌아가신 뒤로 살림은 제가 하고 있어요. 아버지가 돌아오실 때까지 거실 난로 앞에서 몸이라도 녹이세요. 아, 마침 저기 오시네요. 바로 말씀을 나누시면 되겠어요."

체격이 큰 노인이 길을 따라 걸어오고 있었다. 맥머도는 간단히 용건을 말했다. 시카고에 있을 때 머피라는 남자에게 이 집 주소를 받았는데 머피도 다른 사람에게서 추천받은 집이라고 했다. 섀프터 노인은 흔쾌히 방을 내주었다. 새로 들어오겠다는 남자가 하숙 조건을 아무 이의 없이 모두 받아들였을 뿐만 아니라 돈도 많아 보였기 때문이다. 맥머도는 선불로 일주일에 십이 달러씩 내고 지내기로 했다.

법망을 피해 도망치는 중이라 자처한 맥머도는 이렇게 섀프터의 집에 자리를 잡았다. 그때까지만 해도 그는 앞으로 겪게 될 암울한 사건들이 여기서 시작되며, 끝내 자신이 머나먼 이국 땅으로 도망치게 될 거라고는 꿈에도 모르고 있었다.

지부장

2.

맥머도는 눈에 띄는 사람이었다. 어디를 가나 주변 사람들이 그를 금세 알아보았다. 그는 일주일도 지나지 않아 섀프터 하숙집의 중심이 되어 있었다. 하숙집에는 맥머도 말고도 열두어 명 되는 하숙인들이 있었는데, 모두 탄광 현장감독이나 상점 점원으로 성실하게 일하는 사람들이었다. 새로 들어온 젊은 아일랜드인과는 전혀 다른 부류였다. 하숙인이 모두 모이는 저녁 시간마다 맥머도는 재치 있는 농담으로 기분 좋은 대화를 이끌었으며 노래도 제일 잘 불렀다. 그는 주변 사람들을 즐겁게 해주는 매력을 타고난 것 같았다. 그렇지만 객차 안에서 그랬던 것처럼 갑자기 화를 내는 일도 잦았다. 그럴 때면 사람들은 두려워서라도 그의 말에 따르지 않을 수 없었다. 맥머도는 특히 법과 관련된 일을 하는 사람들을 몹시 경멸하는 태도를 보였다. 하숙인들 중에는 그런 것을 통쾌하게 생각하는 이들도 있었지만 경계심을 보이는 사람들도 있었다.

맥머도는 아름답고 우아한 하숙집 딸에게 첫눈에 반했다는 것을 사람들 앞에서 공공연하게 밝혔다. 그는 적극적으로 구애를 했다. 하숙을 시작한 바로 다음날, 그는 그녀에게 사랑한다고 고백했다. 그녀가 무슨 말로 거절해도 상관없이 계속해서 사랑을 고백했다.

"다른 사람이 있단 말입니까! 세상에서 제일 운이 없는 녀석이군! 그놈한테 몸조심하라고 전해주십시오! 내가 그런 녀석 때문에 운명적인 사랑을 포기할 것 같습니까? 당신은 계속 거절해도 좋아요, 에티! 언젠간 허락하게 될 테니까. 난 아직 젊어요. 얼마든지 기다릴 수 있습니다."

어떤 의미로 맥머도는 여자에게 위험한 남자였다. 아일랜드인 특유의 현란한 말솜씨에 상대를 구슬리는 재주도 뛰어났다. 그에겐 어딘가 여자의 관심을 끄는 구석이 있었고, 경험도 풍부했다. 마침내 맥머도는 에티의 사랑을 얻었다. 그는 자기가 살았던 아일랜드 머너헌의 아름다운 계곡과 나지막한 언덕과 푸르른 목초지가 펼쳐진 사랑스러운 외딴섬에 대해 이야기했다. 그을음과 눈으로 뒤덮인 이런 곳에서 들으면 더없이 아름답게

만 들리는 이야기였다.

그런 다음 북부 도시에서의 생활, 즉 디트로이트, 미시간의 벌목장, 버펄로, 마지막으로 시카고의 제재소에 대해 이야기해 주었다. 그리고 연애사라든지 대도시에서 겪었던 이상한 일들에 대해서도 슬쩍 흘렸다. 하지만 수상하거나 은밀한 일들에 대해서는 자세한 이야기를 피하는 것 같았다. 그는 수심에 잠긴 얼굴로 갑자기 고향을 떠나야 했던 일, 오랜 친구들과 연락을 끊은 일, 그리고 낯선 땅으로 도망쳐 마침내 이 암울한 계곡까지 오게 된 사연을 이야기했다. 그의 이야기를 들으면서 에티의 아름다운 검은 눈동자에는 연민과 동정이 깃들기 시작했다. 그 감정은 너무나 빠르고 자연스럽게 사랑으로 변했다.

교육을 받은 적이 있는 맥머도는 회계 장부를 기입하는 임시직을 얻을 수 있었다. 온종일 직장에 매여 있다 보니 고대 자유시민단 지부장에게 인사를 하러 갈 시간이 없었다. 그가 자신의 소홀함을 알아차린 건 어느 날 저녁에 찾아온 마이크 스캔런 때문이었다. 기차에서 만났던 스캔런은 작고 각진 얼굴에, 불안해 보이는 검은색 눈동자를 가진 남자였다. 그는 맥머도를 다시 만나 기쁜 듯했다. 위스키를 한두 잔 마시고는 용건을 털어놓았다.

“이봐요, 맥머도. 당신이 말했던 주소가 기억이 나서 이렇게 무작정 찾아왔소. 아직 지부장에게 인사를 가지 않았다는 말을 듣고 깜짝 놀랐다오. 어쩌자고 아직까지 맥긴티 대장을 찾아가지 않은 거요?"

"일자리를 구하느라 바빴습니다."

"다른 일은 모두 제쳐두고 당장 지부장을 찾아가요. 세상에, 여기 도착한 다음날 바로 유니언 하우스에 찾아가서 지부에 등록을 했어야지! 혹시 그분 심기를 건드리기라도 하면 당신은 끝이오! 물론 그런 일은 없어야겠지만."

맥머도는 약간 놀란 것처럼 보였다.

"스캔런, 나도 지부 활동을 이 년 넘게 했는데 그 일이 그렇게 중요한 줄은 몰랐군요."

"시카고랑은 사정이 다르오!"

"같은 단체잖습니까."

"과연 그럴까?"

스캔런이 맥머도를 한참 동안 뚫어지게 쳐다보았다. 시선에서 뭔가 불길한 기운이 느껴졌다.

"아닙니까?"

"한 달쯤 지나면 알게 될 거요. 그때 내가 열차에서 내린 뒤 그쪽이 경찰과 한바탕했다는 소리를 들었소."

"그건 어떻게 알았습니까?"

"소문으로 들었지. 여기선 좋은 일이든 나쁜 일이든 바로 소문이 나니까 말이오."

"그랬군요. 난 그냥 그 사냥개 같은 놈들을 어떻게 생각하는지 말해줬을 뿐입니다."

"그쪽은 틀림없이 맥긴티 대장 마음에 들 거요!"

"그 사람도 경찰을 싫어하나 보죠?"

스캔런이 웃음을 터뜨렸다.

"만나보면 알게 될 거요."

그리고 자리에서 일어나면서 말을 이었다.

"하지만 빨리 찾아가지 않으면 그 사람이 싫어하는 건 경찰이 아니라 그쪽이 될 거요. 친구로서 해주는 충고니까 잊지 말고 당장 찾아가도록 해요!"

그날 밤, 맥머도에게는 맥긴티를 서둘러 찾아가야 할 또 다른 이유가 생겼다. 그가 에티에 대한 관심을 지나치게 드러냈기 때문인지, 아니면 하숙인들이 주제넘게 나서서 사람 좋고 둔한 독일계 주인에게 말했기 때문인지는 알 수 없었지만, 이유야 무엇이든 하숙집 주인은 맥머도를 자기 방으로 불러 단도직입적으로 이야기를 꺼냈다.

"아무래도 내 딸에게 관심이 있는 것처럼 보이는데 말이야, 내가 잘못 본 건가?"

"아뇨, 사실입니다."

맥머도가 대답했다.

"쓸데없는 짓이라네. 그 애에겐 정해진 사람이 있으니까."

"에티에게 들었습니다."

"그 애 말이 사실일세. 상대가 누군지는 말하지 않던가?"

"네. 물어봤지만 에티는 대답하지 않았습니다."

"우리 애가 앙큼한 구석이 있지. 자네가 겁먹고 도망갈까 봐 말하지 않았던 거야."

"겁을 먹다니요!"

"괜찮네! 자네가 그자를 무서워한다고 해도 부끄러워할 일은 아니니까. 상대는 테드 볼드윈이라네."

"그 자식이 누굽니까?"

"스카우러스의 거물이지."

"스카우러스! 들어본 적 있습니다. 여기저기서 그 이름을 수군거리더군요! 대체 왜들 그렇게 무서워하는 겁니까? 대체 뭘 하는 자들이기에?"

무시무시한 조직에 대한 이야기가 나오면 모두들 그러는 것처럼 하숙집 주인도 본능적으로 목소리를 낮추었다.

"스카우러스는 고대 자유 시민단이라네."

맥머도는 깜짝 놀랐다.

"저도 거기 단원입니다."

"자네도! 그런 줄 알았다면 내 집에 들이지 않았을 걸세. 일주일에 백 달러를 준다고 해도 말이야."

"그 단체가 뭐가 어떻다고 그러시죠? 자선과 친목 활동을 하는 곳인데요. 규약이 그렇습니다."

"다른 곳에서는 그럴지도 모르지. 하지만 여기선 아니야!"

"여기선 뭐가 다릅니까?"

"살인 집단이지."

맥머도는 믿을 수 없다는 듯 웃었다.

"증거가 있습니까?"

"증거라고 했나! 오십 건의 살인 사건이 일어난 걸로는 부족한가? 밀먼, 밴 쇼스트, 니콜슨 일가, 하이엄 어르신부터 어린 빌리 제임스까지 수많은 사람들이 희생되었는데 증거라니! 이 계곡에 사는 사람들 중에 그걸 모르는 사람이 있을 줄 아나?"

"잠깐만요! 지금 말씀은 취소를 하시든지 증거를 대시는 게 좋을 겁니다. 그때까지 전 방에서 한 발자국도 나가지 않겠습니다. 제 입장에서 생각해보세요. 전 이 마을에 처음 왔습니다. 건전하다고 생각하는 단체에 소속되어 있죠. 전국적으로 퍼져 있고 어디서든 건전한 활동을 하는 단체예요. 안 그래도 여기서 다시 활동을 시작하려던 참에 섀프터 씨가 그 단체를 스카우러스라는 살인 집단과 같다고 말씀하셨어요. 그러니 사과를 하시든지 그게 아니면 제대로 설명이라도 해주십시오."

맥머도가 진지하게 말했다.

"온 세상이 알고 있는 사실을 말한 것뿐이네. 한쪽 대장이 다른쪽 대장이라는 걸 말이야. 누가 이쪽 비위를 거스르면 저쪽에서 보복을 하지. 우린 그런 모습을 수도 없이 봤단 말이네."

"그런 건 그저 소문에 불과하잖습니까! 전 증거를 원합니다!"

맥머도가 말했다.

"자네도 여기 오래 있다 보면 알게 될 거야. 이런, 자네가 그 단체의 단원이란 걸 깜박했군. 이제 곧 자네도 그쪽 녀석들과 똑같아지겠지. 이보게, 다른 하숙집을 찾아보게. 난 자네를 더 이상 우리집에 둘 수 없어. 녀석들 중 한 놈이 에티와 결혼하겠다는 것도 거절할 수 없어서 미칠 지경인데 그런 녀석들과 똑같은 놈을 우리집에 데리고 있을 수 있겠나? 여기서 지내는 건 오늘밤이 마지막일세!"

결국 맥머도는 편안한 숙소와 사랑하는 여자를 한꺼번에 잃게 되었다. 그날 저녁, 그는 거실에 혼자 앉아 있던 에티에게 자신이 처한 상황을 하소연했다.

"당신 아버님이 그렇게 통보하셨어요. 이 집에서 나가는 건 아무래도 상관없습니다. 하지만 에티, 당신을 알게 된 지 일주일밖에 되지 않았지만 당신은 이미 내 목숨이나 마찬가지예요.

당신 없이는 살 수 없단 말입니다.”

“맥머도 씨, 그런 말씀 하지 마세요! 안 된다고, 이미 늦었다고 내가 말했잖아요. 정해진 사람이 있어요. 당장 그 사람과 결혼하겠다고 약속한 건 아니지만 다른 사람과 앞날을 약속할 수는 없어요.”

“에티, 날 먼저 만났다면 내게 기회를 주었을 건가요?”

에티는 양손에 얼굴을 파묻었다.

“당신을 먼저 만났더라면 정말 좋았을 거예요.”

그녀는 흐느껴 울었다.

맥머도는 곧장 에티 앞에 무릎을 꿇었다.

“에티, 그런 거라면 지금 그만둬야 해요! 그깟 약속 때문에 우리 두 사람의 인생을 망쳐버릴 겁니까? 마음이 가는 대로 해요, 내 사랑! 당신이 무슨 말을 하는지도 모르고 했던 약속보다는 마음의 소리를 따르는 게 훨씬 나아요.”

그는 햇볕에 그을린 억센 손으로 에티의 하얀 손을 꼭 잡았다.

“나와 결혼하겠다고 말해줘요. 함께라면 어떤 어려움도 이겨낼 수 있을 거예요.”

“이곳에서 살겠다는 건 아니죠?”

“아니, 이곳에서 살아야죠.”

“그건 안 돼요, 잭!”

맥머도는 에티를 감싸 안았다.

"여기선 안 돼요. 날 데리고 여길 떠나줘요!"

순간 맥머도의 얼굴에 고뇌하는 기색이 스쳤지만 이내 돌처럼 굳어졌다.

"아니, 여기서 살 거예요. 에티, 난 온 세상과 맞서 당신을 지킬 겁니다. 바로 여기, 우리가 있는 이곳에서 말이에요."

"어째서 이곳을 떠나지 않겠다는 거죠?"

"에티, 난 이곳을 떠날 수가 없어요."

"왜요?"

"이곳에서마저 쫓겨났다는 생각이 들면 두 번 다시 고개를 들고 다니지 못할 테니까. 게다가 무서울 게 뭐가 있죠? 우리는 자유국가에 살고 있는 자유인인데. 당신이 나를 사랑하고 내가 당신을 사랑하는데 어느 누가 우리 사이에 끼어든단 말입니까?"

"당신은 몰라요, 잭. 여기 온 지 얼마 되지 않았으니까. 당신은 볼드윈이 어떤 사람인지 몰라요. 맥긴티와 스카우러스 패거리에 대해서도 모르잖아요."

"맞아요. 난 그 사람들에 대해 모릅니다. 하지만 그자들이 무섭지도 않고 대단할 것 없다고 생각해요! 난 거친 사람들 사이에서 살아왔고 그들을 두려워하는 대신 그들이 날 두려워하게 만들었어요. 항상, 지금까지 늘 그래왔어요! 에티, 이건 정말 말이 안 돼요! 당신 아버지 말대로 여기서 그자들이 계속해서 범죄를 저질렀다면, 그리고 모두가 그 사실을 알고 있다면 어째서 아무도 법의 심판을 받지 않은 거죠? 말해봐요, 에티!"

"아무도 증인으로 나서려고 하지 않기 때문이죠. 그렇게 했다가는 한 달 안에 목숨을 잃게 될 테니까요. 그자들은 항상 자기 쪽 사람들을 내세워 범인이 현장에 없었다고 증언해요. 잭, 당신도 신문에서 그런 기사를 본 적이 있을 거예요! 전국 신문에 실렸으니까요."

"본 적 있어요. 하지만 다 지어낸 이야기인 줄 알았죠. 만일 사실이라고 해도 그들도 나름대로 이유가 있었을지도 모른다는 생각이 들었고요. 잘못된 일을 할 수밖에 없는 상황일 거라고."

"오, 잭. 그렇게 말하지 마요! 그 사람이 하는 말과 똑같잖아요!"

"볼드윈…… 그자도 이렇게 말했단 거요?"

"그래서 내가 그 사람을 싫어하는 거예요. 잭, 이제야 말하는 거지만 난 그 사람이 진짜 싫어요. 무섭기도 하고요. 나도 나지만 아버지한테 무슨 일이 생길까 봐 더 무서워요. 만일 내가 그 사람에 대한 감정을 솔직히 털어놓으면 우리 부녀는 끔찍한 일을 당하게 될지도 몰라요. 그래서 결혼을 차일피일 미루고 있었던 거예요. 우리가 무사하려면 그 방법밖에 없으니까요. 당신이 마음만 먹으면 아버지를 모시고 함께 먼 곳으로 도망가 저 나쁜 인간들을 더이상 보지 않고 살 수도 있어요."

맥머도의 얼굴에 또다시 망설이는 기미가 엿보였다. 하지만 이번에도 역시 돌처럼 굳은 표정을 지었다.

"에티, 당신한테는 아무 일도 없을 거예요. 아버님도 마찬가지고. 나쁜 인간에 대해 말하자면, 머지않아 우리가 상대해야 할 놈들보다 내가 더 나쁜 놈이라는 것을 알게 될지도 모르죠."

"아뇨. 그렇지 않아요, 잭! 난 당신을 믿어요."

맥머도가 씁쓸하게 웃었다.

"나를 잘 몰라서 그런 거요! 내 사랑, 당신처럼 순수한 영혼을 가진 사람은 내가 어떤 생각을 품고 있는지 알 수가 없을 테니까. 잠깐, 밖에 손님이 온 모양이로군요."

문이 벌컥 열리더니 젊은 남자가 집주인이라도 되는 것처럼 거들먹대며 안으로 들어왔다. 매부리코를 가진 미남이었고 맥머도와 체격이 비슷했다. 나이도 비슷한 것 같았다. 챙이 넓은 검은색 펠트 모자를 쓴 그는 오만하고 험악한 눈빛으로 난로 옆에 앉아 있는 두 사람을 무섭게 노려보았다.

에티는 놀라고 당황한 표정으로 자리에서 벌떡 일어났다.

"어서 오세요, 볼드윈 씨. 생각보다 일찍 오셨네요. 이쪽으로 와서 앉으세요."

볼드윈은 양손을 허리에 올리고 서서 맥머도를 쳐다보았다.

"저자는 누구지?"

그가 퉁명스럽게 물었다.

"친구예요. 새로 들어온 하숙인이죠. 맥머도 씨, 이쪽은 볼드윈 씨예요."

두 사람은 무뚝뚝하게 고개만 끄덕하며 인사를 나누었다.

"에티에게 우리가 어떤 사이인지는 들었겠지?"

볼드윈이 물었다.

"어떤 사이인지 모르겠소만."

"그래? 그럼 지금 가르쳐주지. 이 여자는 내 거야. 그쪽은 그만 나가 저녁 산책이나 즐기시라고."

"고맙지만 지금은 산책 나가고 싶은 기분이 아닌데."

"그래? 그럼 한판 붙으러 나가는 건 어때?"

볼드윈이 화가 난 듯 험악한 눈빛으로 노려보며 말했다.

"얼마든지. 듣던 중 반가운 말이군."

맥머도가 자리에서 벌떡 일어나며 말했다.

"잭! 제발, 그만둬요! 저 사람이 당신을 해칠 거예요. 제발 그만둬요, 잭!"

가엾은 에티가 정신없이 소리쳤다.

"허어, 잭이라 부른다 이거지! 벌써 그런 사이가 된 거야? 빌어먹을!"

볼드윈이 욕설을 내뱉었다.

"오, 테드. 진정해요. 마음을 가라앉혀요! 제발 부탁이에요. 날 사랑한다면 너그러운 마음으로 용서해주세요!"

"에티, 이 문제는 우리 둘이 알아서 할 테니 당신은 잠시 물러나 있어요."

맥머도가 차분하게 말했다.

"볼드윈 씨, 그냥 그쪽이 나와 같이 나가는 게 나을 것 같은데. 날씨도 좋고 다음 블록에 공터도 있으니까 말이야."

"네깟 놈 하나 손보는 건 내 손을 더럽히지 않고도 가능하지. 나한테 한번 혼쭐이 나면 이 집에 발을 들인 걸 후회하게 될 거다."

볼드윈이 말했다.

"지금 당장 해보시지."

맥머도가 외쳤다.

"시간은 내가 정해. 그건 나한테 맡기시지. 그전에 이것부터 봐야 할 거다!"

볼드윈이 소매를 걷어올리더니 팔뚝에 찍혀 있는 특이한 문양의 낙인을 보여주었다. 원 안에 삼각형이 새겨진 모양이었다.

"이게 무슨 뜻인지 알고 있나?"

"그게 뭐든 무슨 상관이지?"

"이제 곧 알게 될 거야. 약속하지. 그리 오래 걸리진 않을 거다. 어쩌면 에티가 말해줄 수도 있겠지. 에티, 당신도 머지않아 무릎 꿇고 내게 용서를 빌게 될 거야. 알아들었지? 반드시 무릎을 꿇게 될 거라고! 그때 내가 어떤 벌을 내릴지 알려주지. 당신이 씨를 뿌렸으니 거두는 것도 당신이 해야 할 거야!"

볼드윈은 분노에 찬 눈으로 두 사람을 노려보더니 돌아서서 나갔다. 문이 쾅 닫혔다.

맥머도와 에티는 말없이 그 자리에 서 있었다. 그러다 그녀가 그를 끌어안았다.

"오, 잭. 당신은 정말 용감한 사람이에요! 하지만 아무 소용없어요. 당장 도망가야 해요! 오늘밤 당장 말이에요! 목숨을 잃지 않으려면 그 방법밖에 없어요. 저자가 당신을 죽일 거예요. 그자의 무서운 눈빛을 보면 알아요. 게다가 그 사람만 있는 것도 아니에요. 그자의 뒤에 있는 맥긴티 대장과 수많은 지부 사람들을 전부 상대해야 한단 말이에요!"

맥머도는 에티를 품에서 떼어낸 뒤 그녀에게 키스했다. 그리고 부드럽게 의자에 앉혔다.

"에티, 내 사랑. 여기 있어요! 나 때문에 걱정하거나 두려워하지 마요. 실은 나도 자유 시민단 단원이에요. 아버님에게는 벌써 말씀드렸어요. 어쩌면 나도 그자들보다 나을 게 없는 인간일 수도 있죠. 그러니 나를 성자 취급하진 마요. 어쩌면 이제 당신도 내가 싫어졌을 수도 있겠지."

"당신을 싫어하다니요? 평생 그럴 일은 없을 거예요. 자유 시민단도 다른 지역에서는 아무 문제가 없다고 들었어요. 내가 왜 당신을 싫어하겠어요? 그런데 단원이라면 어째서 맥긴티 대장을 찾아가지 않은 거죠? 어서 서둘러요, 잭. 빨리요! 당신이 먼저 가야 해요. 사냥개 같은 자들이 당신을 쫓기 전에 말이에요."

"나도 같은 생각을 하고 있었어요. 당장 가서 상황을 해결하죠. 당신 아버지께는 내가 오늘밤까지만 여기서 지내고 내일 아침에 다른 곳으로 옮기겠다고 전해줘요."

맥머도가 말했다.

맥긴티의 술집은 여느 때와 마찬가지로 복잡했다. 마을에서 거칠다고 소문난 사람들은 모두 모이는 곳이었다. 맥긴티는 쾌활하고 대범한 성격으로 사람들에게 인기가 좋았다. 하지만 그런 모습은 본모습을 감추기 위한 가면에 불과했다. 인기 있는 모습과 별개로, 맥긴티는 사람들을 공포로 몰아넣어 마을 전체와 오십 킬로미터에 달하는 계곡 전체는 물론 그 너머까지 장악하고 있었다. 덕분에 그의 술집에는 언제나 손님들이 가득했다. 맥긴티가 운영하는 술집을 무시할 수 있는 사람은 아무도 없었기 때문이다.

무자비하게 휘두르는 비밀스러운 권력 외에 그는 고위 공직도 차지하고 있었다. 차후에 수혜를 기대하는 깡패들의 표를 독차지한 덕분에 시의원과 철도 이사의 자리까지 얻었다. 시민들은 엄청난 세금을 내야 했고 공공사업은 노골적으로 무시되었다. 뇌물을 먹은 회계감사관은 회계 조사를 대충 넘어갔다. 선량한 시민들은 계속해서 공갈 협박에 시달렸지만 후환이 두려워 입을 다무는 수밖에 없었다.

그렇게 해가 지날수록 맥긴티가 달고 있는 넥타이핀에 달린 다이아몬드 알은 점점 커져갔고 점점 더 화려해지는 조끼 위에 드리운 금줄 역시 점점 두꺼워졌다. 그가 운영하는 술집은 계속 확장되다 보니 광장의 한쪽 면을 다 차지할 지경이 되었다.

맥머도는 술집 회전문을 밀고 들어갔다. 실내는 담배 연기가 자욱하고 술냄새가 진동을 했다. 그는 북적거리는 사람들 사이를 뚫고 지나갔다. 사방에 걸려 있는 거대한 금테 거울에 번쩍거리는 조명들이 반사되어 눈이 부실 정도로 휘황찬란했다. 셔츠 차림의 바텐더 몇 명이 널따란 금속 카운터 앞에 앉은 손님들에게 술을 만들어주고 있었다. 한쪽 끝에 키가 크고 체격이 좋은 남자가 시가를 입에 문 채 카운터에 기대 있었다. 바로 그가 그 유명한 맥긴티였다. 수염이 광대뼈까지 뒤덮고 검은 머리카락이 목덜미까지 내려온 모습이 마치 검은 털에 덥수룩하게 뒤덮인 거인처럼 보였다. 피부는 이탈리아인처럼 거무스름했고 이상할 만큼 새까만 눈동자는 사시까지 있는 탓에 정말 사악하게 보였다. 그런 점만 제외하면 맥긴티의 균형 잡힌 몸매와 잘생긴 얼굴은 쾌활하고 사교적인 모습과 아주 잘 어울렸다. 이곳 사람들은 그를 가리켜, 말투가 약간 무례할지는 몰라도 성격이 화통하고 정직한 사람이라고 평했다. 그렇지만 무자비한 분위기의 새까만 눈동자와 마주친 사람은 저도 모르게 움츠러들면서 맥긴티의 내면에 잠재되어 있는 무한한 악과 마주하고 있다는 것을, 그리고 그에게는 사악함을 천 배는 더 치명적으로 만들 수 있는 힘과 대범함, 교활함이 숨겨져 있다는 것을 느끼곤 했다.

맥머도는 상대방을 충분히 살피고 난 뒤 평소처럼 거리낌없는 태도로 사람들을 헤치며 다가갔다. 그리고 힘센 대장 옆에서 별것 아닌 농담에도 큰 소리로 웃으며 비위를 맞추는 무리들을 옆으로 밀어냈다. 맥머도는 자신을 날카롭게 쳐다보는 맥긴티의 새까만 눈동자를 안경 너머 회색 눈동자로 대범하게 쳐다보았다.

"처음 보는 젊은이 같은데."

"얼마 전에 이곳에 왔습니다, 맥긴티 씨."

"아무리 새로 왔어도 신사분의 직함 정도는 제대로 알아야지."

옆에 있던 사람들 중 누군가 말했다.

"이분은 맥긴티 시의원님이라네, 젊은 친구."

"실례했습니다, 의원님. 이런 자리에 익숙하지 않아서요. 의원님을 만나 뵈라는 말을 들었습니다."

"흠, 나를 만나러 왔단 말이군. 이런 사람이라네. 막상 만나고 나니 느낌이 어떤가?"

"이제 막 뵀을 뿐이지만, 의원님의 마음이 듬직한 체격만큼 크고 영혼 또한 잘생긴 얼굴만큼 수려하다면 더이상 바랄 게 없을 것 같습니다."

맥머도가 말했다.

"어이쿠, 과연 아일랜드 출신다운 말재간이로군."

맥긴티는 대담한 방문객의 말재간에 맞장구를 칠지 아니면 위엄을 지킬지 마음을 정하지 못한 채 큰 소리로 말했다.

"내 외모가 마음에 든다는 뜻이겠지?"

"물론입니다."

맥머도가 말했다.

"날 만나보라는 말을 들었다고 했나?"

"네."

"누가 그러던가?"

"버미사 341지부의 스캔런 형제입니다. 의원님, 의원님의 건

강과 우리의 좋은 인연을 기원하며 건배를 하고 싶습니다."

맥머도는 건네받은 술잔을 위로 들어 보인 뒤, 술을 마시면서 새끼손가락을 치켜 올렸다.

그의 모습을 유심히 지켜보던 맥긴티가 새카만 눈썹을 치켜 올렸다.

"음, 그렇단 말이지? 그거야 뭐 알게 되겠지. 자네……."

"맥머도라고 합니다."

"이리 가까이 오지. 우리는 남들이 하는 말만 듣고 무작정 사람을 받아들이진 않거든. 잠깐 뒤쪽으로 따라오게."

뒤쪽으로 가니 술통이 놓인 작은 방이 있었다. 맥긴티는 조심스럽게 문을 닫은 뒤 술통 위에 걸터앉았다. 시가 끝을 찬찬히 씹으면서 상대방을 불안하게 만드는 시선으로 한참 동안 맥머도를 쳐다보았다. 그는 몇 분간 아무 말 없이 앉아 있었다.

그동안 맥머도는 한 손은 코트 주머니에 넣고 다른 한 손으로는 갈색 콧수염을 비비꼬면서 맥긴티의 시선을 기분 좋게 받아넘겼다. 갑자기 맥긴티가 몸을 숙이더니 살벌하게 생긴 권총을 꺼내 들었다.

"이봐, 만일 자네가 우릴 속였다가 걸리게 되면 그 순간 그대로 세상과 작별 인사를 하게 될 걸세."

"고대 자유 시민단의 지부장께서 새로 온 단원을 맞이하시는 인사치고는 특이하군요."

맥머도가 위엄 있게 말했다.

"그렇군. 그래도 자네가 단원이라는 건 확인해야지. 혹시 아니라는 게 밝혀지면 그땐 하나님만이 자넬 도울 수 있을 걸세. 입단은 어디서 했나?"

맥긴티가 물었다.

"시카고 29지부입니다."

"언제?"

"1872년 6월 24일."

"거기 지부장은 누군가?"

"제임스 H. 스콧입니다."

"지구 책임자는?"

"바살러뮤 윌슨입니다."

"흠. 대답은 잘하는군. 여긴 왜 온 건가?"

"일거리를 찾아왔습니다. 의원님과 마찬가지로요. 물론 제가 하는 일은 그 정도로 대단한 일이 아닙니다만."

"대답이 참 빠르군."

"네. 말이 빠른 편이죠."

"행동도 빠른가?"

"저를 아는 사람들은 그렇다고 하더군요."

"그래, 조만간 시험해봐야겠군. 이곳 지부에 대한 얘길 들어본 적 있나?"

"진정한 남자라면 형제로 받아준다고 들었습니다."

"그건 사실이야. 그런데 왜 시카고를 떠난 건가?"

"그 일은 말씀드릴 수 없습니다."

맥긴티는 눈을 크게 떴다. 자기 앞에서 이런 식으로 대답하는 사람이 없었기에 흥미를 느낀 듯했다.

"어째서 말할 수 없다는 거지?"

"형제에게 거짓말을 할 수는 없으니까요."

"말할 수 없을 정도로 안 좋은 일이 있었단 말인가?"

"그렇게 생각하셔도 됩니다."

"이보게. 지부장인 내가 자기 과거를 밝히지 않는 자를 지부에 받아들여줄 거라고 생각하나?"

맥머도는 당황한 듯했다. 그는 안주머니에서 오래된 신문 조각을 꺼냈다.

"다른 사람들에겐 말하지 않으실 거죠?"

"감히 나한테 그런 말을 하다니 얼굴을 갈겨줘야 정신을 차리겠나!"

맥긴티가 버럭 화를 냈다.

"제가 실수했습니다, 의원님. 사과드리겠습니다. 생각이 짧았습니다. 물론 의원님은 믿을 만한 분이시죠. 이 기사를 보십시오."

맥머도가 순순히 사과했다.

맥긴티는 신문 기사를 훑어보았다. 1874년 1월 초순에 시카고의 마켓 스트리트에 있는 레이크 술집에서 조너스 핀토라는 남자가 총에 맞아 죽었다는 내용이었다.

"자네가 한 짓인가?"

맥긴티가 신문 조각을 돌려주며 묻자 맥머도가 고개를 끄덕였다.

"왜 죽인 거지?"

"저는 정부를 좀 거들어주려고 화폐 찍는 일을 했습니다. 정식으로 만드는 것보다 질이 약간 떨어지긴 했지만 겉보기엔 비슷한데다가 단가도 훨씬 적게 들었죠. 핀토라는 자는 절 도와서 위조 금화 돌리는 일을 했는데……."

"무슨 일을 했다고?"

"위조 금화를 유통시켰다는 말입니다. 그런데 갑자기 그자가 신고하겠다고 하더군요. 어쩌면 이미 했었을 수도 있겠죠. 전 그 말이 사실인지 아닌지를 확인할 시간이 없었습니다. 바로 그 자를 죽이고 탄광촌으로 도망쳤습니다."

"어째서 탄광촌으로 온 거지?"

"신문에서 보니 이쪽 사람들은 이런 일에 크게 신경쓰지 않는다고 해서요."

맥긴티가 웃었다.

"자넨 화폐를 위조하고 그다음엔 살인을 저질렀어. 그런 일을 저지르고도 이쪽에서 자네를 환영해줄 거라고 생각했다는 건가?"

"그런 셈이죠."

맥머도가 대답했다.

"크게 성공할 사람이군그래. 그건 그렇고 지금도 위조화폐를 만들 수 있나?"

맥머도가 주머니에서 금화 여섯 개를 꺼냈다.

"이 금화들은 워싱턴 조폐국에서 발행한 것이 아닙니다."

"그럴 리가!"

맥긴티는 고릴라처럼 털이 수북하게 나 있는 커다란 손으로 금화를 받아들고 불빛에 비춰 보았다.

"완전히 똑같은걸! 내가 보기에 자넨 우리 지부에 큰 도움이 될 거야. 우리 중에 한두 명쯤은 이런 일을 할 줄 아는 친구들이 있어야 한다네. 앞으로 우리가 직접 나서야 할 때가 올 테니 말이야. 우릴 압박하는 놈들을 밀어내지 않으면 궁지에 몰리게 되겠지."

"그때 다른 형제들과 함께 제 몫을 하고 싶습니다."

"자넨 아주 대범한 것 같군. 조금 전에 내가 권총을 겨눴을 때도 꿈쩍하지 않던 걸 보니 말이야."

"위험한 건 제가 아니었으니까요."

"그럼 누가 위험했다는 건가?"

"의원님요."

맥머도는 두꺼운 모직 재킷 주머니에서 공이치기를 당겨놓은 권총을 꺼내며 말했다.

"아까부터 계속 겨누고 있었습니다. 총을 쏜다면 의원님보다 제가 빨랐을 겁니다."

맥긴티는 순간 분노로 얼굴이 벌겋게 달아올랐다가 이내 소리 내어 웃었다.

"이런! 자네처럼 무서운 친구는 정말 오랜만에 보는 것 같구먼. 앞으로 우리 지부의 자랑거리가 되겠는걸. ……이봐, 지금 뭘 하는 건가? 내가 신사분과 단둘이서 오 분도 대화를 나누지 못하게 이런 식으로 방해를 해야겠나?"

바텐더가 무안한 표정으로 서 있었다.

"죄송합니다, 의원님. 테드 볼드윈 씨가 당장 의원님을 뵙고 싶다고 하셔서요."

바텐더가 말을 전할 필요도 없이 그의 등뒤에서 잔인해 보이는 남자가 나타났다. 볼드윈은 바텐더를 밖으로 밀어낸 뒤 문을 닫았다.

“그래, 네놈이 먼저 왔다 이거지?”

그가 화가 잔뜩 난 얼굴로 맥머도를 노려보았다.

“의원님, 저자에 대해 드릴 말씀이 있습니다.”

“할말이 있으면 지금 내 앞에서 하지그래.”

맥머도가 말했다.

“언제 어떻게 말할지는 내가 정할 거다.”

“자, 자! 이러지들 말게. 볼드윈, 이 친구는 이제 우리 형제야. 이런 식으로 맞이하는 건 아니지. 어서 서로 악수하고 화해하게.”

맥긴티가 술통에서 몸을 일으키며 말했다.

“싫습니다!”

볼드윈이 화를 내며 소리쳤다.

그러자 맥머도가 얘기했다.

“이자가 저더러 계속 잘못했다기에 한판 붙자고 했습니다. 전 맨주먹으로 싸워도 좋고 그게 마음에 안 들면 이자가 고른 다른 방식으로 싸워도 좋습니다. 판결은 지부장이신 의원님께 맡기겠습니다.”

“대체 무슨 일로 이러는 건가?”

“어떤 젊은 여성 때문입니다. 그녀에겐 선택할 자유가 있어요.”

"그 여자에게 달렸다고?"

볼드윈이 소리쳤다.

"우리 지부에 있는 두 형제 사이의 일이니까 나도 여자의 선택에 따라야 한다고 생각하네."

맥긴티가 말했다.

"그게 의원님의 판결입니까?"

"그래, 테드 볼드윈. 이의가 있나?"

맥긴티가 사악한 눈빛으로 그를 쳐다보았다.

"생전 처음 보는 녀석 때문에 지난 오 년간 곁에서 지켜준 사람을 내치겠단 말입니까? 잭 맥긴티, 당신이라고 평생 지부장을 할 수 있을 것 같아요? 다음 선거에서……."

맥긴티는 호랑이처럼 볼드윈에게 달려들었다. 볼드윈이 술통 위로 쓰러지자 맥긴티가 양손으로 목을 조르기 시작했다. 맥머도가 말리지 않았더라면 볼드윈은 화가 잔뜩 난 맥긴티의 손에 죽었을 것이다.

"의원님, 진정하십시오! 진정하세요!"

맥머도가 소리치며 맥긴티를 붙잡았다.

맥긴티가 손을 놓자 겁을 잔뜩 집어먹은 볼드윈은 숨을 헐떡거렸다. 죽음의 문턱까지 갔다 온 그는 부들부들 떨며 술통 위에 걸터앉았다.

"테드 볼드윈, 예전부터 네놈을 지켜보고 있었어. 이번에 아주 제대로 걸린 줄 알아!"

맥긴티가 널찍한 가슴을 들썩거리며 외쳤다.

"내가 지부장 투표에서 떨어지면 네놈이 자리를 차지할 수 있을 거라고 생각했나 보군. 그건 지부에서 결정할 문제지. 그렇지만 내가 지부장 자리에 있는 한 내 말에 따르지 않는 놈들은 가만두지 않을 거야!"

"지부장님의 뜻에 따르겠습니다."

볼드윈이 목을 어루만지며 중얼거렸다.

"그럼 됐어."

맥긴티는 다시 유쾌하고 화통한 모습을 보이며 큰 소리로 말했다.

"우린 다시 좋은 친구가 된 거야! 이 문제는 이쯤에서 끝내기로 하지."

그가 선반에서 샴페인병을 꺼내더니 코르크 마개를 비틀어 뽑았다. 그런 다음 세 개의 술잔에 가득채운 뒤 말을 이었다.

"자, 이제 화해의 건배를 하세. 우리 사이에 있었던 안 좋은 감정들은 털어버리는 거야. 그럼 왼손을 목젖에 대고 묻겠네. 테드 볼드윈, 무엇 때문에 화를 낸 건가?"

"구름이 잔뜩 끼었기 때문입니다."

볼드윈이 대답했다.

"그렇다면 구름은 영원히 갤 것이다."

"저 또한 그렇게 맹세합니다."

두 사람은 잔을 비웠다. 그런 다음 볼드윈과 맥머도 역시 같은 의식을 치렀다.

"자, 이것으로 나쁜 감정들은 모두 털어낸 거야. 이런 일이 또 일어난다면 그땐 지부에서 징계를 내릴 걸세. 징계가 얼마나 무서운지 볼드윈 형제는 잘 알고 있겠지. 그리고 맥머도 형제, 자네도 문제를 일으키게 되면 어떻게 되는지 곧 알게 될 걸세."

맥긴티가 양손을 문지르며 말했다.

"믿어주십시오. 될 수 있는 한 문제를 일으키지 않겠습니다."

맥머도가 대답한 뒤 볼드윈에게 손을 내밀었다.

"나는 싸움도 빨리 하지만 용서도 빠른 편이오. 아일랜드인의 다혈질 성격 때문이라더군요. 어쨌든 이걸로 끝냅시다. 난 아무 감정 없어요."

볼드윈은 마지못해 맥머도의 손을 잡았다. 맥긴티가 무서운 눈으로 그를 지켜보고 있었던 것이다. 하지만 뚱한 표정으로 보아 전혀 마음이 풀리지 않았다는 사실을 알 수 있었다.

맥긴티가 두 사람의 어깨를 두드렸다.

"이래서 여자들, 바로 여자들이 문제라니까! 내 수하 두 명이

한 여자를 놓고 싸우다니. 정말 공교롭게 됐어! 하지만 이 문제의 해결은 그 아가씨 손에 달린 거지. 이런 문제는 지부장의 권한 밖이니까 말이야. 여자 문제가 아니더라도 우리가 해야 할 일이 아주 많아. 맥머도 형제, 341지부 입단을 허락하네. 시카고와 달리 여긴 우리만의 규칙과 방식이 있지. 토요일 저녁에 집회가 있는데 그때 참석하면 버미사 계곡을 자유롭게 다닐 수 있게 해주겠네."

버미사 341지부

3.

온갖 일들이 일어난 저녁이 가고, 다음날 맥머도는 제이컵 섀프터의 하숙집에서 나와 마을 외곽에 위치한 맥너매라 부인의 집으로 거처를 옮겼다. 얼마 지나지 않아 열차에서 만났던 스캔런이 버미사로 옮겨오면서 두 사람은 같은 집에 살게 되었다. 집에는 다른 하숙인들이 없었고 아일랜드인인 하숙집 주인 맥너매라 부인은 느긋한 성격이라 두 사람에게 아무 간섭도 하지 않았다. 같은 비밀을 가진 그들은 자유롭게 행동하고 마음껏 이야기를 나눌 수 있었다. 섀프터는 맥머도가 찾아가면 식사는 할 수 있게 해주었다. 덕분에 맥머도는 에티와 계속해서 만날 수 있었고 시간이 지날수록 두 사람의 마음은 점점 더 깊어졌다. 맥머도의 새 하숙방은 금화 주조 틀을 꺼내도 될 만큼 안전했다. 그는 지부의 형제들에게 비밀 서약을 받은 뒤 주조 틀을 보여주었다. 그들은 돌아갈 때 가짜 금화를 몇 개씩 주머니에 넣어가지고 나갔는데, 금화가 어찌나 정교한지 그대로 유통시켜도 문제가 없을 정도였다. 형제들은 모두 이렇게 기가 막힌 기술을 가지고 있는 맥머도가 무엇 때문에 일을 하러 다니는지 의아해했다. 그런 질문을 받을 때마다 맥머도는 확실한 일자리가 없으면 경찰의 의심을 사기 때문이라고 대답했다.

벌써 경찰 한 명이 맥머도의 뒤를 캐고 있었다. 하지만 운이 좋게도 그 일은 맥머도에게 해를 끼친 게 아니라 되려 도움을 주었다. 맥긴티에게 처음 인사를 간 뒤로 맥머도는 거의 매일 밤 술집을 찾아 소위 '친구들'을 사귀었다. '친구들'은 그 지역의 위험천만한 패거리들이 서로를 부르는 장난스러운 호칭이었다. 맥머도는 거침없는 태도와 대담한 화술로 인기가 좋았다. 술집에서 시비라도 붙으면 멋진 솜씨로 상대방을 순식간에 제압해 자리에 있던 거친 패거리에게 인정받곤 했다. 그런 상황에서 경찰이 찾아온 일로 맥머도에 대한 사람들의 평가는 한층 더 올라갔다.

어느 날 밤, 여느 때처럼 사람들로 북적거리는 술집에 푸른색 제복을 입고 챙모자를 쓴 광산 경찰이 문을 열고 들어왔다. 광산 경찰은 이 지역을 위협하는 조직 폭력단에 속수무책인 경찰을 지원하기 위해 철도와 광산 소유주들이 만든 특수 조직이었다. 그가 나타나자 술집 안이 순식간에 조용해지면서 시선이 그쪽으로 쏠렸다. 미국에서는 경찰과 범죄자가 묘하게 얽혀 있을 때가 있어서 카운터 뒤에 서 있던 맥긴티는 손님들 사이를 뚫고 걸어오는 경찰을 보고도 전혀 놀라지 않았다.

"위스키 한잔 주시죠. 밤이 되니 쌀쌀하군요."

경찰이 말했다.

"의원님, 처음 뵙겠습니다."

"그쪽이 새로 왔다는 경찰대장이오?"

맥긴티가 물었다.

"그렇습니다. 우리는 이 지역의 법과 질서를 지키는 일에 의원님과 다른 지도층 인사들께서 도와주실 거라고 기대하고 있습니다. 전 광산 경찰대 대장 마빈이라고 합니다."

"우린 그쪽 없이도 지금껏 잘해왔소, 마빈 대장. 여긴 이미 지역 경찰이 있으니 다른 외부 인력은 필요 없어요. 당신네들은 힘없는 시민들한테 몽둥이질이나 총질을 해대라고 자본가들이 돈을 주고 고용한 도구에 불과하잖소?"

맥긴티가 냉정하게 말했다.

"자, 자. 그런 이야기로 괜히 다투지 맙시다."

마빈 대장이 싹싹하게 대꾸했다.

"각자 지켜야 할 본분을 다하면 되는 거 아니겠습니까?"

마빈은 술잔을 비우고 돌아서다 바로 옆에서 인상을 잔뜩 쓰고 있는 잭 맥머도의 얼굴을 발견했다.

"아니, 이게 누군가!"

그가 맥머도를 위아래로 훑어보며 말했다.

"여기 아는 얼굴이 있군그래."

맥머도가 그의 눈길을 피했다.

"이제껏 당신을 포함해서 빌어먹을 경찰을 친구로 둔 적 없소."

"얼굴 안다고 친구라고 할 순 없지. 자네, 시카고의 잭 맥머도잖아. 아니라고 할 셈인가?"

마빈이 싱긋 웃으며 말했다.

맥머도가 어깨를 으쓱했다.

"아니라고 한 적 없소. 내가 내 이름을 부끄러워할 거라고 생각하는 거요?"

"그 정도 이유면 그럴 법도 할 텐데."

"무슨 뜻으로 그런 소릴 하는 거지?"

맥머도가 주먹을 불끈 쥐며 소리쳤다.

"자, 자, 진정해, 잭. 나한테 소리쳐봐야 소용없는 일이니까. 난 지독한 탄광촌에 오기 전에 시카고 경찰이었다네. 시카고에 있던 악당들은 다 알고 있지."

맥머도가 고개를 떨구었다.

"설마 당신이 시카고 센트럴 경찰서에 있던 마빈인가!"

"바로 그 테디 마빈이야. 조너스 핀토 피격 사건은 잊지 않고 있지."

"난 그자를 쏘지 않았소."

"자네가 쏘지 않았다고? 아주 믿을 만한 증언이군그래, 안 그런가? 그때 그 친구가 죽어줘서 자네로선 천만다행이었지. 그렇지 않았으면 위폐 유통으로 잡혀 들어갔을 테니까 말이야. 어쨌든 그건 지난 일이니까 그만 잊자고. 내 입장에서 말하긴 좀 그렇지만, 경찰 쪽에서는 자네가 한 범행이라는 결정적인 증거를 찾지 못했다네. 내일 당장 시카고로 돌아간다 해도 아무 문제 없을 거야."

"난 지금 여기서 잘 지내고 있소."

"기껏 정보를 줬는데 부루퉁한 개처럼 고맙다는 말조차 안 하는군."

"그렇다면야 좋은 뜻으로 받아들이지. 고맙소."

맥머도가 말했다. 고마워하는 사람의 태도가 전혀 아니었다.

"자네가 앞으로 바르게만 살면 나도 더이상 말하지 않겠네. 하지만 또 허튼짓을 하면 그땐 얘기가 달라질 거야! 그럼 잘 있으라고. 의원님도 안녕히 계십시오."

마빈이 술집을 떠나자 맥머도는 지역의 영웅이 되었다. 맥머도가 시카고에서 했다는 일들이 사람들 사이에서 조용히 퍼져나갔다. 그는 지금껏 사람들이 물어도 조용히 웃기만 할 뿐 별다른 말을 하지 않았지만 이제는 모든 사실이 밝혀졌다. 술집 안에 있던 사람들이 맥머도를 에워싸더니 너도나도 악수를 청했다. 그때부터 맥머도는 이곳에서 마음대로 행동할 수 있게 되었다. 그는 본래 술을 많이 마셔도 취한 티가 거의 나지 않았다. 하지만 그날 저녁은 스캔런이 집까지 부축해주지 않았더라면 사람들의 칭송을 받은 영웅이라 해도 밤새 술집 바닥에 쓰러져 있었을 것이다.

토요일 저녁, 맥머도는 이곳 지부에 입단하게 되었다. 그는 이미 시카고에서 입단을 했으므로 별다른 의식은 없을 거라고 생각했다. 하지만 버미사 지부에는 그들이 자랑스럽게 여기는 특별한 의식이 있었고 모든 지원자는 이 의식을 거쳐야만 입단할 수 있었다. 입단식은 유니언 하우스에 있는 큰 방에서 열렸다. 이런 일이 있을 때마다 집회실로 사용하는 방이었다. 버미사 지부의 단원 육십여 명이 이번 입단식에 참석했지만 이들이 전부는 아니었다. 이 계곡에만 지부가 여러 개 있었고 산맥 너머에도 여러 개 있었다. 그래서 중요한 일을 진행할 때는 단원들을 서로 교환하곤 했다. 외부인이 와서 범죄를 저지르고 가는 경우가 많은 건 바로 그 때문이었다. 탄광 지대에 흩어져 있는 단원들을 모두 모으면 거의 오백 명에 달했다.

남자들은 휑한 집회실의 긴 탁자 주위에 모여 있었다. 방 한쪽 끝에 있는 다른 탁자에는 술병과 술잔이 잔뜩 있었는데, 자리에 모인 자들 중 몇몇은 벌써부터 눈이 그쪽에 가 있었다. 상석에 앉아 헝클어진 검은 머리 위에 납작한 검은색 벨벳 모자를 쓰고 목에는 보라색 영대를 걸고 있는 맥긴티의 모습이 마치 악마 숭배 의식을 주관하는 사제처럼 보였다. 그의 양옆에는 지부의 고위 간부들이 앉았다. 그중에는 잘생겼지만 잔인해 보이는 테드 볼드윈도 있었다. 간부들은 각자 자신의 지위를 나타내는 스카프를 두르거나 메달을 달았다. 간부들은 대부분 나이가 들어 보였지만 일반 단원들은 열여덟 살에서 스물다섯 살 사이의 젊은이들이었다. 그들은 모두 상급자의 명령이 떨어지면 곧바로 이행할 준비가 되어 있었다. 나이든 단원들 중에는 흉악하고 무자비해 보이는 얼굴을 가진 사람들이 많았지만 나이 어린 단원들은 이처럼 위험한 살인자 무리에 속했다고는 믿을 수 없을 만큼 열정적이고 정직한 모습이었다. 이들은 살인을 능숙하게 해치울 수 있다는 것에 자부심을 가질 만큼, 도덕성이라고는 찾아볼 수 없는 끔찍한 청년들이었다. 또한 그들 사이에서 깔끔하게 일을 처리하기로 소문난 단원들을 진심으로 존경했으며 자신들에게 해를 끼치기는커녕 난생처음 보는 사람을 죽이는 일에 자원하는 것이 용감하고 정의로운 일이라고 생각하는 그릇된 사고를 가지고 있었다. 범행을 저지른 뒤에는 누가 치명상을 입혔는지 경쟁했으며 살해당한 사람의 비명이나 일그러진 표정에 대해 떠들며 즐거워했다.

처음에는 그들도 그런 일을 한다는 것을 비밀로 했지만 시간이 지나자 자신들이 한 짓을 대놓고 떠들고 다니기 시작했다. 아무리 죄를 지어도 법의 심판을 받지 않았기 때문이다. 죄를 입증할 목격자들이 감히 나서지 못하는 반면 알리바이를 증명해줄 증인들은 얼마든지 있었다. 더군다나 경제력이 좋은 지부 덕분에 미국 최고의 변호사들을 고용할 수 있었다. 그들은 십 년이라는 긴 세월 동안 수많은 범죄를 저질렀지만 단 한 명도 유죄 선고를 받지 않았다. 스카우러스에게 유일하게 위협이 되는 건 피해자밖에 없었다. 이쪽이 압도적인 숫자로 기습 공격을 해도 가끔 죽을 각오로 맞서 싸우는 피해자에게 휘말려 부상을 당하는 경우가 있었다.

맥머도는 이제 곧 엄청난 일을 겪게 될 거라는 말을 들었지만 누구에게도 그게 뭔지 정확하게 듣지 못했다. 그는 엄숙한 얼굴을 하고 있는 형제 두 명에게 이끌려 집회실 밖에 있는 방으로 들어갔다. 나무판자로 된 칸막이 너머로 집회실에 모인 사람들이 웅성거리는 소리가 들렸다. 자기 이름이 한두 차례 들리는 것으로 보아 그의 입단을 놓고 논의중이라는 것을 알 수 있었다. 그때 가슴에 초록색과 금색 띠를 두른 친위대원들이 안으로 들어왔다.

"지부장께서 밧줄로 묶고 눈을 가린 채 데려오라는 지시를 내리셨소."

그들은 맥머도의 코트를 벗기고 오른쪽 소매를 걷어올린 뒤 팔꿈치 위쪽으로 밧줄을 동여맸다. 그런 다음 아무것도 보이지 않게 머리에 두꺼운 검은색 천으로 된 두건을 씌웠다. 그는 그 상태로 집회실로 끌려갔다.

두건을 쓰고 있자니 사방이 칠흑같이 어둡고 몹시 답답했다. 맥머도는 주위에서 사람들이 웅성거리는 소리와 바스락거리는 소리를 들을 수 있었다. 맥긴티의 목소리도 멀리서 흐릿하게 들렸다.

"존 맥머도, 그대는 고대 자유 시민단의 단원인가?"

맥머도는 그렇다는 의미로 고개를 끄덕였다.

"시카고 29지부 소속인가?"

그는 다시 한번 고개를 끄덕였다.

"어두운 밤은 좋지 않다."

목소리가 말했다.

"그렇다. 낯선 곳을 여행하기엔."

맥머도가 대답했다.

"구름이 짙게 깔렸다."

"그렇다. 폭풍우가 다가오고 있다."

"형제들은 만족스러운가?"

지부장이 물었다.

모두 낮은 소리로 동의했다.

"형제여, 우리는 암호를 주고받아 형제라는 사실을 확인했다. 하지만 이곳에는 우리만의 특별한 의식이 있고 훌륭한 단원이 되기 위해서는 이 의무를 수행해야 한다. 준비됐나?"

맥긴티가 말했다.

"준비됐습니다."

"용기가 있나?"

"물론입니다."

"앞으로 걸어나와 그 사실을 증명하라."

그 말과 함께 눈에 뭔가 딱딱하고 뾰족한 것이 닿는 느낌이 들었다. 거기서 앞으로 더 나서면 눈을 잃게 될 것 같았지만 그는 멈추지 않고 단호히 걸음을 내디뎠다. 그러자 뾰족한 것이 사라졌다. 주위에서 칭찬하는 소리들이 들렸다.

"정말 용감하군. 고통은 참을 수 있나?"

"다른 사람들만큼은 참을 수 있습니다."

"시작하라!"

순간 팔뚝에 끔찍한 고통이 느껴졌다. 맥머도가 할 수 있는 일은 비명을 참는 것밖에 없었다. 갑작스러운 충격에 기절할 것 같았지만 고통을 참아내기 위해 입술을 깨물고 주먹을 움켜쥐며 말했다.

"이보다 더한 것도 참을 수 있습니다."

우레와 같은 박수가 터져 나왔다. 지금껏 지부에서 이 의식을 맥머도보다 더 잘 치러낸 사람은 없었다. 사람들이 등을 두드리며 두건을 벗겨주었다. 맥머도는 눈을 깜박거리며 서 있다가 형제들의 축하에 미소를 지었다.

"맥머도 형제, 마지막으로 한마디만 하지. 자넨 우리 지부에 충성하고 비밀을 지키겠다는 맹세를 했네. 맹세를 어길 시에는 즉시 죽음의 처벌을 받게 될 거야. 알겠나?"

맥긴티가 말했다.

"알겠습니다."

맥머도가 대답했다.

"어떤 상황에서든 지부장의 명령을 따라야 한다는 것도 명심하게."

"알겠습니다."

"그렇다면 버미사 341지부의 이름으로 그대에게 단원으로서의 특권과 집회 참석을 허락하겠다. 스캔런 형제, 마실 것을 준비하게. 훌륭한 형제를 얻었으니 모두 함께 건배해야지."

맥머도는 코트를 돌려받았다. 그는 코트를 입기 전에 오른쪽 팔을 살펴보았다. 심하게 욱신거렸다. 팔뚝에는 원 안에 삼각형이 들어 있는 문양의 붉은 낙인이 선명하게 찍혀 있었다. 옆에 있던 다른 형제들이 자신들의 소매를 걷어 똑같은 문양이 찍혀 있는 것을 보여주었다.

"우리 모두 겪은 일이오. 하지만 당신만큼 용감한 사람은 없었지."

누군가 말했다.

"이 정도야 아무것도 아닙니다."

상처가 여전히 아프고 화끈거렸지만 맥머도는 아무렇지 않은 듯 대답했다.

입단식에 건배까지 끝나자 지부 사업에 대한 논의가 이어졌다. 시카고에서 참석했던 지루한 회의를 상상했던 맥머도로서는 여기서 논의되는 내용들에 깜짝 놀랐다. 그는 열심히 귀를 기울였다.

"의사일정에 올라온 첫 번째 안건은 머턴 249지부의 윈들 지부장이 보낸 편지 내용과 관련이 있다. 편지 내용은 다음과 같다.

'친애하는 형제여. 우리 지역 부근에 있는 레이 앤드 스터매시 탄광의 주인인 앤드루 레이를 처리해야 할 것 같습니다. 지난가을 그쪽 지역에서 있었던 순찰 경찰 문제를 우리 지부 형제 두 명이 도와준 것을 기억하고 있겠죠. 이번에는 그쪽 형제들이 도와주었으면 합니다. 솜씨 좋은 형제 두 명만 이쪽으로 보내주십시오. 회계 일을 보고 있는 히긴스가 우리 쪽 담당자입니다. 우리 주소는 알고 계실 겁니다. 히긴스가 시간과 장소를 알려줄 겁니다. J.W. 윈들. 고대 자유 시민단 지부장.'

윈들은 이제껏 우리가 형제들을 한두 명씩 보내달라고 부탁할 때 한 번도 거절한 적이 없으니 우리도 이번 부탁을 거절할 순 없다."

맥긴티는 잠시 말을 멈추더니 음산하고 사악한 시선으로 주위를 둘러보았다.

"이번 일에 자원할 형제는?"

몇몇 젊은 단원들이 손을 들자 지부장은 흡족한 미소를 지었다.

"호랑이 코맥, 자네가 하게. 지난번처럼만 하면 아무 일 없을 거야. 윌슨이 같이 가는 게 좋겠군."

"전 권총이 없습니다."

아직 십 대 소년으로 보이는 자원자가 말했다.

"이번이 처음이었던가? 좋아. 실전을 경험해봐야지. 일을 시작하기에 좋은 기회가 될 거야. 총은 준비해주마. 월요일까지 가는 거라면 시간은 충분하니까. 무사히 끝내고 돌아오면 환영식을 거하게 해주지."

"이번 일에 보수는 없습니까?"

코맥이 물었다. 그는 다부진 몸에, 거무스름한 피부, 얼굴이 우락부락하게 생긴데다가 성격까지 난폭해 '호랑이'라는 별명이 붙은 남자였다.

"보수는 기대하지 마라. 이번 일은 오직 명예를 위해 하는 거니까. 일이 잘 끝나도 기껏해야 몇 달러 정도만 챙길 수 있을 거야."

"그자는 무슨 짓을 저지른 겁니까?"

어린 윌슨이 물었다.

"그자가 무슨 짓을 저질렀는지는 너희가 알 바 아니다. 저쪽에서 판결을 내렸으니 우리가 상관할 바가 아니지. 저쪽 형제들이 우리가 부탁한 일을 해주었듯 우리도 저쪽이 부탁한 일을 해주기만 하면 되는 거야. 이왕 말이 나와서 말인데, 다음주에 머턴 지부에서 형제 두 명이 우리 쪽 일을 처리하기 위해 오기로 했다."

"누가 옵니까?"

"그런 건 묻지 않는 게 좋아. 아는 게 없으면 증언할 일도 없고 골치 아픈 일도 생기지 않을 거다. 한 가지 분명한 건 일을 확실하게 끝내는 형제들이 오기로 했다는 거야."

"시기가 좋군요! 사람들이 점점 말을 듣지 않습니다. 지난주만 해도 우리 형제 세 명이 블레이커 현장감독에게 해고당했어요. 오래 참았습니다. 그자를 처리해야 합니다."

테드 볼드윈이 말했다.

"어떻게 처리하겠다는 거요?"

맥머도가 옆에 앉은 사람에게 물었다.

"총알로 벌집을 만들어주겠단 뜻이지. 우리 방식을 어떻게 생각하오?"

남자가 큰 소리로 웃으며 대답했다.

"정말 좋군요. 용감한 남자에게 딱 어울리는데요."

맥머도의 죄 많은 영혼은 방금 합류한 사악한 조직에 이미 물들어버린 것 같았다.

주위에 앉아 있던 몇몇 형제들이 맥머도가 하는 말을 듣자 환호성을 질렀다.

"무슨 일인가?"

상석에 앉아 있던 지부장이 큰 소리로 물었다.

"새로 들어온 형제가 우리 방식이 마음에 든답니다!"

맥머도는 얼른 자리에서 일어났다.

"존경하는 지부장님, 혹시 일할 사람이 필요하다면 저를 뽑

아주십시오. 지부를 돕는 일에 참여할 수 있다면 영광으로 생각하겠습니다."

엄청난 환호성이 터져 나왔다. 마치 지평선 위로 새로운 태양이 떠오르는 느낌이었다. 하지만 일부 연장자들은 맥머도에게 일을 맡기기는 아직 이르다고 생각하는 것 같았다.

"맥머도 형제는 지부에서 결정해줄 때까지 기다리는 게 좋을 것 같소만."

지부장 옆에 앉아 있던 해러웨이가 말했다. 그는 지부장의 비서로 매 같은 얼굴에 희끗희끗한 턱수염을 기른 남자였다.

"물론입니다. 제 말이 바로 그겁니다. 무조건 지부의 뜻에 따르겠습니다."

맥머도가 말했다.

"자네의 도움이 필요할 때가 올 거야. 지원자로 기록해두지. 우리 모두 자네가 이곳에서의 일을 잘해낼 거라 믿고 있네. 마침 오늘밤에 처리해야 할 작은 일이 하나 있으니 자네만 괜찮으면 그 일부터 한번 해보게."

지부장이 말했다.

"그냥 좀더 가치 있는 일이 생길 때까지 기다리겠습니다."

"일단 오늘밤 그곳에 가보도록 해. 이 지역에서 우리의 위치를 파악하는 데 도움이 될 거야. 무슨 일인지는 조금 있다 알려주겠네. 회의를 계속하기 전에……."

맥긴티는 의사일정을 흘깃 쳐다보았다.

"한두 가지 말하고 싶은 게 있다. 일단 재무부장에게 우리 자금이 얼마나 남았는지 물어봐야겠군. 짐 커너웨이 부인에게 연금을 지급해야 하니 말이야. 짐은 지부를 위해 일하다 목숨을 잃었으니 우리가 부인을 보살피는 게 당연하지."

"짐 커너웨이 형제는 지난달, 말리 크리크의 체스터 윌콕스를 죽이려다 총에 맞아 죽었다오."

옆에 있던 남자가 맥머도에게 알려주었다.

"아직까지는 자금이 충분합니다. 최근 들어 회사들이 돈을 잘 내고 있으니까요. 맥스 린더사에서 자기들을 건드리지 말아 달라고 오백 달러를 보내 왔습니다. 워커 브라더스사에서는 백 달러를 보내 왔습니다만 그냥 돌려보내고 오백 달러를 내라고 했습니다. 수요일까지 답이 없으면 권양기를 못 쓰게 만들 생각입니다. 작년에도 분쇄기에 불을 지른 뒤에야 합당한 값을 지불했지요. 그리고 웨스트 섹션 석탄 회사는 매해 기부금을 제대로 보내고 있습니다. 그래서 자금은 충분합니다."

재무부장이 앞에 놓인 장부를 보며 말했다.

"아키 스윈던은 어떻게 됐습니까?"

한 형제가 물었다.

"그자는 사업을 정리하고 이곳을 떠났습니다. 그 늙은 악마는 갈취범들에게 협박을 받는 광산 주인으로 사느니 청소부가 되더라도 뉴욕에 가서 자유롭게 사는 게 낫다는 편지를 남겼습니다. 편지가 우리 손에 들어오기 전에 도망갔으니 망정이지! 그 늙은이는 이제 여기에 다시는 얼굴도 비치지 못할 겁니다."

그때 지부장과 마주보는 자리에 앉아 있던 나이 지긋한 남자가 일어났다. 수염을 기르지 않는 온화한 인상의 남자가 물었다.

"재무부장님, 이곳에서 도망쳤다는 그자의 회사를 누가 샀는지 알 수 있을까요?"

"물론입니다, 모리스 형제. 스테이트 앤드 머턴 카운티 철도 회사에서 샀습니다."

"작년에도 이런 식으로 매물로 나온 토드먼 광산과 리 광산은 누가 샀죠?"

"같은 회사입니다."

"최근에 내놓은 맨선, 슈먼, 밴데어, 애트우드의 제철소는 누가 사들였습니까?"

"그 제철소들은 전부 웨스트 길머턴 제너럴 채광 회사에 넘어갔습니다."

"모리스 형제, 그 회사들을 누가 샀든 무슨 상관인지 모르겠군. 이 지역에 있는 광산들을 다른 곳으로 들고 갈 수 있는 것도 아니지 않나."

맥긴티가 말했다.

"존경하는 지부장님. 외람된 말씀이지만 이건 우리에게 아주 중요한 문제입니다. 이런 일들이 지난 십 년간 꾸준히 일어났습니다. 우리는 소규모 개인 사업자들을 계속해서 몰아냈습니다. 결과가 어떻게 됐습니까? 그 자리에는 철도 회사나 제너럴 아이언 같은 대기업들이 들어왔죠. 대기업들은 뉴욕이나 필라델피아에 본사를 두고 있기 때문에 우리가 위협을 한다 해도 아랑곳하지 않을 겁니다. 우리가 지사장들을 제거하더라도 본사에서 다른 사람을 그 자리에 앉히면 그만이니까요. 우리가 위험을 자초한 겁니다. 개인 사업자들은 우리에게 해를 끼치지 못합니다. 그자들은 돈도 없고 힘도 없으니까요. 지나치게 착취하지만 않는다면 계속 우리 밑에 있을 겁니다. 하지만 대기업들은 자신들의 이권이 가로막히면 노력과 비용이 얼마가 들더라도 우리를 붙잡아 법정에 세우려고 할 겁니다."

불길한 말을 듣자 집회실 안에는 정적이 흘렀다. 그 자리에 있던 모든 사람들의 표정이 어두워지면서 암울한 시선만 주고받았다. 그들은 이제까지 자신들의 힘이 전능하다고 믿고 있었기에 보복을 당할 수 있다는 건 생각조차 해본 적이 없었다. 보복을 당한다는 생각에 그들 중 가장 대범한 자조차 간담이 서늘해졌다.

모리스가 말을 이었다.

"그러니 앞으로는 개인 사업자들을 너무 심하게 대하지 말자는 겁니다. 그들이 이곳에서 전부 떠나버리면 우리 조직도 끝이니까요."

반갑지 않은 사실은 받아들이기 힘든 법이다. 모리스가 자리에 앉자 여기저기서 성난 고함 소리가 터져 나오기 시작했다. 인상을 잔뜩 쓴 맥긴티가 자리에서 일어났다.

"모리스 형제, 자넨 늘 비관적인 말만 하는군. 우리 단원들이 힘을 합치면 이 나라에서 우리를 건드릴 수 있는 사람은 아무도 없어. 법정에서 수도 없이 증명하지 않았던가? 작은 회사들과 마찬가지로 대기업들 역시 우리와 싸우기보다는 돈을 내놓는 편이 쉽다는 것을 알게 될 거야. 자, 형제들이여."

맥긴티가 검은색 벨벳 모자와 영대를 벗으며 말했다.

"오늘 회의는 이것으로 끝이다. 사소한 문제가 남아 있지만 그건 나중에 이야기하기로 하지. 이제부터는 형제들 간의 친목을 도모하면서 쉬도록."

사람의 본성은 정말 이상하다. 이 자리에 모인 사람들은 개인적인 원한 같은 것도 없는데도 한 집안의 가장을 아무렇지 않게 죽이고 그로 인해 슬퍼하는 아내나 아이들을 봐도 동정심이

나 죄책감을 전혀 느끼지 않는 살인마들이었다. 그런데 감성적이고 슬픈 음악을 들을 때면 감동의 눈물을 흘렸다. 맥머도는 듣기 좋은 음색의 테너 목소리를 가지고 있었다. 만일 지금까지 맥머도가 지부 단원들의 호감을 사지 못했다 하더라도, 그가 부른 〈메리, 나는 계단 위에 앉아 있다오〉와 〈앨런 강둑 위에서〉를 들은 단원들은 결국 그를 좋아하게 되었을 것이다.

새로운 지부에 입단한 첫날부터 맥머도는 가장 인기 있는 형제가 되었으며 벌써 고위 간부급으로 올라갈 거라는 말까지 돌았다. 그러나 뛰어난 자유 시민단원이 되기 위해서는 사교성 이외에 다른 자질도 필요했다. 그것이 무엇인지는 그날 밤 바로 알게 되었다. 위스키잔이 몇 바퀴 돌아 얼굴이 벌겋게 달아오른 사람들이 술주정을 늘어놓기 시작할 무렵 지부장이 자리에서 일어났다.

"친구들, 우리 구역에 손을 봐줘야 할 남자가 나타났다. 그자가 무슨 짓을 했는지는 모두 잘 알고 있을 것이다. 바로 《헤럴드》의 제임스 스탱어다. 그자가 우리를 얼마나 비방했던가?"

단원들이 웅성거리며 동조하기 시작했고 여기저기서 욕설이 튀어나왔다. 맥긴티는 조끼 주머니에서 종이 한 장을 꺼냈다.

"'법과 질서'! 이게 제목이다. '광산 지역의 공포 시대. 이 지역에 범죄 조직이 존재한다는 것을 입증한 암살 사건들이 일어나기 시작한 지 십이 년이 지났다. 그날 이후로 폭력 행위는 멈추지 않았고 우리 나라는 문명 세상의 치부가 되었다. 이런 결과를 보려고 위대한 조국이 유럽의 전제정치에서 도망쳐 온 이방인들을 환대했던 것일까? 그들은 피난처를 제공해준 사람들에게 폭군처럼 군림해 공포심을 조장하며 무법 상태로 만들고 있다. 자유의 상징인 성조기가 동양의 독재국가나 마찬가지인 곳에서 휘날리고 있다는 것은 상상만으로도 두려운 일이다. 그 자들이 누군지는 이미 알고 있다. 그 조직의 정체는 공공연하게 드러났다. 우리는 언제까지 그들을 참아야 하는 것일까? 우리들이 영원히 살아갈…….' 이 쓰레기 같은 글은 더 읽을 필요가 없어!"

맥긴티가 신문을 탁자 위에 내던지며 고함을 질렀다.

"이자가 우리에 대해 이렇게 말했다. 형제들에게 묻겠다. 이 자에게 어떻게 대답하겠는가?"

"죽여버립시다!"

험악한 목소리가 여기저기서 들렸다.

"전 반대합니다."

모리스 형제가 말했다. 말끔하게 면도하고 인상이 온화했던 남자였다.

"형제들이여, 지금껏 우리는 이 계곡 사람들에게 심하게 굴었습니다. 언젠간 이곳 사람들 모두가 자신들의 안위를 위해 일치단결하여 우리를 공격할 수도 있어요. 제임스 스탱어는 나이가 많은 노인인데다 지역에서 존경받는 인사입니다. 그 사람이 내는 신문은 지역의 여론을 대변하고 있어요. 만일 그를 제거한다면 지역 사람들이 들고 일어날 것이고, 그렇게 되면 우리 조직도 무너질 겁니다."

"이보게, 겁쟁이 양반! 그놈들이 우리를 어떻게 무너뜨린다는 건가? 경찰 힘을 빌려서? 경찰들 중 절반은 우리 돈을 받아먹고 있고 나머지 절반은 우리를 두려워하고 있다. 그게 아니라면 법원이나 판사의 힘을 빌려서 말인가? 그건 지금까지 아무 소용 없었고 앞으로도 마찬가지일 거야!"

맥긴티가 큰 소리로 말했다.

"린치 판사가 사건을 맡을 수도 있습니다."

모리스 형제가 말했다. 사방에서 성난 고함이 터져 나왔다.

"그땐 내가 나서면 된다. 이백 명을 동원해 마을을 이쪽 끝에서 저쪽 끝까지 싹 쓸어버릴 테니까!"

맥긴티가 소리쳤다. 그런 뒤에 갑자기 새까만 눈썹을 잔뜩 치켜 올리며 목소리를 높였다.

"모리스 형제, 그동안 지켜보았다. 자네는 용기가 없어. 게다가 다른 사람들의 사기마저 꺾으려고 하지. 모리스 형제, 자네 이름이 의사일정에 올라오는 날이 자네 인생 최악의 날이 될 거야. 사실 당장이라도 이름을 올려야 할 것 같다는 생각이 드는군."

얼굴이 하얗게 질린 모리스는 다리에 힘이 빠진 듯 자리에 털썩 주저앉았다. 그는 먼저 떨리는 손으로 술을 한 모금 삼킨 뒤 맥긴티에게 대답했다.

"존경하는 지부장님, 혹시 제 말이 지나쳤다면 지부장님과 여러 형제들에게 진심으로 사과드리는 바입니다. 아시다시피 전 조직에 충성을 다하고 있습니다. 오직 지부를 걱정하는 마음에 드리는 말씀이었습니다. 하지만 전 제 자신보다 지부장님의 판단을 더 믿습니다. 존경하는 지부장님, 앞으로 다시는 이런 무례를 범하지 않겠습니다."

지부장은 모리스의 납작 엎드린 말에 잔뜩 찌푸렸던 인상을 풀었다.

"좋아, 모리스 형제. 자네를 처벌할 일이 생긴다면 나도 유감스러울 거야. 어쨌든 내가 이 자리에 있는 한 우리 지부는 말과 행동에 있어 단합된 모습을 보여야만 해."

맥긴티가 다른 단원들을 둘러보며 말을 이었다.

"자, 형제들. 미리 말해두지만 만일 스탱어가 죽으면 우리가 생각했던 것보다 문제가 커질 위험이 있다. 편집자들이 단결할 것이고, 미국 내 모든 언론이 경찰과 군대까지 동원하라고 난리치겠지. 하지만 제대로 경고는 해야 한다고 생각해. 볼드윈 형제, 이번 일은 자네가 맡아주겠나?"

"물론입니다!"

테드 볼드윈이 열성적으로 소리쳤다.

"몇 명 정도 데려갈 생각인가?"

"여섯 명, 그리고 문 앞을 지킬 사람도 두 명 필요합니다. 이름 부르는 사람은 나오도록. 가워, 맨셀, 스캔런, 그리고 윌러비 형제."

"새로 들어온 형제도 함께 데려가기로 약속했네."

맥긴티가 말했다.

테드 볼드윈은 지난 일을 잊지도 용서하지도 않았다는 눈빛으로 맥머도를 쳐다보았다.

"본인이 원한다면 데려가도록 하죠. 이 정도면 된 것 같습니다. 바로 출발하는 게 좋겠군요."

그가 무뚝뚝하게 대답했다.

여기저기서 고함 소리가 터져 나왔고 술에 취해 부르는 노랫소리도 간간히 들렸다. 흥청거리는 술꾼들로 가득한 술집에 많은 단원들이 남았다. 임무를 받은 일행은 거리로 나와 다른 사람들의 눈에 띄지 않게 두세 명씩 짝을 지어 보도를 걷기 시작했다. 살이 에일 것 같은 추운 밤이었다. 별이 총총하게 박힌 하늘에 반달이 환하게 빛났다. 그들은 한 고층 건물 앞에서 걸음을 멈췄다. 불빛이 환하게 비치는 창문 사이에 금색으로 "버미사 헤럴드"라고 새겨져 있었다. 안에서는 덜컥거리며 인쇄기가 돌아가는 소리가 들렸다.

"거기 너!"

볼드윈이 맥머도를 불렀다.

"넌 여기서 문을 지키면서 도주로를 확보한다. 아서 윌러비가 같이 남아 있도록. 나머지는 나와 같이 올라간다. 걱정할 것 없어. 지금 이 시간 우리가 유니언 하우스에 있었다고 증언해줄 증인이 열두 명도 넘게 대기중이니까."

자정이 다 된 시각이라 거리에는 술에 취해 집으로 돌아가는 술꾼 두어 명 외에는 사람이 없었다. 볼드윈과 다른 단원들은 신문사 사무실 문을 밀고 들어가 2층으로 향했다. 맥머도와 아서 윌러비는 입구에 남았다. 곧이어 위층에서 고함 소리, 도움을 청하는 비명 소리, 쿵쾅거리는 발소리에, 의자를 끄는 소리들이 요란스럽게 들리기 시작했다. 잠시 뒤 머리가 희끗희끗한 남자가 황급히 층계참으로 뛰어나왔다. 노인은 그 자리에서 붙잡혔고 그가 쓰고 있던 안경이 맥머도가 서 있는 곳까지 날아왔다. 쿵 하는 소리와 함께 신음 소리가 들렸다. 노인이 얼굴을 박고 쓰러지자 볼드윈 일당 여섯 명은 각자 몽둥이를 들고 사정

없이 내려치기 시작했다. 그는 길고 마른 팔다리를 떨면서 몸을 뒤틀었다. 이윽고 다른 자들은 몽둥이질을 멈추었지만 볼드윈만은 잔인한 얼굴에 사악한 미소를 띠고 계속해서 노인의 머리를 내리쳤다. 노인이 두 팔로 머리를 감싸며 막아보려 했으나 소용없었다. 노인의 희끗희끗한 머리털이 붉은 피로 물들기 시작했다. 볼드윈은 노인을 내려다보다 조금이라도 빈틈이 보이면 그 부근을 노려서 몽둥이로 내려쳤다. 맥머도는 계단을 뛰어올라가 볼드윈을 뒤로 밀쳐냈다.

"죽일 셈이야? 그만해!"

맥머도가 말했다. 볼드윈이 깜짝 놀란 얼굴로 그를 쳐다보았다.

"망할 녀석! 지부에 갓 들어온 신참이 어딜 감히 끼어들어? 물러나지 못해!"

볼드윈이 몽둥이를 들어올렸다. 맥머도는 바지 뒷주머니에서 권총을 꺼내 들었다.

"네놈이나 물러서시지! 나한테 손을 대면 이 자리에서 얼굴을 날려버릴 테니까. 지부장님께서 이자를 죽이지 말라고 하셨어. 그런데도 죽일 셈인가?"

맥머도가 외쳤다.

"이 친구 말이 맞아요."

일당 중 누가 말했다.

"이런 젠장, 서둘러요! 집집마다 불이 켜지고 있어요. 오 분 안에 마을 사람들이 몰려올 거요!"

아래층에 있던 아서 윌러비가 외쳤다.

거리 쪽에서 사람들의 고함 소리가 들렸고 아래층 홀에서는 식자공들과 인쇄공들이 반격 태세를 갖추고 있었다. 꼼짝도 하지 않고 축 늘어져 있는 편집장을 내버려둔 채 일당은 서둘러 계단을 내려가 재빨리 거리로 달아났다. 유니언 하우스에 도착하자 일부는 술집에 들어가 그곳에 남아 있던 동료들과 어울리며 맥긴티에게 일을 성공적으로 끝냈다는 말을 조용히 전달했다. 맥머도를 포함한 나머지는 멀찍이 샛길로 돌아 각자 집으로 돌아갔다.

공포의 계곡

4.

다음날 아침, 맥머도는 잠에서 깨자마자 전날 밤에 있었던 입단식을 떠올릴 수밖에 없었다. 어제 마신 술 때문에 머리가 욱신거렸고 낙인을 찍은 팔은 아직도 부어 화끈거렸다. 그는 자신만의 수입원이 있었기에 직장에 나가지 않는 날이 많았다. 맥머도는 그날도 늦은 아침을 먹은 뒤 친구에게 긴 편지를 썼다. 그런 뒤 《데일리 헤럴드》를 읽었다. 막판에 급하게 집어넣은 것 같은 특집 기사가 실려 있었다.

헤럴드 신문사 사무실 피습. 편집장 중태.

맥머도가 더 자세히 알고 있을 그 사건에 대해 기자는 다음과 같이 간단하게 언급했다.

> 이제 사건은 경찰의 손에 달려 있다. 하지만 이제까지의 모습으로 보아 경찰이 의미 있는 결과를 이끌어낼 수 있을지는 의문이다. 범인들 중 신원이 밝혀진 자들은 구속되었으며 유죄판결을 받을 것으로 보인다. 범인들이 어디 소속인지는 말할 필요도 없을 것이다. 이 악명 높은 조직은 오랫동안 지역을 장악하고 있으며 본지는 이 조직에 대해 강경한 태도를 유지해왔다. 스탱어 편집장은 잔인하고 무참하게 구타를 당해 머리에 심한 부상을 입었으나 다행히도 생명에는 지장이 없다.

그 아래에는 윈체스터 소총으로 무장한 광산 경찰대가 헤럴드사를 지키고 있다고 씌어 있었다.

맥머도는 신문을 내려놓고 담배에 불을 붙였다. 지난밤 무리를 해서 그런지 손이 덜덜 떨렸다. 그때 누가 방문을 두드렸다. 하숙집 주인이 어떤 남자가 전해주고 갔다며 쪽지를 건네주었다. 누가 썼는지 서명은 없었고 내용은 다음과 같았다.

> 할말이 있어요. 하지만 그쪽 집에서는 하지 않는 게 좋을 것 같군요. 밀러힐의 국기 게양대 옆에서 기다리고 있겠습니다. 지금 나온다면 당신과 나, 두 사람 모두에게 중요한 이야기를 나눌 수

있을 거예요.

맥머도는 깜짝 놀라 쪽지를 두 번이나 읽었다. 누가 무슨 의도로 보냈는지 전혀 알 수가 없었다. 여자 필체였다면 이제까지의 경험으로 보아 연애의 시작을 알리는 것이라고 생각했을 것이다. 하지만 이 쪽지는 남자가, 그것도 교양 있는 사람이 쓴 것이었다. 맥머도는 잠시 망설이다가 나가서 알아보기로 마음먹었다.

밀러힐은 마을 한복판에 있었지만 관리가 제대로 되지 않은 공원이었다. 여름철에는 사람이 많이 드나들지만 겨울철에는 적막하기 짝이 없었다. 언덕 꼭대기에 서면 지저분한 마을 전경이 보였다. 굽이진 계곡 아래 흩어져 있는 광산과 공장 때문에 시커멓게 변한 눈더미와 나무숲, 산중턱에 쌓여 있는 새하얀 눈까지 다 볼 수 있었다. 맥머도는 상록수가 양옆으로 늘어선 굽이진 길을 따라 올라갔다. 그리고 여름철에만 영업하는 텅 빈 식당 앞에 도착했다. 바로 옆의 국기 게양대 아래 코트 깃을 세우고 모자를 눌러쓴 남자가 서 있었다. 그가 맥머도 쪽으로 돌아섰다. 전날 밤 맥긴티의 노여움을 샀던 모리스 형제였다. 두 사람은 먼저 조직의 암호를 주고받았다.

"맥머도 씨, 당신과 이야기를 하고 싶었소."

모리스가 말했다. 뭔가 망설이는 태도로 보아 곤란한 상황에 처한 모양이었다.

"이렇게 나와줘서 고맙소."

"어째서 쪽지에 이름을 밝히지 않으셨습니까?"

"조심하느라 그랬소. 요즘 같은 때는 나중에 무슨 일이 일어날지 모르니까 말이오. 누굴 믿고 누굴 믿지 말아야 할지도 알 수 없고."

"지부 형제들은 믿을 수 있겠죠."

모리스가 격한 반응을 보였다.

"아니! 늘 그런 건 아니오. 우리가 하는 말, 어떨 땐 무슨 생각을 하는지조차 어떻게든 결국 맥긴티의 귀에 들어가게 되니까."

"잠깐. 아시다시피 전 지난밤에 지부장님께 충성을 맹세했어요. 지금 하루 만에 맹세를 깨라는 말입니까?"

맥머도가 엄격하게 말했다.

"그런 입장이라면 불러내서 미안하게 됐소. 내가 괜한 일을 만들었군. 자유 시민이 서로 의견을 밝히지 못할 지경이 되어버린 것 같네."

모리스가 서글프게 말했다.

맥머도는 모리스를 지긋이 쳐다보다가 성질을 누그러뜨리고 말했다.

"물론 제 입장일 뿐입니다. 아시다시피 전 이곳에 온 지 얼마 되지 않아 모든 것이 낯설기만 하죠. 그래서 별로 할말이 없습니다. 하실 말씀이 있다면 들어드리겠습니다."

"그리고 맥긴티 대장에게 알릴 생각이겠지."

모리스가 씁쓸하게 말했다.

"잘못 보셨군요. 제가 지부에 충성을 맹세한 건 맞지만 그렇다고 해서 다른 사람의 비밀을 떠들고 다닌다니요. 그건 인간으로서 아주 형편없는 짓입니다. 물론 비밀을 듣고 모리스 씨를 돕거나 동정하지 않을 수는 있습니다. 하지만 비밀을 지키는 건 당연한 일입니다."

맥머도가 말했다.

"도움이나 동정 같은 건 애초에 기대도 하지 않았소. 나는 이 이야기를 하는 것만으로도 목숨을 걸어야 할지도 모르오. 당신도 이제 곧 여기 있는 다른 사람들처럼 나쁜 물이 들 거요. 어젯밤에 보니 이미 여기서도 제일 악독한 놈 못지않은 것 같긴 하더라만, 뭐 어쨌든 이곳에 온 지 얼마 되지 않았으니 저자들처럼 양심이 없진 않을 거라는 생각이 들었소. 그래서 당신에게 이야기를 해야겠다고 생각한 거요."

모리스가 말했다.

"하실 말씀이 뭡니까?"

"만에 하나 이 이야기를 다른 사람에게 한다면 천벌을 받게 될 거요!"

"아까도 말했다시피 다른 사람에겐 말하지 않겠습니다."

"먼저 한 가지만 물어보지. 당신이 시카고에서 자유 시민단에 가입하면서 자선과 친목 활동을 다짐했을 때 이 조직에서 범죄를 저지르게 될 거라고 생각해본 적이 있소?"

"그런 걸 범죄라고 부른다면……."

맥머도가 대답했다.

"당연히 범죄지!"

모리스가 소리쳤다. 격노한 듯 목소리가 파르르 떨렸다.

"당신이 아직 뭘 몰라서 그렇게 말하는 거요. 지난밤 당신 아버지뻘 되는 노인의 머리를 피로 물들 때까지 두들겨 팬 것이 범죄가 아니면 뭐란 말이오? 그게 범죄가 아니면 대체 뭐라고 부를 거요?"

"사람에 따라선 전쟁이라고 부를 수도 있습니다. 두 계급 간의 전쟁이죠. 그래서 둘 다 온 힘을 다해 싸우는 겁니다."

맥머도가 말했다.

"당신은 시카고의 자유 시민단에 가입했을 때 이런 일이 있을 거라고 생각했소?"

"아뇨. 전혀 생각하지 못했습니다."

"필라델피아에서 가입했을 때 나 역시 이런 일은 전혀 생각하지 못했소. 그저 친목 단체나 공제조합이라고 생각했지. 그때 이곳 이야기를 처음으로 들었소. 이 이름은 듣지 말았어야 했는데! 처음엔 좀더 잘살아보기 위해 이곳으로 왔소. 그러지 말아야 했거늘! 난 아내와 아이들 셋을 이끌고 왔다오. 광장에서 포목점을 시작했는데 제법 잘됐지. 그런데 내가 자유 시민단 단원이라는 말이 알려지면서 어젯밤 당신처럼 이곳 지부에 억지로 가입하게 된 거요. 팔뚝에 찍힌 수치스러운 낙인보다 더한 수치가 내 마음에 깊이 박혔다오. 악독한 범죄자들의 명령에 따르는 범죄 조직의 일원이 되고 말았으니까. 그렇지만 내가 뭘 할 수 있었겠소? 어젯밤에 본 것처럼 이 조직을 조금이라도 나은 방향으로 이끌어가기 위한 말을 하면 배신자가 되어버리고 마는데 말이오. 다른 곳으로 도망갈 수도 없소. 내가 가진 건 포목상이 전부니까. 만일 내가 이곳을 떠나려 한다면 저자들이 날 죽이려고 할 거요. 아내와 아이들도 무슨 일을 당할지 모르고. 여긴 정말 무서운 곳이오!"

모리스는 양손에 얼굴을 파묻더니 온몸을 들썩거리며 울었다.

맥머도는 어깨를 으쓱했다.

"마음이 약한 분이시군요. 이런 일에 어울리지 않아요."

"나는 양심이 있고 종교도 믿는 사람이오. 그런데 저들이 나를 범죄자로 만들어버렸지. 나도 임무에 선발된 적이 있소. 일을 거절했다면 어떻게 되었을지 잘 알 거요. 아마 내가 겁쟁이이거나 불쌍한 아내와 아이들을 생각해서 그런 것일 수도 있지만, 어쨌든 난 그 임무에 나섰소. 그때 일은 죽어도 잊지 못할 거요. 여기서 삼십 킬로미터쯤 떨어진 곳에 있는 외딴집이었소. 어젯밤 당신이 한 것처럼 나도 문을 지키는 일을 맡았지. 그들도 내가 미덥지 못했던 거요. 같이 간 자들은 집안으로 들어갔다가 얼마 뒤 손목까지 시뻘겋게 물든 채 밖으로 나왔지. 그곳을 떠나려는데 집안에서 아이가 울부짖는 소리가 들렸소. 다섯 살 정도밖에 안 된 아이가 살해당한 자기 아버지를 보고 만 거요. 순간 너무 끔찍해서 기절할 뻔했소. 그렇지만 아무렇지 않은 것처럼 웃는 얼굴을 지어야 했지. 그렇게 하지 않으면 다음 번에는 그자들이 우리집에서 손목까지 시뻘겋게 피를 묻히고 나올 것이고 아버지를 잃고 울부짖는 건 내 아들 프레드가 될 테니 말이오. 그 일로 난 범죄자가 되었소. 살인에 가담한 거나 마찬가지니까. 난 이 세상에서도 죄인이고 다음 세상에서도 죄인이오. 독실한 가톨릭 신자였지만 내가 스카우러스라는 말을 들은 신부님은 그 후로 한마디도 말을 걸지 않으셨소. 가톨릭에서도 파문당한 거요. 어쩌다 이 지경이 되었는지. 당신도 같은 길을 가게 되겠지. 끝이 어떨 것 같소? 당신도 냉혹한 살인마가 되고 싶은 게 아니라면 나와 함께 이런 일이 더이상 일어나지 않게 막아보지 않겠소?"

"어떻게 말입니까? 경찰에 신고를 하려는 건 아니겠죠?"

맥머도가 불쑥 물었다.

"그럴 리가 있나! 생각만으로도 목숨이 끝나는 거나 마찬가지요."

모리스가 외쳤다.

"그럼 됐습니다. 제가 보기에 모리스 씨는 소심한 사람이라 일을 너무 심각하게 생각하는 것 같군요."

"너무 심각하게 생각한다니! 조금 더 지내보면 알겠지. 계곡 아래를 내려다봐요. 백 개의 굴뚝에서 뿜어내는 검은 연기가 계곡을 뒤덮고 있는 걸 보란 말이오. 저 연기 아래로 두꺼운 살인 구름이 사람들의 머리를 뒤덮고 있소. 여긴 공포의 계곡이오. 죽음의 계곡이지. 하루의 시작부터 끝까지 사람들의 마음속엔 온통 두려움이 가득차 있단 말이오. 두고 봐요, 젊은 친구. 이제 곧 알게 될 테니까."

"그럼 좀더 많은 것을 알게 된 뒤에 제 생각이 어떤지 말씀드리죠."

맥머도가 성의 없는 대꾸에 이어 말했다.

"어쨌든 모리스 씨는 이곳과 확실히 어울리지 않아요. 그러니 헐값에라도 빨리 가게를 팔고 떠나는 게 나을 겁니다. 지금 저한테 한 말들은 비밀로 할 테니 안심하세요. 하지만 만일 당신이 밀고자라면……."

"아니, 아니오!"

모리스가 애처롭게 외쳤다.

"그럼 이 정도로 얘기는 끝내죠. 모리스 씨가 하신 말씀은 잘 기억하고 있다가 나중에 다시 생각해보겠습니다. 저에 대한 호의로 하신 말씀이니까요. 그럼, 이제 가보겠습니다."

"마지막으로 한마디만 더 하겠소. 우리가 만나는 모습을 누군가 봤을 수도 있어요. 무슨 이야기를 했는지 궁금해할 거요."

모리스가 말했다.

"아, 그럴 수도 있겠군요."

"내가 당신한테 우리 가게에서 일하지 않겠느냐고 제안했다고 합시다."

"전 제안을 거절했다고 하겠습니다. 그게 우리가 만났던 이유라고 하죠. 그럼 잘 가십시오, 모리스 형제님. 앞으로는 자신에게 좀더 어울리는 일을 찾으시길 바랍니다."

그날 오후, 맥머도가 거실 난로 옆에서 담배를 피우며 생각에 잠겨 있을 때 갑자기 문이 열리더니 거대한 체구의 맥긴티 대장이 나타났다. 그는 암호를 대고 맥머도의 맞은편에 앉았다. 그러고는 한참 동안 맥머도의 얼굴을 가만히 쳐다보았다. 맥머도 역시 맥긴티의 시선을 피하지 않고 똑바로 마주보았다.

"맥머도 형제, 내가 이렇게 다른 사람의 집에 찾아오는 일은 별로 없다네. 나를 만나러 오는 사람들이 너무 많아 그들을 맞이하는 것만으로도 바빠서 말이야. 그런데 오늘은 이렇게 시간을 내서 자네를 보러 왔다네."

마침내 맥긴티가 입을 열었다.

"이렇게 찾아주셔서 감사합니다, 의원님. 정말 생각지도 못한 영광입니다."

맥머도가 열성적으로 대답했다. 그리고 찬장에서 위스키 한 병을 꺼내 왔다.

"팔은 좀 어떤가?"

맥긴티가 물었다.

맥머도가 얼굴을 찡그리며 대답했다.

"아직 통증이 있습니다만 그만한 가치가 있는 일이니까요."

"그래, 그만한 가치가 있지. 이 정도로 충성을 맹세하는 단원이 있다는 건 우리 조직에 도움이 되니까. 그런데 오늘 아침 모리스 형제와 밀러힐에서 만나 무슨 이야기를 했나?"

맥긴티가 물었다.

갑작스러운 질문이었다. 대답을 미리 준비해둔 것이 다행이었다. 맥머도는 소리 내어 웃었다.

“모리스 형제는 제가 집에서 돈을 벌 수 있다는 사실을 모르고 있더군요. 알 필요도 없지만 말입니다. 아무래도 모리스 형제는 저에 비하면 너무 양심적인 사람 같습니다. 마음이 좋으신 분인 건 맞지만요. 자기 포목점에서 점원으로 일하면 어떻겠느냐고 하더군요.”

“그랬나?”

“네, 그랬습니다.”

“그래서 거절했고?”

“당연하죠. 제 방에서 네 시간만 일하면 열 배의 돈을 벌 수 있으니까요.”

“그건 그렇지. 어쨌든 앞으로 모리스와 너무 가깝게 지내진 말게.”

“어째서요?”

“그냥 하라는 대로 하게. 여기 있는 친구들은 그렇게만 말해도 알아들어.”

“다른 사람들은 그런지 몰라도 전 아닙니다, 의원님. 사람을 잘 본다고 하셨으니 짐작하셨겠지만요.”

맥머도가 대담하게 말했다.

가무잡잡하고 몸집이 큰 시의원이 그를 노려보았다. 그러더니 맥머도의 머리를 향해 집어던지기라도 할 것처럼 털이 수북한 손으로 술잔을 들었다. 그러더니 시끄러울 만큼 큰 소리로 너털웃음을 터뜨렸다.

"정말 괴짜라니까! 그렇게까지 궁금하다면 알려주지. 모리스가 조직에 관해 안 좋은 이야기를 하지 않던가?"

맥긴티가 말했다.

"아뇨."

"나에 대한 안 좋은 말은?"

"없었습니다."

"모리스가 자넬 믿지 않는단 말이로군. 그자는 조직에 진심으로 충성하지 않아. 우리는 그 사실을 잘 알고 있기에 그자를 예의 주시하고 있다네. 그리고 경고해줄 기회를 노리고 있지. 내가 보기엔 때가 머지않았어. 그런 나약한 자를 조직에 둘 순 없지. 만일 자네가 그런 불충한 자와 어울린다면 우린 자네 역시 불충하다고 여길 거야. 알아들었나?"

"그자와 어울릴 일은 없을 겁니다. 전 모리스 형제 같은 사람을 좋아하지 않으니까요. 제가 불충하니 어쩌니 하는 말을 의원님이 아닌 다른 사람이 했다면 두 번 다시 그런 말을 못 하게 만들어줬을 겁니다."

맥머도가 대답했다.

"그럼 됐네. 너무 늦기 전에 자네에게 충고를 해주러 왔던 거야. 그뿐일세."

맥긴티가 술잔을 비웠다.

"제가 모리스를 만났다는 건 어떻게 아셨습니까?"

맥긴티가 맥머도의 질문에 웃음을 터뜨렸다.

"이 마을에서 무슨 일이 일어나는지 아는 게 내 일이지. 무슨 일이든 내 귀에 들어온다고 생각하는 게 좋을 거야. 이런, 시간이 벌써 이렇게 됐군. 난 이제 그만……."

맥긴티의 인사는 예상치 못한 일로 중단되었다. 갑자기 문이 활짝 열리며 경찰 모자를 쓴 남자 세 명이 험상궂은 얼굴로 들이닥쳤다. 맥머도는 자리에서 벌떡 일어나며 권총을 꺼내려고 했지만 머리를 겨누고 있는 윈체스터 소총 두 자루를 보고 그만두었다. 뒤에서 제복을 입은 경찰 한 명이 6연발 권총을 손에 든 채 앞으로 나섰다. 마빈이었다. 시카고에서 경찰로 일하던 그는 현재 광산 경찰대 소속이었다. 그가 미소 짓는 얼굴로 맥머도를 쳐다보며 고개를 가로저었다.

"시카고에서 온 악당 맥머도! 말썽 부릴 줄 알았다. 버릇을 못 버렸군. 우리와 같이 가야 하니 모자나 쓰시지."

"마빈 대장, 이번 일의 대가를 치르게 될 거요. 당신이 뭐라고 이렇게 남의 집에 마음대로 들어와 법을 준수하며 살아가는 선량한 시민을 잡아가는 거요?"

맥긴티가 따졌다.

"맥긴티 의원님은 이번 일에서 빠지십시오. 우리는 의원님이 아니라 맥머도를 잡으러 왔으니까요. 이럴 땐 방해할 것이 아니라 도와주셔야죠."

마빈 대장이 말했다.

"맥머도는 내 친구요. 그러니 맥머도가 저지른 일은 내가 책임지겠소."

"의원님의 일에나 신경쓰시는 게 좋을 텐데요. 조만간 따로 책임지실 일이 있을 겁니다. 이 맥머도란 자는 이곳에 오기 전부터 질이 안 좋은 자였는데 여기 와서도 마찬가지네요. 경관, 내가 이자 몸수색을 할 동안 잘 지키고 있도록."

"내 권총은 여기 있소. 마빈 대장, 이 자리에 당신과 나만 있었다면 이렇게 쉽게 붙들리진 않았을 거요."

맥머도가 냉정하게 말했다.

"영장은 가져왔소? 세상에! 당신 같은 작자가 공권력을 휘두르니 버미사에서 살든 러시아에서 살든 별 차이가 없는 거요. 이건 자본가에 의한 폭력이야. 내 분명히 말하지만 당신을 가만두지 않겠소."

맥긴티가 말했다.

"의원님은 의원님의 일에 최선을 다하시면 됩니다. 우리는 우리 일을 할 테니까요."

"혐의가 뭐요?"

맥머도가 물었다.

"헤럴드사 사무실에서 있었던 스탱어 편집장 피습 사건에 연루된 혐의다. 살인죄로 기소되지 않은 걸 다행으로 여겨야 할 거야."

"그 일이라면 당장 이 친구를 풀어주는 게 좋을 거요. 맥머도는 어젯밤 자정까지 우리 술집에서 밤새 포커를 하고 있었으니까. 사실을 입증해줄 증인이 열 명도 넘게 있소."

맥긴티가 소리쳤다.

"알아서 하십시오. 내일 법정에 나와서 밝히면 되겠군요. 자, 맥머도, 머리에 구멍나기 싫으면 조용히 따라나서는 게 좋을 거다. 의원님은 물러서십시오. 공무 집행 방해는 용납하지 않을 겁니다."

마빈의 태도가 너무 단호했기 때문에 맥머도와 맥긴티는 그 말에 따를 수밖에 없었다. 맥긴티는 맥머도와 헤어지기 전에 간신히 몇 마디 속삭였다.

"그 물건은……."

그가 엄지손가락을 세우며 위조화폐 제조기를 언급했다.

"문제없습니다."

맥머도가 속삭였다. 화폐 제조기는 마룻바닥 밑에 안전하게 숨겨져 있었다.

"걱정하지 말게. 내가 라일리 변호사를 만나 자네 변호를 부탁할 테니까. 나만 믿게나. 저들은 자넬 붙잡아둘 수 없어."

맥긴티가 악수를 하며 말했다.

"그런 장담은 하지 않는 게 좋을 겁니다. 자네들 두 사람은 이 자를 지키고 있게. 이자가 조금이라도 허튼수작을 부리면 총을 쏴도 좋아. 난 떠나기 전에 집안을 수색하지."

마빈이 집안 수색을 했지만 숨겨놓은 화폐 제조기의 흔적조차 찾아내지 못했다. 그는 그대로 부하들과 함께 맥머도를 경찰서로 연행했다. 거리에는 어둠이 내려앉고 매서운 바람까지 불어 인적이 드물었다. 그러나 몇몇 행인들이 뒤를 따라오며 어둠 속에서 자기들 얼굴이 보이지 않는다는 점에 고무되어 맥머도에게 욕설을 퍼부어댔다.

"빌어먹을 스카우러스 놈을 죽여버리자! 저자를 죽여라!"

사람들이 외쳤다. 맥머도가 경찰서 안으로 끌려 들어가자 그들은 소리 내어 웃으면서 야유를 퍼부었다. 맥머도는 담당 형사에게 형식적인 조사를 잠깐 받은 뒤 유치장에 갇혔다. 유치장에는 전날 밤 범죄를 저질렀던 볼드윈과 다른 일당 세 명도 있었다. 그들은 그날 오후에 체포되어 다음날 아침에 있을 재판을 기다리는 중이었다.

자유 시민단은 법의 테두리 안까지 손을 뻗치고 있었다. 밤이 되자 간수가 깔개로 쓸 짚더미를 가져다주었는데, 그 안에 위스키 두 병과 술잔 몇 개, 카드 한 벌이 들어 있었다. 그들은 다음날 아침에 있을 재판에 대해서는 아무 걱정 않고 즐거운 밤을 보냈다.

실제로 걱정은 할 필요가 없었다. 치안판사는 그들을 고등법원에 보낼 증거가 부족하다는 판결을 내렸다. 식자공과 인쇄공은 그들 중에 범인이 있다고 확신하고 있었지만, 워낙 불빛이 어두운데다 당황한 탓에 범인들의 얼굴을 제대로 보지 못했다는 사실을 인정할 수밖에 없었다. 맥긴티가 고용한 변호사의 노련한 반대신문에 증인들은 더욱더 우왕좌왕했다.

증인으로 출석한 피해자인 편집장은 기습적으로 공격을 당했기 때문에 제일 앞에 있던 범인의 얼굴에 콧수염이 있었다는 사실 이외에는 기억나는 것이 아무것도 없다고 했다. 그러나 범인들이 스카우러스가 확실하다고 주장했다. 왜냐하면 이곳에서 자신을 적대시하는 자들은 그들밖에 없으며, 자유 시민단에 관한 기사를 실은 뒤로 계속해서 협박당하고 있기 때문이라고 말했다. 한편 시의원 맥긴티를 포함한 시민 여섯 명은 피습 사건이 일어난 시간에서 한 시간 뒤까지 피의자들이 술집에서 카드 게임을 했다고 증언했다. 결국 맥머도와 볼드윈, 그리고 나머지 일당은 그대로 풀려났다. 뿐만 아니라 판사로부터 불편을 끼쳐 미안하다는 사과 비슷한 말까지 받아냈다. 그 속에는 마빈 대장과 경찰들의 지나친 열의에 대한 은근한 비난도 내포되어 있었다.

판결이 나자 방청석에서 엄청난 환호성이 터져 나왔다. 방청석에는 맥머도의 눈에 익은 사람들이 자리를 가득 차지하고 있었다. 조직의 형제들이 미소를 지으며 손을 흔들었다. 하지만 입을 꾹 다문 채 근심이 가득찬 시선으로 그들이 무죄판결을 받고 법원을 빠져나가는 모습을 쳐다보는 사람들도 있었다. 그중 검은 턱수염을 짧게 기르고 단호한 인상의 남자가 자신과 동료들의 속내를 입밖으로 내뱉었다.

"빌어먹을 살인자들! 언젠간 죗값을 치를 날이 올 것이다."

암흑의 시간

5.

경찰에 체포되었다가 무죄로 풀려나는 행운까지 더해지자 동료들 사이에서 잭 맥머도의 인기는 하늘을 찌를 듯 높아졌다. 지부에 가입한 첫째 날 밤부터 판사 앞에 끌려갈 일을 해낸 것은 조직의 역사상 처음 있는 일이었기 때문이다. 그들 사이에서 맥머도는 이미 재미있고 유쾌한 친구로 인기가 많았다. 성질도 불같아서 모욕을 당하면 참지 않고 전권을 가진 지부장에게조차 대들 정도였다. 뿐만 아니라 맥머도는 살인과 폭력에 관련된 계획을 세우는 데 천부적인 두뇌를 가졌고 행동력 또한 뛰어나 동료들 중 아무도 그를 뛰어넘을 수 없었다. "저 친구는 일처리가 깔끔해." 나이 많은 간부들은 맥머도에게 그런 평가를 내렸고 함께 일할 수 있는 기회가 오기만을 기다렸다.

맥긴티는 능력 있는 부하들이 많이 있었지만 그중에서도 맥머도가 독보적인 인재라고 생각했다. 그는 자기가 사나운 사냥개의 목줄을 잡고 있다고 느꼈다. 시시한 일은 똥개들에게 맡기면 그만이다. 언젠가 이 맹수에게는 걸맞은 먹잇감을 던져줄 것이다. 테드 볼드윈을 비롯한 몇몇 단원들은 들어온 지 얼마 되지도 않은 맥머도의 고속 승진에 분개하고 있었다. 그들은 맥머도를 싫어했지만 막상 그를 보면 피했다. 맥머도는 싸움 실력도 뛰어났기 때문이다.

맥머도는 동료들의 호감을 사는 데 성공했지만 정말로 소중히 여겼던 사람들과의 관계는 틀어졌다. 에티 섀프터의 아버지는 더이상 맥머도를 상대하려 하지 않았고 집에 드나들지 못하게 막았다. 에티는 그를 사랑하기에 헤어지지 못했지만 범죄에 연루된 남자와 결혼하면 어떻게 될지는 너무나도 잘 알고 있었다. 어느 날 그녀는 밤새 고민한 끝에 맥머도를 만나러 가기로 마음먹었다. 마지막이 될지도 모르지만 어떻게든 그가 악의 구렁텅이에서 빠져나오도록 노력해볼 작정이었다. 에티는 맥머도의 집을 찾아가 거실로 쓰는 방에 들어갔다. 그동안 맥머도가 여러 차례 초대했었지만 찾아가는 건 이번이 처음이었다. 그는 문을 등지고 탁자 앞에 앉아 편지를 쓰고 있었다. 순간 에티는 열아홉 살 소녀다운 장난기가 발동했다. 맥머도는 에티가 문을 열고 들어오는 소리를 듣지 못했다. 그녀는 발뒤꿈치를 들고 살금살금 다가가 맥머도의 어깨에 손을 올렸다.

그를 깜짝 놀라게 하는 데는 확실히 성공했다. 하지만 다음 순간 에티 또한 놀랄 수밖에 없었다. 맥머도가 호랑이처럼 돌아서며 오른쪽 손으로 에티의 목을 눌렀기 때문이다. 그와 동시에 왼손으로는 쓰고 있던 편지를 구겨버렸다. 그리고 그녀를 무섭게 노려보았다. 하지만 에티를 알아본 순간 맥머도를 뒤덮고 있던 난폭함은 놀람과 기쁨으로 바뀌었다. 지금껏 평온하게만 살아왔던 에티는 평생 한 번도 맞닥뜨린 적 없던 난폭함에 겁을 집어먹었다.

"당신이었군요!"

그가 말하더니 이마를 훔쳤다.

"당신일 줄 알았더라면 목을 조르는 짓은 하지 않았을 텐데! 이리 와요, 내 사랑."

맥머도는 양팔을 벌렸다.

"내게 다시 한번 기회를 줘요."

에티는 방금 전 맥머도의 얼굴에 스쳐지나갔던 죄책감과 두려움이 깃든 표정을 떠올렸다. 단순히 놀랐기 때문에 나타난 감정이 아니라는 것은 여자의 직감으로 알 수 있었다. 죄책감, 분명 죄책감과 두려움이었다.

"무슨 일이에요, 잭? 날 보고 왜 그렇게 놀란 거예요? 잭, 양심에 걸리는 일이 없다면 그렇게 놀라진 않았을 거예요."

"딴생각을 하고 있던 참이었어요. 그런데 당신이 요정처럼 소리 없이 다가오는 바람에……."

"아뇨. 아니에요. 그런 이유가 아니잖아요, 잭."

순간 에티는 느닷없이 의심이 들었다.

"당신이 쓰고 있던 편지 좀 보여줘요."

"에티, 안 돼요."

그녀의 의심은 확신으로 변했다.

"다른 여자가 생겼군요! 다 알아요. 그게 아니라면 숨길 이유가 없잖아요? 그러고 보니 결혼했을 수도 있겠군요! 혹시 부인한테 편지를 쓰던 중이었어요? 당신은 외지에서 왔고 마을에 아는 사람이 아무도 없으니까 말이에요!"

에티가 소리쳤다.

"난 결혼 안 했어요, 에티. 자, 봐요. 맹세할 수도 있어. 이 세상에서 내가 사랑하는 사람은 당신뿐이에요. 십자가를 걸고 맹세해요!"

맥머도가 너무도 진지하게 결백을 주장하자 에티도 믿지 않을 수 없었다.

"그럼 편지는 왜 안 보여주는 거예요?"

"내 사랑, 내 말을 들어봐요. 이 편지는 아무에게도 보여주지 않기로 맹세했어요. 당신에게 한 약속을 지키듯이 다른 사람과의 약속도 지키고 싶은 것뿐이에요. 자유 시민단 지부와 관련된 일이라 당신한테도 비밀로 할 수밖에 없어요. 아까 당신이 어깨에 손을 댔을 때 경찰인 줄 알고 깜짝 놀랐던 거라고요. 이제 이해하겠어요?"

에티는 그가 하는 말이 진실이라는 것을 느낄 수 있었다. 맥머도가 그녀를 끌어안고 키스하는 순간 두려움과 의심은 모두 사라져버렸다.

"여기 옆에 앉아요. 여왕에겐 어울리지 않는 자리지만 당신의 가난한 연인이 마련할 수 있는 최고의 자리니까. 언젠가는 지금보다 훨씬 더 좋은 자리를 만들어줄게요. 이제 마음이 좀 편안해졌어요?"

"당신이 범죄자 중의 범죄자라는 것을 알게 되었는데 어떻게 마음이 편할 수 있겠어요? 살인죄로 피고석에 섰다는 소리를 언제 듣게 될지 모르는데? 어제 우리 하숙인 중 한 사람이 당신을 스카우러스 맥머도라고 불렀어요. 그 말이 비수처럼 가슴에 꽂히더군요."

"남들이 무슨 말을 하든 신경쓰지 마요."

"하지만 그 말이 사실이잖아요."

"당신이 생각하는 것처럼 그렇게 나쁘진 않아요. 우린 그저 우리 방식으로 권리를 찾으려는 가난한 사람들일 뿐이니까."

에티가 맥머도의 목을 끌어안았다.

"제발 그만둬요, 잭! 부탁이에요. 제발 그만둬요! 오늘은 이 말을 하려고 왔어요. 잭, 내가 무릎 꿇을게요. 이렇게 당신 앞에 무릎 꿇고 빌 테니 제발 그만둬요!"

맥머도가 에티의 몸을 일으킨 뒤, 그녀의 머리를 가슴에 끌어안았다.

"내 사랑, 당신은 지금 그게 무슨 부탁인지 모르고 있어요. 어떻게 맹세를 깨고 동료들을 저버릴 수가 있겠어요? 당신이 내 상황을 안다면 그런 부탁은 할 수 없을 겁니다. 설령 내가 원한다고 해도 어떻게 그렇게 할 수 있겠어요? 더군다나 조직에서 모든 비밀을 알고 있는 자를 그냥 내보내줄 거라고 생각해요?"

"나도 생각해봤어요, 잭. 그래서 계획을 세웠어요. 아버지가 모아두신 돈이 좀 있어요. 아버지도 저들에 대한 공포 때문에 점차 암울해져가는 이곳 생활이 지겹다고 하셨고요. 언제라도 떠날 준비가 되어 있죠. 같이 필라델피아나 뉴욕으로 떠나요. 저자들의 손길이 닿지 않는 곳으로 말이에요."

맥머도가 웃었다.

"조직의 손이 닿지 않는 곳은 없어요. 저들이 필라델피아나 뉴욕까지 쫓아오지 못할 것 같아요?"

"그럼 서부로 가요. 아니면 영국이나, 아버지 고국인 독일로 가도 돼요. 이 공포의 계곡에서 벗어날 수만 있다면 어디든 상관없어요."

맥머도는 순간 모리스 형제가 떠올랐다.

"이 계곡을 그렇게 부른 건 당신이 두 번째요. 정말 조직이 이곳 사람들에게 어두운 그림자를 드리우고 있긴 한 모양이군요."

"우리 인생 전체를 어둡게 물들이고 있죠. 당신은 테드 볼드윈이 우리를 정말 가만둘 거라고 생각해요? 만일 그자가 당신을 두려워하지 않았다면 어떻게 됐을 것 같아요? 그자가 얼마나 음흉하고 굶주린 눈빛으로 나를 쳐다보는지 모를 거예요!"

"빌어먹을! 내 눈에 띄기만 하면 버릇을 단단히 고쳐놓겠소. 하지만 난 이곳을 떠날 수 없어요. 그건 안 돼요. 절대로 그럴 수 없어요. 내게 시간을 준다면 명예롭게 떠날 수 있는 방법을 찾아보리다."

"명예를 따질 문제가 아니에요."

"아니, 그건 생각하기 나름이지. 내게 육 개월만 준다면 남들 보기 부끄럽지 않은 방식으로 이곳을 떠날 수 있게 될 거요."

에티가 기쁜 듯 환하게 웃었다.

"육 개월! 약속한 거죠?"

"칠 개월이나 팔 개월이 될 수도 있어요. 하지만 아무리 늦어도 일 년 이내에 우린 계곡을 떠날 수 있을 거요."

에티가 맥머도에게 얻어낼 수 있는 건 이게 다였다. 하지만 의미가 있었다. 깜깜하기만 하던 앞날에 희미하지만 서광이 비치기 시작한 것이다. 에티는 그녀의 인생에 잭 맥머도가 들어온 뒤 처음으로 가벼운 마음이 되어 집에 돌아갔다.

맥머도는 단원만 되면 조직에서 일어나는 일들을 전부 알 수 있을 거라 생각했다. 하지만 이내 버미사 지부가 다른 어떤 조직들보다 크고 복잡하다는 사실을 깨달았다. 심지어 지부장조차 모르는 일들이 많이 있었다. 몇 정거장 떨어진 홉슨 패치에서 '군 대표'라는 자가 몇몇 지부들을 장악해 멋대로 권력을 휘두르고 있었기 때문이다. 맥머도는 그자를 한 번 본 적이 있었다. 몸집이 작고 머리가 허연 남자로, 슬금슬금 걸어 다니면서 사악한 시선으로 주위를 곁눈질해대는 교활한 쥐새끼 같은 자였다. 이름은 에번스 포트였다. 그 앞에서는 맥긴티 지부장조차 거부감과 두려움을 느꼈다. 체구가 컸던 조르주 당통이 몸집은 작아도 위험천만한 인물이었던 로베스피에르에게 느꼈던 감정이 이랬을 것이다.

하루는 맥머도와 같은 집에서 살고 있는 스캔런에게 맥긴티가 편지를 보냈다. 속에는 에번스 포트의 편지가 동봉되어 있었다. 대의를 위해 임무의 내용을 밝힐 수는 없지만 롤러와 앤드루스라는 단원을 버미사로 보낼 것이니 그들이 임무를 완수할 때까지 지부장이 숙소를 포함해 편의를 봐주었으면 좋겠다는 내용이었다. 거기에 맥긴티는 유니언 하우스에서는 비밀 유지가 불가능하니 맥머도와 스캔런이 지내는 하숙집에서 두 사람을 며칠만 지내게 해줬으면 좋겠다는 말을 덧붙였다.

그날 저녁, 여행 가방을 든 두 남자가 도착했다. 날카롭고 말이 별로 없으며 속을 내보이지 않는 중년인 롤러는 검은색 낡은 프록코트와 끝이 해진 중절모를 걸치고 있었다. 희끗희끗한 수염 때문인지 순회 목사같이 보였다. 그와 함께 온 앤드루스는 갓 소년티를 벗은 젊은이로, 솔직하고 명랑했다. 마치 휴가를 보내러 온 것처럼 매 순간을 즐겼다. 두 사람 모두 술은 마시지 않았고 여러 가지 면에서 모범적인 단원의 모습을 보여주었다. 이들은 조직 내에서 가장 뛰어난 암살자였다. 롤러는 열네 건의, 앤드루스는 세 건의 살인을 저질렀다.

맥머도가 보기에 두 사람은 과거를 숨길 생각이 전혀 없는 듯했다. 그들은 조직을 위한 자신들의 헌신에 대해 겸손해하면서도 자부심을 갖고 이야기를 늘어놓았다. 하지만 이번 임무에 대해서는 아무 말도 하지 않았다.

"우리가 이번 임무에 선발된 건 나나 이 아이가 술을 마시지 않기 때문이오. 술에 취해 쓸데없이 떠들고 다니지 않을 테니까. 그러니 기분 나쁘게 생각하지 마시오. 우린 군 대표의 지시에 따르는 것뿐이오."

롤러가 설명했다.

"물론입니다. 우린 한식구나 마찬가지잖습니까."

스캔런이 대답했다. 네 사람은 한데 모여 저녁 식사를 하는 중이었다.

"그렇죠. 찰리 윌리엄스나 사이먼 버드를 죽인 일처럼 예전에 처리했던 것들에 관해서라면 밤새도록 이야기할 수 있어요. 하지만 이번에 맡은 임무에 대해서는 아무 말도 할 수 없어요."

"이 지역에는 손 좀 봐줘야 할 녀석들이 대여섯 명 있죠. 당신들이 처리할 대상이 아이언힐의 잭 녹스는 아니겠지요? 그놈을 잡는 일이라면 어떻게든 보고 싶은데."

맥머도가 욕설을 섞어 말했다.

"아니, 그자는 아직 아니오."

"그럼 허먼 스트라우스인가요?"

"아니, 그자 역시 아니오."

"말해줄 수 없다니 할 수 없지요. 정말 알고 싶지만 말입니다."

롤러는 미소를 지으며 고개를 저었다. 그는 말려들지 않았다.

손님들이 '재밋거리'라고 부르는 일에 대해 아무것도 말해주지 않자 맥머도와 스캔런은 몰래 지켜보기로 마음먹었다. 어느 날 이른 아침, 두 사람이 계단을 내려가는 소리가 들리자 맥머도는 스캔런을 깨운 뒤 서둘러 옷을 갈아입었다. 방에서 나가보니 이미 그들은 현관문을 열어놓은 채 밖으로 나간 뒤였다. 아직 해가 뜨지 않은 시간이라 거리에는 가로등이 켜져 있었다. 불빛 아래 저멀리 길을 따라가고 있는 두 남자의 모습이 보였다. 맥머도와 스캔런은 수북하게 쌓인 눈을 소리 나지 않게 밟으며 두 사람 뒤를 따라갔다.

하숙집이 마을 변두리에 있었기 때문에 그들은 금세 마을 외곽에 있는 교차로에 이르렀다. 거기서 남자 세 명이 그들을 기다리고 있었다. 롤러와 앤드루스는 그들과 짧게 몇 마디를 나눈 뒤 함께 이동하기 시작했다. 인원이 많이 필요한 일임이 분명했다. 교차로에는 여러 광산으로 통하는 좁은 길이 여러 개 나 있었다. 그들은 크로힐 광산 쪽으로 향했다. 크로힐은 대규모 광산으로 조사이어 H. 던이라는 뉴잉글랜드 출신의 현장감독이 담당하고 있었다. 겁이라고는 모르고 기운이 넘치는 현장감독 덕분에 기나긴 공포시대에도 그곳에서만큼은 규율과 질서가 지켜졌다.

날이 서서히 밝아오자 광부들의 모습이 보이기 시작했다. 혼자서 또는 여러 명이 짝을 지어 시꺼먼 길을 따라 올라가고 있었다.

맥머도와 스캔런은 광부들 사이에 끼어 롤러 일행을 놓치지 않게 조심하면서 계속 따라갔다. 안개가 짙게 깔린 가운데, 갑자기 날카로운 호각 소리가 울려 퍼졌다. 하루의 일을 시작하기 위해 승강기가 갱도 속으로 내려가기 십 분 전이라는 것을 알리는 소리였다.

갱도 앞 공터에는 광부 백여 명이 추운 날씨에 손을 입김으로 녹이고 발을 동동 구르며 대기하고 있었다. 롤러 일행은 차고 그늘 아래 서 있었다. 스캔런과 맥머도는 그들을 내려다볼 수 있는 용재鎔滓 더미 위로 올라갔다. 엄청난 수염을 기르고 있는 멘지스라는 이름의 스코틀랜드인 광산 기술자가 차고에서 나오더니 승강기가 내려가는 것을 알리는 호각을 불었다. 그와 동시에 어떤 젊은 남자가 갱도 입구 쪽으로 서둘러 나왔다. 말끔하게 면도한 얼굴에 키가 껑충하니 크고 성실해 보이는 사람이었다. 그는 차고 아래에 서서 아무 말 없이 꼼짝도 하지 않는 롤러 일행을 쳐다보았다. 그들은 옷깃을 세우고 모자를 깊이 눌러쓴 채 얼굴을 숨기고 있었다. 순간 죽음을 예감한 현장감독은 심장이 얼어붙었지만 불길한 생각은 떨쳐버리고 낯선 사람들을 단속하는 본연의 임무에 충실하기로 했다.

"당신들은 누구요? 여기서 왜 어슬렁거리고 있는 거요?"

현장감독이 그쪽으로 다가가며 물었다.

그들은 대답하지 않았다. 앤드루스가 앞으로 걸어나오더니 현장감독의 배에 총을 쐈다. 대기하고 있던 백여 명의 광부들은 순간 몸이 마비된 것처럼 꼼짝도 못하고 무력하게 서 있었다. 양손으로 배를 움켜쥔 현장감독이 몸을 앞으로 숙이고 비틀거리며 걸음을 옮겼다. 다른 한 명이 또다시 총을 쐈다. 옆으로 쓰러진 현장감독이 쌓여 있던 용재 덩어리 사이에서 허우적댔다. 스코틀랜드인 멘지스가 그 광경을 보고 격노하여 스패너를 들고 살인마들을 향해 달려들었다. 하지만 그 역시 얼굴에 총알 두 발을 맞고 그대로 쓰러졌다. 광부 몇 명이 분노와 연민이 뒤섞인 고함을 지르며 달려들었다. 범인들이 사람들 머리 위로 6연발 권총을 쏘아댔다. 광부들은 사방으로 뿔뿔이 흩어졌다. 그중에는 버미사에 있는 집으로 미친듯이 돌아간 사람도 있었다. 몇몇 용감한 광부들은 다시 광산으로 몰려갔지만 살인마들은 이미 아침 안개 속으로 사라지고 없었다. 백여 명이 지켜보는 가운데 두 건의 살인 사건이 일어났는데도 범인들의 신원을 밝혀줄 증인은 한 명도 없었다.

스캔런과 맥머도도 집으로 돌아왔다. 스캔런은 기분이 가라앉아 있었다. 처음으로 목격한 살인이 생각했던 것만큼 재미있지 않았기 때문이다. 두 사람이 마을로 돌아오는 내내 죽은 현장감독 아내의 처절한 울음소리가 귓가를 맴돌고 있었다. 맥머도는 아무 말 없이 깊은 생각에 잠겨 있었다. 스캔런의 약해진 모습에는 전혀 동조하지 않았다.

"이건 전쟁이나 마찬가지야. 저들과 우리 사이의 전쟁인 거지. 전력을 다해 받아칠 수밖에 없어."

맥머도가 되풀이해서 중얼거렸다.

그날 밤, 유니언 하우스의 집회실에서는 성대한 파티가 열렸다. 다른 지부에서 온 단원들이 크로힐 광산의 현장감독과 기술자를 죽여 그곳 역시 다른 광산들처럼 무릎을 꿇게 되었을 뿐만 아니라 버미사 지부에서 외부로 파견 보낸 단원들도 성공적으로 임무를 완수했기 때문이다. 군 대표는 이번 일을 위해 다른 지부 소속인 다섯 명의 솜씨 좋은 단원들을 파견해준 대가로, 길머턴 지구의 스테이크 로열 광산을 소유하고 있는 윌리엄 헤일스를 제거하기 위해 버미사 단원 세 명을 보내달라고 요구했다. 윌리엄 헤일스는 길머턴 지구에서 가장 인기 있고 유명한 광산주로, 이 세상에 적이라곤 없을 것 같은 아주 모범적인 고용주였다. 그는 작업의 능률을 떨어뜨리는 게으른 술주정뱅이 직원들을 해고했다. 그런데 그들은 바로 이 전지전능한 조직의 단원이었다. 집 앞에 아무리 협박문을 걸어놔도 뜻을 굽히지 않았던 그는 결국 자유 문명국가에서 살해당하고 말았다.

암살은 계획대로 끝났다. 당당하게 지부장 옆자리를 차지한 테드 볼드윈이 오늘 파티의 주역이었다. 그와 다른 두 명의 동료는 전날 밤을 산속에서 지새웠기 때문에 행색이 지저분하고 몰골이 형편없었다. 하지만 위험한 임무를 마치고 돌아온 그들을 동료들은 세상 어떤 영웅을 맞이할 때보다 더 열렬히 환영해 주었다.

그들이 무용담을 몇 번이고 반복해서 이야기할 때마다 사람들은 크게 웃으며 환호성을 보냈다. 볼드윈 일당은 해질녘 헤일스가 마차를 타고 집으로 돌아가는 길목에 있는 가파른 언덕 꼭대기에서 기다렸다. 언덕에서는 마차가 속도를 줄이기 때문이다. 헤일스는 추운 날씨 탓에 모피를 두르고 있어서 총을 쉽게 꺼낼 수가 없었다. 볼드윈 일당은 헤일스를 마차에서 끌어낸 뒤 몇 번이나 총을 쐈다.

그들은 자신들이 죽인 헤일스가 누군지도 몰랐다. 그저 살인을 저지르는 것에 크나큰 희열을 느끼고 있었고, 한편으로는 길머턴의 스카우러스에게 버미사 지부 단원들의 실력을 과시하고 싶었을 뿐이다. 그때 생각지도 못한 일이 일어났다. 그들이 이미 꼼짝도 하지 않는 헤일스의 몸에 계속해서 총질을 하고 있을 때 마차를 탄 어떤 부부가 그 옆을 지나갔다. 부부도 죽여버려야 한다는 의견이 나왔지만 사실 그들은 광산과 아무 관계가 없는 무고한 시민이었다. 볼드윈 일당은 부부에게 이 일을 다른 사람에게 말했다가는 가만두지 않겠다고 무섭게 협박한 뒤 그대로 보내주었다. 그리고 말을 듣지 않는 광산주들에게 본을 보여주기 위해 피에 젖은 시신을 그대로 내버려두었다. 볼드윈 일당은 용광로와 용재 더미를 지나 깊은 산속으로 들어가 몸을 숨겼다.

스카우러스에겐 대단한 하루였다. 계곡을 뒤덮고 있는 그림자는 한층 더 짙어졌다. 현명한 사령관은 승기를 잡았을 때 적들이 재정비할 틈을 주지 않고 공격을 몰아쳐 승리를 굳히는 법이다. 맥긴티 지부장은 사악한 눈빛으로 작전 현황을 지켜보면서, 자신에게 반대하는 자들에 대한 새로운 공격 계획을 세우고 있었다. 그날 밤, 술에 거하게 취한 단원들이 흩어지자 맥긴티는 맥머도의 팔을 잡고 그들이 처음 대화를 나눴던 카운터 뒤에 있는 작은 방으로 데려갔다.

"이보게, 이제야 자네에게 어울리는 일거리를 찾았다네. 자네 손으로 직접 하는 거야."

"말씀만으로도 영광입니다."

맥머도가 대답했다.

"맨더스와 레일리, 두 사람을 데려가게. 그 친구들에겐 미리 일러두었어. 체스터 윌콕스를 처리하지 않는 한 우리가 이 지역을 장악했다고 할 수 없지. 자네가 그자를 처리해준다면 여기 광산 지역에 있는 모든 지부에서 고마워할 걸세."

"최선을 다하겠습니다. 그자는 누구고 어디에 살고 있습니까?"

맥긴티가 항상 입 한쪽으로 문 채 반은 피우고 반은 씹어대는 시가를 빼더니 공책을 한 장 찢어내 대충 약도를 그렸다.

"그자는 아이언 다이크 컴퍼니의 현장감독이라네. 참전 경험이 있는 하사관 출신이라 상대하기 어려운 놈이지. 온몸이 흉터투성이인 백발노인이라고. 그자를 없애려고 두 번이나 시도했지만 전부 다 실패한데다 우리 쪽 짐 커너웨이의 목숨만 잃고 말았지. 이제 자네가 나서주게. 여기 지도에 표시한 것처럼 그자는 아이언 다이크 교차로에 있는 외딴집에 살고 있어. 주변엔 인가가 없으니 총성이 울려도 상관없을 거야. 하지만 낮시간은 피하는 게 좋아. 그자는 무기를 가지고 있고 조금이라도 의심스러우면 바로 쏴버리니까. 윌콕스는 아내와 아이들 세 명, 하녀와 같이 살고 있어. 그자만 골라 죽일 수는 없을 걸세. 식구 모두 같이 처리하는 수밖에 없지. 집 현관 앞에 폭약을 놓고 성냥불을 붙이기만 하면……."

"그자는 무슨 짓을 했습니까?"

"짐 커너웨이를 죽였다고 말하지 않았나."

"무슨 이유로 죽였습니까?"

"그걸 알아서 뭐할 건가? 커너웨이는 그날 밤 그자의 집에 갔다가 총에 맞아 죽었어. 자네나 나한테는 그 정도면 충분한 이유가 돼. 자넨 이번 일만 제대로 처리하면 되는 거야."

"집안에 여자 두 명과 아이들이 있다고 하셨죠. 그들까지 없애야 하는 겁니까?"

"우리가 그자를 처리하려면 달리 방법이 없잖은가?"

"아무 짓도 하지 않은 사람들한테 너무한 것 같습니다만."

"지금 무슨 말을 하는 거야? 이번 일에서 발을 빼겠다는 건가?"

"의원님, 고정하십시오. 제가 언제 지부장님이 내리신 명령에 발을 뺐던 적이 있습니까? 일이 옳든 옳지 않든 결정을 내리는 건 지부장님이십니다."

"그래서 일을 맡을 건가?"

"물론입니다."

"언제 할 거지?"

"하루나 이틀 정도 시간을 주시면 그 집에 직접 가서 살펴본 뒤 계획을 세우겠습니다. 그런 다음에……."

"좋아."

맥긴티는 맥머도와 악수했다.

"이번 일은 자네에게 맡기겠네. 자네가 좋은 소식을 전해준다면 모두에게 기쁜 날이 될 거야. 이 최후의 일격으로 놈들은 우리 앞에 무릎을 꿇게 될 걸세."

맥머도는 갑자기 맡게 된 임무에 대해 오랫동안 생각했다. 체스터 윌콕스의 집은 여기서 팔 킬로미터 떨어진 계곡 근처에 외따로 떨어져 있었다. 맥머도는 그날 밤 사전 답사를 위해 혼자 그 집에 갔다가 날이 밝은 뒤에야 돌아왔다. 다음날, 맥머도는 일을 도와줄 맨더스와 레일리를 만나보았다. 무모한 젊은이들은 마치 사슴 사냥이라도 나가는 것처럼 들떠 있었다.

이틀 뒤 그들은 마을 외곽에서 만났다. 세 사람은 모두 무장을 했는데 그중 한 명은 광산에서 쓰는 발파용 폭약이 든 자루를 메고 있었다. 그들이 윌콕스의 외딴집에 도착한 시각은 새벽 2시였다. 바람이 많이 불고 하늘에는 조각구름이 이지러진 달 위로 빠르게 흘러가는 날이었다. 사냥개들이 집을 지키고 있다는 것을 미리 알고 있었던 터라 그들은 공이치기를 당겨놓은 권총을 들고 조심스럽게 움직였다. 바람 소리 외에는 아무 소리도 들리지 않았고, 머리 위에서 흔들리는 나뭇가지 외에는 아무것도 움직이지 않았다. 맥머도는 집 문에 가만히 귀를 대보았다. 집안은 쥐죽은듯이 조용했다. 그는 문에 폭약이 든 자루를 기대세웠다. 자루를 칼로 찔러 구멍을 낸 뒤 도화선을 연결했다. 도화선에 불을 붙이자마자 맥머도 일행은 황급히 멀리 떨어진 도랑으로 몸을 피했다. 잠시 뒤 엄청난 폭발음과 함께 집이 무너지는 소리가 들렸다. 작전은 성공했다. 피로 얼룩진 조직의 역사에서 이렇게 깔끔하게 일이 마무리된 적이 없었다.

하지만 그토록 치밀하게 계획하고 과감하게 실행한 작전은 수포로 돌아갔다! 여러 사람들이 목숨을 잃는 것을 보고 자신도 공격 대상이라는 것을 잘 알고 있었던 체스터 윌콕스는 바로 전날 가족과 함께 아무도 모르는 안전한 거처로 옮긴 것이다. 그는 새로 옮긴 집에서 경찰의 경호까지 받고 있었다. 폭탄에 날아간 건 아무도 없는 빈집이었다. 엄격한 퇴역 하사관은 여전히 아이언다이크의 광부들에게 규율을 가르쳤다.

"제게 맡겨주십시오. 그자는 제가 처리할 겁니다. 설령 일 년이 걸리더라도 제 손으로 확실히 해결하겠습니다."

맥머도가 말했다.

지부 사람들은 맥머도에게 감사와 신뢰를 보내며 그의 뜻에 따르기로 했다. 그 문제가 일단락 지어지고 몇 주 후 신문마다 윌콕스가 기습을 당해 목숨을 잃었다는 기사가 게재되었다. 맥머도가 계속해서 윌콕스를 노리고 있었다는 건 공공연한 비밀이었다.

이것이 자유 시민단의 방식이고 스카우러스의 방식이었다. 이런 방식으로 무시무시한 인간들은 그토록 오랜 세월 동안 거대하고 부유한 지역을 공포로 지배할 수 있었던 것이다. 이 이상 범죄 이야기로 책을 더럽힐 필요가 있을까? 그들이 어떤 사람들인지, 무슨 짓을 했는지는 이 정도면 충분히 알 수 있을 것이다. 여기 적은 사건들은 역사로 기록되어 있으니 찾아보면 더 자세한 내용들을 알 수 있다. 단원 두 명을 체포했던 헌트와 에번스 경관이 저격당한 사건에 관한 기록도 있다. 단원들이 체포된 것에 분개한 버미사 지부가 계획한 일로, 비무장 상태였던 경관 두 명은 무참히 살해당했다. 죽기 직전까지 구타당한 남편을 간호하던 라비 부인이 맥긴티 지부장의 지시로 저격당한 사건에 대해서도 나와 있을 것이다. 그리고 동생이 살해당한 뒤 형 젱킨스마저 목숨을 잃은 사건, 불구가 된 제임스 머독 사건, 스텝하우스가의 폭발 사건, 스텐덜 부부 살인 사건이 모두 같은 해 겨울에 일어났다.

공포의 계곡에 드리운 그림자는 더욱 짙어만 갔다. 봄이 오자 시냇물이 흐르고 꽃들이 피어났다. 꽁꽁 얼어붙었던 자연에는 봄이라는 희망이 찾아왔지만 공포의 멍에에 갇혀 살고 있는 사람들에게는 아무 희망도 없었다. 1875년 초여름, 사람들의 머리 위에는 너무나 어둡고 무거운 먹구름이 짙게 깔려 있었다.

위험

6.

공포 분위기가 절정에 이르렀다. 그사이 맥머도는 내무관으로 임명되었고 그의 도움이나 조언이 없이는 일이 제대로 돌아가지 않을 만큼 조직에 반드시 필요한 존재가 되어 있었다. 언젠가 맥머도가 맥긴티의 뒤를 이어 지부장이 될 거라는 예측이 지배적이었다. 하지만 조직 내에서 인기가 높아질수록 버미사 거리에서 마주치는 보통 사람들의 눈빛은 점점 더 싸늘해졌다. 두려움에 떨던 시민들은 용기를 내어 압제자에 대항하기 위해 힘을 합치기 시작했다. 헤럴드사 사무실에서 비밀 모임이 열린다거나 일반인들에게 무기를 나누어준다는 소문도 있었다. 하지만 맥긴티와 부하들은 그런 말을 들어도 전혀 흔들리지 않았다. 그들은 수적으로 우세한데다 사기도 높고 무기도 많았다.

보통 사람들은 사방에 흩어져 있었고 힘도 없었다. 전에도 그랬듯이 말로만 떠들어대다가 결국 아무것도 하지 못하고 끝날 것이다. 맥긴티와 맥머도를 포함한 대범한 단원들은 모두 그렇게 생각했다.

오월의 어느 토요일 저녁이었다. 토요일에 항상 있는 집회를 위해 맥머도는 집을 나서려던 참이었다. 그때 조직 내에서 입지가 약한 모리스 형제가 찾아왔다. 그는 무슨 걱정이 있는지 잔뜩 찌푸린 얼굴이었다. 평소 온화하던 얼굴에는 핏기가 하나도 없었다.

"맥머도 씨, 잠깐 이야기를 나눌 수 있겠소?"

"그러시죠."

"내가 전에 솔직하게 털어놓았던 이야기를 비밀로 지켜준 건 아직도 잊지 않고 있소. 맥긴티 대장이 직접 찾아가서 물었는데도 말이오."

"저를 믿고 하신 말씀인데 당연히 그래야죠. 물론 모리스 형제의 말에 동의하는 건 아니지만 말입니다."

"잘 알고 있어요. 그렇더라도 내가 안심하고 말할 수 있는 상대는 맥머도 씨밖에 없소. 지금 이 안에도 말하고 싶은 비밀이 있어요."

모리스가 가슴에 손을 얹었다.

"이것 때문에 죽을 지경이오. 애초에 나 아닌 다른 사람이 알았으면 좋았을 텐데. 내가 이 이야기를 하면 틀림없이 한 사람이 죽을 거요. 하지만 숨긴다면 조직이 끝장날지도 몰라요. 난 정말 어떻게 해야 할지 모르겠소!"

맥머도는 상대방을 가만히 쳐다보고 있었다. 모리스는 온몸을 떨었다. 맥머도는 유리잔에 위스키를 조금 따라 모리스에게 건네주며 말했다.

"이게 도움이 될 겁니다. 무슨 일인지 말씀해보세요."

모리스가 술을 마시자 하얗게 질린 얼굴에 혈색이 돌기 시작했다.

"간단하게 말하겠소. 우리 뒤를 쫓는 탐정이 있어요."

맥머도가 어이가 없다는 듯 모리스를 쳐다보며 말했다.

"난 또 무슨 큰일이라고. 경찰이나 탐정이야 어디든 우글거리잖아요. 그들이 언제 우리한테 위협이 된 적이 있습니까?"

"아니. 이 지역 탐정이 아니오. 여기 경찰이나 탐정은 우리한테 아무 짓도 못 하지. 형제는 핑커턴 탐정 사무소에 대해 들어본 적 있소?"

"신문에서 본 것 같군요."

"일단 그들의 추적망에 걸리면 벗어날 수가 없다오. 경찰처럼 일이 해결되든 말든 상관하지 않는 것과는 달라요. 저들은 무슨 수를 쓰든 일을 해결할 때까지 죽기 살기로 덤벼드니까. 만일 핑커턴 소속 탐정이 깊이 파고들었다면 우린 끝장난 거나 마찬가지지요."

"그렇다면 그자를 죽일 수밖에 없겠군요."

"맥머도 형제도 그렇게 생각하는군! 지부도 같은 결정을 내릴 거요. 결국 살인이 일어나게 될 거라고 아까 말했잖소?"

"그렇죠. 살인이 별건가요? 여기서는 흔한 일이지 않습니까?"

"그렇긴 해도 살인 대상을 내 손으로 지목하고 싶진 않소. 그랬다가는 두 번 다시 마음 편히 살 수 없을 테니까. 그렇지만 이번 일은 우리 목이 걸려 있는 문제니 이를 어쩌면 좋단 말이오?"

모리스는 어떻게 해야 할지 모르겠다는 듯 몸을 앞뒤로 흔들었다.

맥머도 역시 동요하고 있었다. 위험이 닥쳤고 대처할 필요가 있다는 모리스의 말에 공감하고 있었다. 그는 모리스의 어깨를 붙잡고 흔들었다.

"이봐요, 모리스 형제. 남편 잃은 노파처럼 주저앉아 울어봤자 무슨 소용이 있습니까? 현실을 받아들여야죠. 그자가 누굽니까? 어디 있죠? 그자에 대해서는 어디서 들었습니까? 왜 나를 찾아온 거죠?"

흥분한 탓인지 맥머도의 목소리가 갈라졌다.

"이 일로 조언해줄 수 있는 사람은 맥머도 형제밖에 없다고 생각했기에 이렇게 찾아온 거요. 전에도 말했지만 난 이곳에 오기 전에 동부에서 가게를 했었소. 그곳에 남아 있는 친구 중에 전신국에서 일하는 친구가 있다오. 그 친구가 어제 나한테 이 편지를 보내 왔소. 윗부분에 그 내용이 있어요. 직접 읽어보시오."

맥머도는 편지를 읽었다.

그쪽 지역 스카우러스 상황은 어떤가? 그자들 이야기가 신문에 많이 나오더군. 자네니까 하는 말이지만, 아무래도 머지않아 심상치 않은 일이 터질 것 같네. 대기업 다섯 군데와 철도 회사 두 곳이 거기 상황을 심각하게 보고 어떻게든 해결하기로 마음을 먹었어. 본격적으로 나선 거지. 핑커턴 탐정 사무소가 의뢰를 받아 최고의 탐정인 버디 에드워즈를 파견했다고 하더군. 그러니 자네도 당장 그만두는 게 좋을 거야.

"추신도 읽어보시오."

당연히 업무 처리중에 알게 된 내용이라 더이상은 모른다네. 매일같이 전보들이 오고가는데 이상한 암호가 너무 많아서 무슨 뜻인지 알 수가 없더군.

맥머도는 떨리는 손으로 편지를 든 채 한동안 아무 말 없이 앉아 있었다. 눈앞에 안개가 걷히자마자 심연이 가로막는 듯한 느낌이었다.

"이 일을 아는 사람이 또 있습니까?"

맥머도가 물었다.

"아무한테도 말하지 않았소."

"그럼 이 사람, 그러니까 친구분이 같은 내용의 편지를 보낼 만한 사람이 더 있습니까?"

"음, 두 명 정도 더 있을 거요."

"우리 지부에 있나요?"

"그럴 가능성도 있소."

"친구분이 다른 사람에게 버디 에드워즈에 관한 다른 정보를 알려주지 않았을까 해서 물어보는 겁니다. 정보가 있으면 그자를 잡기 쉬울 테니까요."

"그럴 수도 있지. 하지만 친구는 버디 에드워즈에 대해 잘 모를 거요. 그저 일을 하는 중에 알게 된 정보를 나한테 전해줬을 뿐이니까. 친구가 핑커턴에서 일하는 탐정을 어떻게 알겠소?"

그 순간 맥머도가 뭔가 떠오른 듯 갑자기 큰 소리로 말했다.

"그렇지! 이제 그자는 잡은 거나 마찬가지예요. 그걸 생각 못 했다니 얼마나 바보 같은지! 하지만 운이 좋았어요! 무슨 짓을 저지르기 전에 우리가 먼저 잡을 테니까. 모리스 형제, 이번 일은 저한테 맡겨주시지 않겠습니까?"

"물론이오. 이번 일에서 날 빼주기만 한다면!"

"그렇게 하죠. 모리스 형제는 뒤로 물러나 계세요. 제가 다 알아서 할 테니까요. 형제의 이름은 언급조차 되지 않을 겁니다. 아예 이 편지를 제가 받은 걸로 하면 어떻겠습니까?"

"바라던 바요."

"그럼 이번 일은 잊어버리세요. 일단 지부에 나가봐야겠습니다. 한시라도 빨리 핑커턴에서 왔다는 놈의 기를 꺾어버려야 하니까요."

"그자를 죽이진 않을 거죠?"

"모리스 형제는 더이상 모르는 편이 나을 겁니다. 그래야 밤에 잠도 잘 오고요. 더 묻지 말고 그냥 두고 보시죠. 이제부터는 제가 알아서 하겠습니다."

모리스는 슬픈 표정으로 고개를 저으며 중얼거렸다.

"내 손에 그자의 피가 묻은 기분이오."

"자기방어는 살인이라고 할 수 없죠. 둘 중 하나는 죽어야 해요. 그자를 이곳에 오래 남겨두면 우리 모두가 망하고 말 겁니다. 모리스 형제, 조직을 구하는 데 이렇게 큰 공을 세웠으니 다음 지부장은 형제가 될 거예요."

맥머도가 냉혹한 미소를 지으며 말했다.

말은 이렇게 하지만 행동을 봐서는 맥머도 역시 이번 일을 심각하게 생각하고 있음을 알 수 있었다. 죄의식이나 핑커턴 사무소의 명성 때문일 수도 있었다. 아니면 대기업들이 스카우러스를 소탕하겠다고 나선 사실을 알게 돼서 그런 것일 수도 있다. 어떤 이유 때문인지 몰라도 맥머도는 최악의 상황을 대비하며 움직이고 있었다. 그는 집을 나서기 전에 증거가 될 만한 서류들을 전부 태워버렸다. 안도의 한숨을 길게 내쉬면서도 아직 위험이 남아 있다는 생각이 들었는지 지부에 가는 길에 섀프터의 집에 들렀다. 노인이 출입을 금지했기 때문에 집안에 들어갈 수 없었다. 맥머도는 창문을 두드려 에티를 밖으로 불러냈다. 맥머도의 눈동자에는 아일랜드인 특유의 장난기가 사라져 있었다. 에티는 맥머도의 심각한 표정을 보자 그가 위험에 처했다는 것을 알아차렸다.

"무슨 일이 있군요! 잭, 위험한 건가요?"

그녀가 큰 소리로 물었다.

"내 사랑, 그렇게 심각한 일은 아니오. 그렇지만 상황이 더 나빠지기 전에 이곳을 떠나는 게 좋을 것 같소."

"여길 떠난다고요!"

"전에 약속했잖소. 때가 되면 이곳을 떠나겠다고. 이제 그때가 된 것 같소. 실은 오늘 나쁜 소식을 들었어요. 아무래도 일이 터질 것 같소."

"경찰이 쫓고 있나요?"

"핑커턴요. 당신은 그게 뭔지 모르겠지. 그게 나 같은 사람에게 어떤 의미인지도 모를 테고. 난 이번 일에 너무 깊이 관여했소. 가능한 한 빨리 여길 떠나야 해요. 나와 함께 떠나겠다고 약속했죠?"

"당신을 구하는 일이라면요!"

"나도 온통 거짓뿐인 사람은 아니오, 에티. 무슨 일이 있더라도 당신은 머리카락 한 올도 다치지 않게 할 거요. 그리고 내가 언제나 당신을 볼 수 있는 저 높은 구름 위의 황금 왕좌에서 조금도 내려오지 않게 할 테고. 날 믿어주겠소?"

그녀는 말없이 맥머도의 손을 잡았다.

"지금부터 내가 하는 말을 잘 듣고 시키는 대로 해요. 우리에겐 이 방법밖에 없소. 이제 계곡에서 무슨 일이 벌어질 거요. 아무래도 그런 예감이 들어요. 많은 사람들이 조심해야 할 거요, 나도 마찬가지고. 그러니 내가 떠나야 하는 순간이 오면 그때가 낮이든 밤이든 당신도 함께 떠나야 해요!"

"당신이 먼저 떠나면 따라갈게요."

"아니, 안 돼요. 반드시 같이 가야 해요. 내가 이 계곡으로 다시는 돌아오지 못할 수도 있는데 어떻게 당신을 남겨놓고 갈 수 있겠소? 경찰의 눈을 피하느라 편지 한 장 보내지 못할 수도 있어요. 그러니까 반드시 같이 가야 해요. 전에 내가 지내던 곳에 마음씨가 좋은 여자분이 있소. 나와 결혼할 때까지는 그곳에서 지내면 돼요. 그렇게 해주겠소?"

"알았어요, 잭. 당신과 함께 떠날게요."

"날 믿어줘서 고맙소. 당신의 믿음을 저버린다면 난 지옥에 떨어지겠지. 자, 내 말 잘 들어요, 에티. 내가 연락을 하면 곧장 기차역 대합실로 가요. 거기서 내가 갈 때까지 기다려줘요."

"연락을 받으면 그때가 언제든 바로 달려갈게요."

떠날 준비를 끝내자 어느 정도 마음이 놓인 맥머도는 지부로 향했다. 단원들은 이미 다 모여 있었다. 그는 출입구를 철통같이 지키고 있는 외부 경비원, 내부 경비원과 복잡한 암호를 주고받은 뒤에야 안으로 들어갈 수 있었다. 맥머도가 집회실에 들어가자 사람들이 환호성을 지르며 그를 맞아주었다. 담배 연기가 자욱하고 사람들이 북적거리는 가운데 헝클어진 검은 머리의 지부장과 잔인하고 적대적인 표정을 짓고 있는 볼드윈, 매 같은 얼굴을 한 비서 해러웨이를 비롯한 버미사 지부의 간부급 십여 명이 모여 있는 것이 보였다. 맥머도는 자신이 가져온 정보에 대해 상의할 사람들이 모두 나와 있어서 다행이라고 생각했다.

"형제, 이렇게 자넬 보니 반갑군! 마침 솔로몬의 판결이 필요한 참이었다네."

맥긴티가 말했다. 맥머도가 자리에 앉자 옆에 있던 단원이 상황을 설명해주었다.

"랜더와 이건의 일입니다. 스타일스타운의 크레블을 죽인 대가로 지부에서 상금을 내렸는데 두 사람이 서로 자기가 받아야 한다고 주장하고 있어요. 두 사람 중에 진짜 총을 쏜 사람은 누군지 알 수 없는 상황이고요."

맥머도는 자리에서 일어나 손을 들었다. 평소와 다른 그의 표정이 사람들의 관심을 끌었다. 맥머도가 무슨 말을 할지 기대하며 다들 입을 다물었다.

"존경하는 지부장님, 긴급 안건이 있습니다."

맥머도가 엄숙한 목소리로 말했다.

"맥머도 형제가 긴급 안건을 내놓았다. 규정에 따라 우선권을 주겠다. 자, 맥머도 형제, 긴급 안건이 뭔지 말해보게."

맥긴티가 말했다.

맥머도는 주머니에서 모리스에게 받은 편지를 꺼냈다.

"존경하는 지부장님, 그리고 형제들. 오늘 우리에게 안 좋은 소식이 있습니다. 아무것도 모르고 있다가 무너지는 것보다는 미리 알고 대책을 세우는 편이 나을 겁니다. 미국에서 가장 강력하고 부유한 회사들이 힘을 합쳐 우리를 무너뜨리려 하고 있습니다. 제가 얻은 정보에 따르면 바로 지금 이 순간에도 핑커턴 탐정 사무소의 탐정 버디 에드워즈가 우리의 목을 옥죄어 감옥에 집어넣을 증거를 모으고 있답니다. 이런 상황에 대해 형제분들과 의논하기 위해 긴급 안건을 발의한 겁니다."

순간 집회실 안에는 무거운 침묵이 흘렀다. 침묵을 깬 건 맥긴티였다.

"믿을 만한 증거가 있나?"

"지금 제가 들고 있는 편지가 증거입니다."

맥머도는 내용을 큰 소리로 읽은 뒤 말했다.

"편지를 어떻게 손에 넣었는지는 제 명예가 걸린 일이라 말씀드릴 수 없습니다. 편지를 넘겨드릴 수도 없습니다. 하지만 편지에 적힌 내용을 믿는다고 해서 우리 지부에 해가 되지는 않을 거라고 생각합니다. 이것이 제가 알고 있는 전부입니다."

"지부장님, 할말이 있습니다. 나도 버디 에드워즈에 대해서는 들은 적이 있습니다. 핑커턴 탐정 사무소에서 가장 능력이 뛰어나다고 하더군요."

나이 지긋한 형제들 중 한 사람이 말했다.

"그자의 얼굴을 본 사람이 있나?"

맥긴티가 물었다.

"네, 제가 본 적이 있습니다."

맥머도가 말했다.

그 말을 듣고 깜짝 놀란 사람들이 웅성거렸다.

"놈은 우리 손아귀에 들어온 거나 다름없습니다. 이번 일은 우리가 신속하고 현명하게 대처한다면 간단하게 해결할 수 있을 겁니다. 형제들이 저를 믿고 도와주시기만 한다면 걱정할 필요가 없습니다."

맥머도가 미소를 지으며 말을 이었다.

"걱정할 일이 뭐가 있나? 그자가 우리 일에 대해 뭘 안다고?"

"모두가 지부장님처럼 지부에 충실한 건 아니니까요. 그자는 수백만 달러를 가진 자본가들의 지원을 받고 있습니다. 지부에 돈의 힘에 굴복할 사람이 아무도 없을 거라고 생각하십니까? 그자는 비밀을 캐내려 할 겁니다. 어쩌면 벌써 손에 넣었을지도 모르죠. 이런 상황에서 확실한 해결책은 한 가지밖에 없습니다."

"그자를 계곡에서 못 벗어나게 하는 거지."

볼드윈이 말했다.

맥머도가 고개를 끄덕였다.

"맞아, 볼드윈 형제. 자네와 나는 항상 생각이 달랐지만 이번만큼은 뜻이 통하는군."

"그자는 어디에 있나? 그자를 어떻게 알아보지?"

"존경하는 지부장님, 그건 지금 이 자리에서 말씀드리기에는 너무 중요한 사안입니다. 여기 있는 형제들을 의심하는 건 아니지만 만에 하나라도 우리가 하는 이야기가 밖으로 새어 나가면 그자를 잡을 기회는 영영 사라지게 될 겁니다. 그러니 믿을 수 있는 단원들로만 구성된 위원회를 꾸려주실 것을 부탁드립니다. 지부장님과 여기 있는 볼드윈 형제, 그 외 다섯 명 정도 선발하면 좋을 것 같습니다. 그 자리에서 제가 알고 있는 정보와 앞으로의 대책에 대해 자세히 말씀드리겠습니다."

제안은 즉시 받아들여져 위원회가 구성되었다. 지부장과 볼드윈, 매처럼 생긴 비서 해러웨이, 젊지만 무자비한 암살자 호랑이 코맥, 회계 담당 카터, 마지막으로 세상에 무서운 것이 없고 무슨 일이든 서슴없이 해치우는 윌러비 형제가 선발되었다.

집회의 뒤풀이는 평소보다 짧고 시들했다. 단원들은 침울했다. 오랫동안 활개치고 다녔던 맑은 하늘 아래, 복수라는 이름의 법의 먹구름이 몰려오고 있다는 것을 알게 되었기 때문이다. 지금껏 다른 사람들에게 공포심을 안겨주는 것이 일상이었던 그들은 보복을 당한다는 건 있을 수 없는 일이라고 여겼다. 그런데 갑자기 그런 일이 코앞에 닥쳤다고 생각하자 모두들 아연실색했다. 다른 단원들은 일찍 자리를 파하고 위원회 사람들만 남았다.

"맥머도, 이제 시작하게."

맥긴티가 말했다. 위원회에 뽑힌 일곱 명이 모두 자리에 앉아 있었다.

맥머도가 설명을 시작했다.

"조금 전에 말씀드렸다시피 전 버디 에드워즈를 알고 있습니다. 그자가 이곳에서 다른 이름으로 행세하고 있다는 건 말씀드릴 필요도 없을 겁니다. 그자는 용감하지만 무모한 미치광이는 아니니까요. 그는 스티브 윌슨이라는 이름으로 홉슨 패치에 살고 있습니다."

"자넨 그 사실을 어떻게 알았나?"

"우연히 그자와 대화를 나눈 적이 있습니다. 당시에는 아무것도 몰랐고 이 편지만 아니었다면 생각나지도 않았을 겁니다. 이제 와서 생각해보니 그자가 버디 에드워즈였어요. 수요일에 열차를 타고 가다가 그자를 만났습니다. 하마터면 덜미를 잡힐 뻔했죠. 기자라고 하더군요. 그때는 저도 그 말을 믿었죠. 그자는 《뉴욕 프레스》에 기사를 낼 거라면서 스카우러스와 무법 행위에 대해 자세히 알고 싶다고 했습니다. 그리고 온갖 질문들을 퍼부어대기 시작했죠. 당연히 전 아무것도 알려주지 않았습니다.

'우리 편집장 마음에 들 만한 내용이면 돈을 주겠소. 아주 많이.'

그런 말을 하기에 그자가 좋아할 만한 이야기를 하나 해줬습니다. 그랬더니 이십 달러를 주면서 자기가 원하는 정보를 알려준다면 열 배를 더 주겠다고 하더군요."

"무슨 이야기를 해주었나?"

"제가 만들어낸 이야기였죠."

"그 녀석이 기자가 아니라는 건 어떻게 알았지?"

"말씀드리죠. 그자가 홉슨 패치에 내렸고 저도 거기 내렸습니다. 전신국에 볼일을 보러 갔더니 그자가 막 그곳을 나서고 있었어요. 그때 전신국 직원이 이렇게 말하더군요.

'이것 좀 보세요. 이런 전보엔 요금을 두 배 받아야 하지 않나요?'

전 그렇겠다고 대답했습니다. 전보에는 중국 글자처럼 보이는 이상한 글씨가 잔뜩 씌어 있더군요.

'이런 걸 매일 보낸다니까요.'

전신국 직원이 말했습니다.

'특종 기사라면 다른 사람들이 보지 못하게 해야 할 테니까요.'

그때는 전신국 직원도 저도 그렇게 생각했습니다. 하지만 지금 와서 생각해보니 그게 아니었던 거죠."

"그래, 자네 말이 맞는 것 같군! 이제 어떻게 하지?"

맥긴티가 물었다.

"당장 그자를 처단하면 되지 않습니까?"

그 자리에 있던 누군가가 말했다.

"맞아요. 빨리 처리하는 게 좋겠어요."

"그자가 어디 있는지 알면 당장 달려가겠습니다. 홉슨 패치에 머물고 있다는 건 아는데, 어느 집인지는 모르니까요. 제게 계획이 하나 있습니다."

맥머도가 말했다.

"그게 뭔가?"

"내일 아침에 제가 홉슨 패치로 가겠습니다. 전신국 직원에게서 그자의 주소를 알아내는 거죠. 직원은 틀림없이 알고 있을 겁니다. 그런 다음에 그자를 만나 제가 자유 시민단 소속이라는 걸 밝히겠습니다. 그리고 돈만 주면 조직의 비밀을 알려주겠다고 제안하죠. 그자는 걸려들 겁니다. 집에 보여주고 싶은 서류가 있다고 하면서, 이건 내 목숨이 달려 있는 일이니 사람들이 오가는 시간에는 안 된다고 말하겠습니다. 그자도 그 정도 상식은 있겠죠. 밤 10시에 집으로 오면 모든 것을 알게 될 거라고 할 겁니다. 틀림없이 제 말에 따를 겁니다."

"그래서?"

"그다음부터는 알아서 하시면 됩니다. 맥너매라 부인의 집은 외따로 떨어진 곳에 있습니다. 부인은 진실한 사람이지만 귀가 제대로 들리지 않죠. 집에는 스캔런과 저밖에 없습니다. 만일 그자가 우리집에 오겠다고 하면 제가 미리 알려드리죠. 이 자리에 계신 일곱 분은 9시까지 우리집에 와서 기다리는 겁니다. 그리고 놈을 잡는 거죠. 만일 거기서 살아 나갈 수 있다면 자기 운이 얼마나 좋은지 평생 떠들고 다녀야 할 겁니다."

"핑커턴 탐정 사무소에 결원이 생기게 될 거야. 그렇게 하세, 맥머도. 우리는 9시까지 자네 집에 가서 기다리고 있겠네. 자네는 문만 열어주게. 나머지 일은 우리가 맡을 테니까."

맥긴티가 말했다.

버디 에드워즈의 함정

7.

맥머도가 말한 대로 집은 외따로 떨어져 있어서 계획했던 범행을 저지르기에 적합했다. 마을 외곽에 있는 그 집은 도로에서도 멀리 떨어져 있었다. 보통 때 같았으면 목표물을 불러내 온몸에 총알구멍을 내주고 끝냈겠지만 이번만큼은 그럴 수 없었다. 그자가 조직에 대해 얼마나 많이 알고 있는지, 어떻게 알아냈는지, 의뢰인들에게 어떤 정보를 넘겼는지를 알아내야 했기 때문이다.

어쩌면 이미 늦어 그자가 임무를 이미 완수했을 가능성도 있었다. 만일 그렇더라도 감히 조직을 들쑤신 자에게 복수라도 해야 한다. 하지만 탐정은 아직까지 중요한 정보를 알아내지 못했을 가능성이 컸다. 그게 아니라면 맥머도가 지어냈다는 거짓 정보를 구태여 받아 적을 리 없기 때문이다. 어떻게 된 일인지는 이제 그자의 입으로 직접 듣게 될 것이다. 붙잡기만 한다면 입을 열 방법은 얼마든지 있다. 스카우러스는 말을 듣지 않는 목격자들을 한두 번 다뤄본 것이 아니었다.

맥머도는 처음 계획한 대로 홉슨 패치로 갔다. 그날따라 경찰이 아침부터 맥머도의 행적을 유독 주시했다. 실제로 시카고에서부터 안면이 있는 마빈 대장은 기차역까지 따라와 말을 걸기도 했다. 맥머도는 대장과의 대화를 거부하고 돌아섰다. 오후에 무사히 일을 끝내고 돌아온 맥머도는 유니언 하우스로 가서 맥긴티를 만났다.

"그자가 오기로 했습니다."

맥머도가 말했다.

"잘됐군!"

맥긴티가 말했다. 거인처럼 몸집이 큰 그는 셔츠 차림이었다. 품이 넉넉한 조끼 위로 인장이 달린 반짝거리는 금사슬이 드리워져 있었다. 텁수룩한 턱수염 아래쪽에서는 다이아몬드가 빛났다. 술장사와 정치 활동을 하면서 맥긴티는 엄청난 권력과 그에 못지않은 부를 누리게 되었다. 그래서 그에게는 전날 밤 머릿속에 떠오른 감옥과 교수대의 모습이 더 끔찍했다.

"그자가 얼마나 알고 있는 것 같던가?"

맥긴티가 불안한 듯 물었다.

"이곳에 온 지는 제법 된 듯합니다. 적어도 육 주는 됐을 거예요. 채광으로 돈을 벌기 위해 온 건 아닐 테죠. 그동안 여기서 철도 회사의 자금을 풀었다면 꽤 많은 정보를 알아냈을 것이고 벌써 철도 회사에 넘겼을지도 모릅니다."

"우리 지부에 그렇게 나약한 형제는 없네. 모두 다 충실하지. 이런, 스캉크 같은 모리스 녀석이 있군. 어떻게 생각하나? 만일 우리 중에 배신자가 있다면 그건 그 녀석이 틀림없어. 저녁이 되기 전에 애들 두어 명 보내 두들겨 패보라고 해야겠네. 그럼 뭐든 털어놓을 거야."

맥긴티가 말했다.

"그렇게 해도 손해 볼 건 없을 겁니다. 전 모리스를 좋아하기 때문에 그 사람이 곤욕을 치르면 보기 힘들긴 하겠습니다만. 지부의 일에 대해 한두 번 상의한 적이 있거든요. 물론 의원님이나 저와는 견해가 다르긴 합니다만 배신을 할 사람으로 보이진 않았습니다. 하지만 제가 나설 일은 아니죠."

"그 늙은 놈을 제대로 손봐줄 생각이야. 일 년 전부터 눈에 거슬렸으니까."

맥긴티가 욕설을 내뱉었다.

"의원님이 제일 잘 아시겠죠. 하지만 일단 다른 일들은 내일로 미루시는 게 좋을 것 같습니다. 핑커턴 탐정 문제를 해결하기 전에 눈에 띄는 일은 하지 않는 게 나아요. 오늘만큼은 경찰을 건드리지 않는 게 좋겠습니다."

맥머도가 말했다.

"자네 말이 맞아. 무엇보다 버디 에드워즈의 심장을 도려내서라도 정보를 어디서 알아냈는지 직접 털어놓게 만들어야지. 그자가 오늘 일이 함정이라는 낌새를 챈 것 같진 않던가?"

맥긴티의 질문에 맥머도가 웃으며 대답했다.

"아무래도 제가 잘 공략했던 모양입니다. 그놈은 스카우러스에 관한 정보를 얻기 위해서라면 어디라도 따라올 기세였어요. 그자에게 돈도 받았습니다."

맥머도가 싱긋 웃으며 지폐 다발을 꺼내 보였다.

"서류를 보여주면 돈을 이만큼 더 주겠다고 하더군요."

"무슨 서류 말인가?"

"당연히 서류 같은 건 없죠. 하지만 전 그자에게 조직도와 규정집, 조직원 명단을 가지고 있다고 했습니다. 놈은 오늘밤 우리집을 나설 때쯤에는 모든 것을 다 알게 될 거라 기대하고 있습니다."

"제대로 걸려들었군. 어째서 서류를 직접 가져다주지 않느냐고 묻지는 않던가?"

맥긴티가 냉혹하게 말했다.

"가져오려 했지만 경찰의 의심을 받고 있기 때문에 힘들다고 했지요. 오늘 아침에는 마빈 대장이 기차 대합실까지 쫓아와서 말을 걸었으니까요!"

"그 이야긴 나도 들었네. 아무래도 이번 일로 자네가 고생하게 될 것 같군. 버디 에드워즈는 처치한 뒤에 안 쓰는 수갱 속에 던져버리면 그만이겠지만 시신을 어떻게 처리하든 자네가 홉슨 패치까지 그자를 찾아갔다는 사실을 숨길 수는 없지 않은가."

맥긴티의 말에 맥머도가 어깨를 으쓱했다.

"우리가 제대로 처리하기만 한다면 경찰은 결코 살인을 입증할 수 없을 겁니다. 어두워진 뒤에 찾아오라고 했으니 그자가 우리집에 들어오는 모습은 아무도 보지 못할 거고, 그자가 살아서 집을 나가는 모습 또한 당연히 볼 수 없을 테니까요. 의원님, 먼저 제가 세운 계획을 말씀드릴 테니 나머지는 거기에 맞추시면 됩니다. 일단 형제들은 모두 제시간에 도착해야 합니다. 그자는 10시에 올 겁니다. 문을 세 번 두드리면 제가 열어주기로 했죠. 놈이 안으로 들어오면 문을 잠그겠습니다. 그러면 그자는 우리 수중에 떨어지는 겁니다."

"정말 쉽고 간단하군."

"그렇죠. 하지만 다음 단계부터는 생각을 해봐야 합니다. 그자는 결코 만만한 놈이 아닙니다. 제대로 무장을 하고 있을 거예요. 저한테 속긴 했지만 경계를 늦추지 않을 겁니다. 저 혼자 있을 거라고 생각한 집안에 일곱 명의 남자가 버티고 있으면 곧장 총을 뽑아들 게 분명해요. 그렇게 되면 다치는 사람이 나올 수도 있겠지요."

"그렇겠지."

"게다가 요란하게 총소리가 나기 시작하면 경찰들이 우르르 몰려올 겁니다."

"자네 말이 맞아."

"그래서 생각을 해봤습니다. 의원님과 형제들은 큰 방에 들어가서 기다리고 계십시오. 저번에 오셨을 때 저와 얘기를 나눴던 방 말입니다. 전 그자를 집안으로 들어오게 하고 문 옆에 있는 거실로 안내하겠습니다. 그리고 서류를 가져온다는 핑계로 혼자 남겨두는 거죠. 그때 제가 형제들에게 상황을 설명하면 되겠죠. 그런 다음 그자에게 가짜 서류를 갖다주겠습니다. 그자가 가짜 서류를 읽는 동안 덤벼들어 무기를 빼앗는 겁니다. 그때 제가 부르면 거실로 뛰어나오세요. 빠를수록 좋겠죠. 그자가 저만큼 힘이 세다면 감당하기 어려울 수도 있지만 다들 나올 때까지 버티는 정도는 할 수 있을 겁니다."

"좋은 계획이군. 우리 지부는 이번 일로 자네에게 큰 신세를

졌어. 내가 지부장의 자리에서 물러나게 되면 자네를 후임으로 추천할까 하네."

맥긴티가 말했다.

"아닙니다, 의원님. 전 신출내기에 불과합니다."

맥머도는 겸손하게 말하긴 했지만 표정에서는 조직의 거물이 자신에게 내린 칭찬에 대해 어떤 생각을 하고 있는지 여실히 드러났다.

집으로 돌아온 맥머도는 저녁에 이곳에서 벌어질 일에 대한 준비를 시작했다. 제일 먼저 그는 스미스 앤드 웨슨 권총을 청소하고 기름을 칠한 뒤 장전했다. 그런 다음 덫을 놓을 방을 살폈다. 제법 넓은 방 한복판에는 기다란 전나무 탁자가 놓여 있었고 한쪽 구석에 커다란 난로가 있었다. 양방향으로 창문이 나 있었는데, 덧문은 없고 얇은 커튼만 드리워져 있었다. 맥머도는 모든 것을 주의깊게 살폈다. 비밀스러운 일을 하기에는 방이 너무 바깥쪽으로 노출되어 있었지만 집이 길에서 제법 떨어져 있으니 괜찮을 것 같았다. 마지막으로 그는 같이 사는 하숙인인 스캔런에게 그날 밤 있을 일에 대해 이야기했다. 스캔런은 스카우러스이긴 해도 체격이 작고 싸움도 즐기지 않는 남자였다. 다른 동료들의 의견에 반대를 하지 못할 만큼 마음도 여렸고 가끔씩 조직의 명령을 받아 피를 봐야 하는 임무를 맡을 때마다 내심 두려움에 떨었다. 맥머도는 스캔런에게 이 집에서 무슨 일이 일어날지를 간단하게 설명했다.

"마이크 스캔런, 내가 자네라면 다른 곳에서 하룻밤 지내다 올 거야. 밤이 되면 여기서 유혈 사태가 벌어질 테니까."

"알겠어, 맥머도. 의지는 안 그런데 담력이 따라주질 않는군. 지난번 탄광에서 현장감독이 죽는 광경을 지켜보는 것도 너무 끔찍했어. 난 자네나 맥긴티 대장과 달리 이런 일에 맞지 않는 것 같아. 지부에서 별말이 없다면 자네 말대로 하지. 오늘 저녁 일은 알아서들 하게."

형제들은 약속한 시간에 맞춰 도착했다. 말끔하게 차려입은 겉모습은 존경받을 만한 시민들 같았다. 하지만 그들의 얼굴, 특히 무자비한 눈빛과 꾹 다문 입술을 보게 된다면 오늘밤 버디 에드워즈에겐 희망이 없다는 것을 누구나 알 수 있을 것이다. 방에 모인 사람들은 모두 지금껏 손에 피를 열 번 이상 묻혀보았고 양을 도살하는 것처럼 사람을 죽이는 냉혹한 자들이었다.

그중에서 외모로 보나 이제까지 저지른 죄로 보나 가장 무시무시한 사람은 맥긴티 대장이었다. 비서 해러웨이는 마른 몸에 적의가 가득한 사람이었다. 가늘고 긴 목에 손발은 신경질적으로 발작을 일으켰다. 그는 조직의 재정에 있어서만큼은 청렴하고 결백했지만 사람을 대할 때는 정의로움이나 정직함과 같은 개념이 없었다. 회계 담당 카터는 무뚝뚝하면서도 음산한 표정에 양피지 같은 노란 피부를 가진 중년 남자였다. 그는 조직에서 벌이는 거의 모든 무법 행위들을 계획하는 뛰어난 단원이었다. 결연한 표정을 짓고 있는 윌러비 형제는 키가 크고 유연한 몸을 가진 젊은 행동대원이었다. 뚱뚱한 몸에 피부가 거무스름한 호랑이 코맥은 난폭한 성격 때문에 동료들조차 함부로 대하지 못했다. 이들이 바로 그날 밤 핑커턴 탐정을 죽이기 위해 맥머도의 집에 모인 사람들이었다.

맥머도가 탁자 위에 위스키를 내려놓자 큰일을 앞두고 있는 그들은 급하게 술을 마시기 시작했다. 볼드윈과 코맥은 벌써 반쯤 취기가 올라 난폭한 성격을 드러내기 시작했다. 코맥이 난로에 손을 한번 대보더니 바로 뗐다. 봄이긴 했지만 밤에는 여전히 추웠기 때문에 난롯불을 피우고 있었다.

"이 정도면 되겠지."

코맥이 욕설을 내뱉은 뒤 중얼거렸다.

"그럼. 그 녀석을 거기 묶으면 바로 술술 털어놓을 거야."

코맥의 말뜻을 알아차린 볼드윈이 맞장구를 쳤다.

"그자는 입을 열 거야. 걱정할 것 없어."

맥머도가 말했다. 그는 강인한 정신을 갖고 있었다. 오늘 일의 성패를 짊어지고 있으면서도 여느 때와 마찬가지로 차분한 모습을 보이고 있었다. 다른 사람들은 그런 맥머도의 모습에 감탄했다.

"그놈을 상대할 사람은 자네밖에 없네."

맥긴티가 만족스럽다는 듯 말했다.

"자네가 그자의 목에 손을 올리기 전까지는 전혀 눈치채지 못할 거야. 그런데 창문에 덧문이 없는 게 마음에 걸리는군."

맥머도는 창문마다 돌아다니며 좀더 꼼꼼하게 커튼을 쳤다.

"이러면 아무도 방안을 엿보지 못할 겁니다. 시간이 다 된 것 같군요."

"어쩌면 오지 않을지도 몰라. 위험하다는 낌새를 맡았을지도 모르지."

비서가 말했다.

"올 겁니다. 걱정하지 마세요. 우리가 기다리는 것 이상으로 그자도 여기 오고 싶어 할 테니까 말입니다. 잠깐만!"

맥머도가 말했다.

모두 밀랍 인형처럼 그 자리에서 꼼짝도 하지 않았다. 술잔을 입에 가져가다 멈춰버린 사람도 있었다. 문을 두드리는 소리가 세 번 울렸다.

"쉿!"

맥머도가 손을 들어올려 주의를 주었다. 모두들 기쁜 듯한 시선을 주고받은 뒤 각자 무기를 집어 들었다.

"소리 내지 마십시오!"

맥머도는 속삭이듯 말한 뒤 방에서 나가면서 조심스럽게 문을 닫았다.

살인자들은 바깥 상황에 귀를 기울인 채 순서가 돌아오기를 기다렸다. 그들은 맥머도가 복도를 걸어가는 발걸음 소리를 속으로 세고 있었다. 바깥문이 열리는 소리가 들렸다. 인사말을 주고받는 소리가 들리더니 낯선 이의 발걸음 소리와 말소리가 들리기 시작했다. 잇달아 바깥문을 닫는 소리와 함께 자물쇠를 잠그는 소리가 들렸다. 먹잇감이 제대로 덫에 걸려든 것이다. 호랑이 코맥이 무시무시한 소리로 웃기 시작했다. 맥긴티가 커다란 손으로 코맥의 입을 틀어막았다.

"조용히 해, 바보 같은 녀석! 일을 망칠 작정이냐?"

맥긴티가 속삭였다.

옆방에서 대화를 하는 소리가 들렸다. 이야기 소리는 영원히 끝나지 않을 것처럼 이어졌다. 이윽고 문이 열리는 소리가 나더니 맥머도가 나타나 입술에 손가락을 올렸다.

맥머도는 탁자 끝에 서서 그들을 둘러보았다. 분위기가 미묘하게 변해 있었다. 뭔가 큰일을 하려는 사람의 태도 같았다. 표정은 돌처럼 굳어 있었지만 안경 뒤로 보이는 눈은 흥분한 듯 강렬하게 빛나고 있었다. 맥머도는 그 자리에 있는 사람들의 우두머리처럼 보였다. 그들은 열띤 눈으로 맥머도를 지켜보았다. 하지만 맥머도는 아무 말도 하지 않았다. 계속해서 기묘한 눈빛으로 그들을 쳐다보고만 있었다.

"그자가 왔나? 버디 에드워즈가 온 거야?"

마침내 맥긴티가 말을 토해냈다.

"네, 버디 에드워즈가 왔지요."

맥머도가 천천히 말을 이었다.

"내가 바로 버디 에드워즈다!"

맥머도의 말이 끝난 순간 방안에는 아무도 없는 것 같은 적막이 흘렀다. 난로 위의 주전자에서 물이 끓는 소리가 날카롭고 기분 나쁘게 울렸다. 맥긴티를 포함한 일곱 명은 얼굴이 하얗게 질려 그 자리를 압도하고 있는 남자의 얼굴만 멍하니 쳐다보고 있었다. 너무나도 큰 충격에 모두들 자리에서 꼼짝도 하지 못했다. 순간 갑자기 유리창이 깨지는 소리가 나더니 커튼이 바닥에 떨어졌다. 창문이 깨진 틈새마다 라이플의 번들거리는 총구가 나타났다.

맥긴티 지부장은 그 모습을 보자 상처 입은 곰처럼 포효하며 반쯤 열린 문으로 달려갔다. 그곳에는 광산 경찰대의 마빈 대장이 푸른 눈을 싸늘하게 빛내며 총을 겨누고 서 있었다. 맥긴티는 뒷걸음질치다가 다시 의자에 털썩 주저앉았다.

"거기 앉아 있는 편이 안전할 거요, 의원님."

그들이 맥머도라고 알고 있던 남자가 말했다.

"그리고 너, 볼드윈. 죽고 싶지 않으면 총에서 손을 떼는 게 좋을 거야. 총은 이리 내. 그렇지 않으면 어떻게 될지……. 그래, 그렇게 해야지. 지금 이 집은 사십 명의 무장 경관들이 포위하고 있다. 도망갈 길 같은 건 없어. 마빈 대장, 저자들의 총을 압수하십시오!"

사방에서 라이플이 겨누고 있는 상황이라 아무도 저항할 수 없었다. 맥긴티를 포함해 모두 무기를 빼앗겼다. 그들은 아직까지도 놀란 마음을 진정시키지 못한 채, 음침한 얼굴로 고분고분 탁자 앞에 앉아 있었다.

그들을 함정에 빠뜨린 남자가 말했다.

"헤어지기 전에 한마디하지. 법원 증언대에 서기 전까지는 다시 만날 일이 없을 것 같아서 말이야. 그때까지 너희에게 생각할 거리를 줄까 하는데. 이제는 내가 누군지 알았을 거다. 이제야 정체를 밝힐 수 있게 됐군. 난 핑커턴 탐정 사무소의 버디 에드워즈다. 네놈들 조직을 끝장내달라는 의뢰를 받았지. 아주 힘들고 위험한 게임이었어. 아무도, 단 한 사람도, 주변 사람들조차 내가 이 일을 맡은 것을 알지 못했지. 여기 있는 마빈 대장과 의뢰인들을 제외하면 말이야. 하지만 오늘밤으로 전부 끝났다. 천만다행으로 내가 이긴 거야!"

일곱 명의 살인마는 창백하고 딱딱하게 굳은 표정으로 그를 쳐다보았다. 눈에는 억누를 수 없는 증오가 가득 담겨 있었다. 그는 그들의 눈에서 무자비한 위협을 느꼈다.

"어쩌면 네놈들은 이 게임이 아직 끝난 건 아니라고 생각할지도 모르겠군. 글쎄, 정말 그럴지 하늘에 맡겨야지. 어쨌든 네놈들은 더이상 아무 짓도 하지 못할 거야. 오늘밤엔 너희 말고도 육십 명 이상이 감옥에 들어갈 테니까. 사실 난 처음 이 일을 맡았을 때 네놈들 같은 조직이 있다는 걸 믿지 않았다. 그저 신문에서 떠드는 헛소문일 거라고만 여기고 직접 사실을 입증해야겠다고 생각했지. 사람들 말로는 네놈들 조직이 자유 시민단과 관계가 있다고 하기에 난 먼저 시카고로 가서 자유 시민단에 가입했다. 거기서 그 이야기는 정말 헛소문일 거라고 확신했어. 왜냐하면 시카고 지부는 사회에 해를 끼치기는커녕 좋은 일만 하는 단체였으니까.

어쨌든 의뢰받은 일이기 때문에 이 계곡으로 들어왔는데 도착한 순간 내 생각이 틀렸다는 것을 알게 되었다. 모든 게 삼류소설에 나오는 이야기가 아니었던 거야. 그래서 이곳에 머무르며 조사를 시작했지. 난 시카고에서 사람을 죽인 적이 없어. 평생 위조화폐 같은 건 만든 적도 없고. 내가 네놈들에게 준 돈은 진짜 화폐였어. 내 평생 돈을 그렇게 많이 쓴 건 이번이 처음이었지. 하지만 네놈들의 환심을 사려면 이 방법뿐이었다. 그래서 경찰에 쫓기는 척도 한 거라고. 모든 일들이 내 생각대로 돌아가기 시작하더군.

그렇게 해서 난 지옥 같은 조직에 가입해 네놈들 회의에도 참석하게 된 거다. 다른 사람들이 보기엔 나도 네놈들만큼 나쁘다고 할 수도 있겠지. 하지만 네놈들만 잡을 수 있다면 남들이 뭐라고 해도 상관없어. 그런데 사실은 어떨까? 내가 가입했던 날 밤, 네놈들은 스탱어 편집장을 두들겨 팼어. 시간이 없어서 그 분껜 미리 경고하지 못했지만 볼드윈이 그분을 죽이려고 하는 걸 막을 순 있었지. 내가 조직 내에서 자리잡기 위해 했던 이런 저런 제안들은 모두 사전에 막을 수 있는 일들이었어. 정보가 부족했던 탓에 던과 멘지스는 구하지 못했지만 그 일을 저지른 살인마들은 교수대에 서게 될 거야. 체스터 윌콕스에게는 미리 경고할 수 있었고 덕분에 집이 폭파되었을 때 가족과 함께 이미 몸을 피한 뒤였어. 막지 못한 범죄들도 많이 있었지만 네놈들도 가만히 생각해보면 알 수 있을 거다. 목표물이 집에 갈 때 평소와 다른 길로 돌아가거나 집에 찾아가보면 마을에 가 있거나 밖에서 기다리고 있으면 집밖으로 나오지 않는 경우들이 많았다는 것을 말이지. 전부 내가 한 일이야."

"이 빌어먹을 배신자!"

맥긴티가 이를 악문 채 씩씩거렸다.

"아, 존 맥긴티. 그렇게 해서 화가 풀린다면 날 욕해도 좋아. 네놈과 일당들은 하나님의 죄인이자 계곡 사람들의 적이다. 네놈들의 손아귀에 붙잡혀 있던 불쌍한 사람들을 구하기 위해서는 누군가 나서야만 했어. 방법은 한 가지밖에 없었고 내가 그 일을 한 거다. 네놈은 날 배신자라고 부르지만 수천 명의 사람들이 자신들을 구하기 위해 지옥까지 갔다 온 나를 구세주라고 부르겠지. 난 지난 삼 개월 동안 지옥에서 살았어. 워싱턴에 있는 재무부의 돈을 다 준다고 해도 다시는 이런 일은 하지 않을 거야. 모든 범죄자들에 대해 알아내고 모든 비밀을 수중에 넣을 때까지 난 이곳에서 지내야만 했어. 일을 완전히 마무리할 때까지 말이야. 내가 이곳에 잠입했다는 기밀이 드러나지 않았더라면 좀더 이 상태로 지냈겠지만 네놈들이 상황을 눈치챌 만한 내용의 편지가 온 거야. 그래서 곧장 행동에 들어갈 수 밖에 없었지. 그것도 신속하게 말이야.

이제 더이상 네놈들에게 할말은 없다. 다만 내가 죽을 때 이 계곡에서 했던 일을 떠올리면 마음 편하게 눈을 감을 수 있겠다는 말은 하고 싶군. 마빈 대장, 더이상 시간 끌지 않겠습니다.

어서 이자들을 데리고 가십시오."

이제 이 이야기는 거의 끝나간다. 스캔런은 밀봉한 편지를 에티 섀프터에게 전해주었다. 맥머도가 그 일을 부탁했을 때 스캔런은 다 안다는 것처럼 눈을 찡긋하더니 미소를 지으며 받아들였다. 다음날 아침 일찍, 아름다운 여인과 얼굴을 가린 남자는 철도 회사에서 보내준 특별열차에 올랐다. 열차는 멈추지 않고 위험한 곳을 빠르게 벗어났다. 그 뒤로 에티와 그녀의 연인은 공포의 계곡에 두 번 다시 발을 들여놓지 않았다. 열흘 뒤, 두 사람은 시카고에서 결혼했고 제이컵 섀프터 노인은 결혼식의 증인을 섰다.

스카우러스에 대한 재판은 법의 수호자들을 위협할 수 없도록 멀리 떨어진 지역에서 열렸다. 이들은 끝까지 헛된 저항을 했다. 그동안 지역 전체에서 갈취했던 지부의 자금을 쏟아부으며 빠져나오려고 했지만 아무 소용이 없었다. 법정에서 스카우러스 조직과 그들이 저지른 범죄에 대해 속속들이 알고 있는 한 남자의 냉정하고 정확한 증언 앞에 이들을 옹호하는 자들의 계략은 전부 무너졌다. 몇 년이 지나자 조직은 와해되고 남은 이들은 뿔뿔이 흩어졌다. 계곡을 뒤덮고 있던 구름이 걷혔다.

맥긴티는 교수대에서 최후를 맞이했다. 마지막 순간이 다가오자 그는 비굴하게 우는 소리를 하며 살려달라고 매달렸다. 그를 추종하던 핵심 단원 여덟 명도 같은 운명을 맞이했다. 나머지 오십여 명의 단원들은 자신들이 저지른 죄의 정도에 따라 죗값을 치렀다. 이렇게 버디 에드워즈의 임무는 끝났다.

그러나 에드워즈가 예감했듯 게임은 끝나지 않았다. 복수의 칼을 휘두르는 자들이 계속해서 그를 찾아왔다. 그중 한 명이 테드 볼드윈이었다. 그는 교수형을 면했다. 윌러비 형제와 포악한 몇몇 단원들 역시 교수형을 면했다. 그들은 감옥에서 십 년을 보낸 뒤 세상 밖으로 나왔다. 동시에 그들을 너무나도 잘 알고 있는 에드워즈는 자신의 평온한 생활도 끝났다는 것을 알아차렸다. 그들은 동료의 복수를 위해 에드워즈를 죽이겠다고 맹세했고 맹세를 지키기 위해 혈안이 되었다.

놈들의 추격은 시카고에서부터 시작되었다. 두 번이나 죽을 뻔한 위기를 넘기고 나자 에드워즈는 다음번에는 무사하지 못할 수도 있다는 생각이 들었다. 그래서 이름을 바꾼 뒤 캘리포니아로 향했다. 그리고 인생의 빛이었던 에티가 죽었다. 캘리포니아에서 또다시 죽음의 위기를 넘긴 에드워즈는 더글러스라고 이름을 바꾼 뒤 외딴 광산에서 일을 시작했다. 그곳에서 바커라는 영국인 동업자를 만나 큰 재산을 모았다. 그곳까지 사냥개들이 쫓아왔지만 아슬아슬하게 영국으로 몸을 피할 수 있었다. 그리고 좋은 여자를 만나 재혼을 한 뒤, 서식스로 내려와 존 더글러스라는 이름으로 오 년을 살았다. 그리고 그 생활은 우리가 알고 있는 기이한 사건으로 끝을 맺은 것이다.

에필로그

존 더글러스 사건은 즉결심판소를 지나 고등법원으로 회부되었다. 순회심판에서 더글러스는 정당방위로 무죄를 선고받았다.

홈스는 더글러스 부인에게 편지를 썼다.

무슨 일이 있어도 남편분과 함께 영국을 떠나야 합니다. 이곳에는 지금껏 남편분을 쫓아다녔던 일당보다 훨씬 위험한 세력이 있습니다. 영국에 있는 한 남편분의 안전을 보장할 수가 없습니다.

그리고 두 달이 지났다. 사건에 대한 기억이 서서히 잊히던 어느 날 아침, 우편함에 수수께끼 같은 편지가 한 통 꽂혀 있었다.

홈스 씨! 어쩌나, 이를 어쩌나!

편지에는 이 한 줄만 적혀 있었다. 받는 사람의 이름도, 보내는 사람의 이름도 없었다. 나는 괴상한 내용을 보고 웃음을 터뜨렸지만 홈스는 뜻밖에도 심각해 보였다.

"왓슨, 아무래도 심상치 않은 일이 벌어진 것 같아!"

그는 얼굴을 잔뜩 찌푸린 채 한참 동안 앉아 있었다.

그날 밤 늦게 하숙집 주인인 허드슨 부인이 어떤 신사가 아주 중요한 일로 홈스를 만나고 싶어 한다고 전했다. 부인 뒤를 바짝 쫓아 들어온 사람은 세실 바커였다. 해자로 둘러싸인 대저택에서 만났던 그 사람이었다. 얼굴이 초췌하고 안색도 어두웠다.

"나쁜 소식을 가지고 왔습니다, 홈스 씨. 끔찍한 소식입니다."

"안 그래도 걱정하고 있었습니다."

홈스가 말했다.

"홈스 씨도 전보를 받으셨습니까?"

"전보를 받은 사람이 보낸 편지를 받았습니다."

"불쌍한 더글러스. 다른 사람들이 그를 에드워즈라고 부른다 해도 나한테는 언제까지나 베니토캐니언에서 만난 잭 더글러스입니다. 전에 말씀드렸다시피 더글러스 부부는 삼 주 전에 팔미라호를 타고 남아프리카로 떠났습니다."

"그랬지요."

"어젯밤 배는 케이프타운에 도착했어요. 그런데 오늘 아침에 더글러스 부인으로부터 이런 전보를 받았습니다."

세인트헬레나에서 돌풍 때문에 잭이 배에서 떨어져 실종됐어요. 어떻게 그런 사건이 일어났는지 아는 사람이 아무도 없답니다.

아이비 더글러스

"결국 그렇게 되고 말았군. 확실히 이번 사건은 아주 그럴듯하게 연출했군요."

홈스가 신중하게 말했다.

"사고가 아니라는 말입니까?"

"아닙니다."

"그럼 살해당했다는 건가요?"

"물론입니다!"

"나도 그렇게 생각합니다. 악마 같은 스카우러스 놈들. 그 복수심에 눈먼 저주받을 범죄 소굴이……."

"아니요, 그건 아닙니다. 이번 일은 거장이 직접 손을 댔습니다. 총신을 자른 산탄총이나 다루기 힘든 6연발 총 정도로 상대할 수 있는 일이 아니에요. 붓질만 봐도 거장의 솜씨를 알 수 있듯이 이번 일은 모리아티의 작품이라는 걸 알 수 있습니다. 미국이 아닌 런던에서 주도한 사건입니다."

"동기가 뭡니까?"

"이건 결코 실패를 받아들일 수 없는 사람이 저지른 일입니다. 어떤 일이든 반드시 성공하기 때문에 독보적인 자리를 차지하고 있는 자죠. 뛰어난 두뇌와 거대한 조직이 한 사람의 목숨을 빼앗는 일에 집중한 겁니다. 해머로 호두를 깨는 것과 같습니다. 힘을 많이 낭비하긴 해도 호두는 확실히 깨지니까요."

"그자가 더글러스와 무슨 관계가 있습니까?"

"그의 부하들 중 한 명이 내게 보낸 편지를 보고 이 사건을 알게 됐습니다. 스카우러스가 모리아티에게 자문을 받았던 거죠. 영국에서 할 일이기 때문에 영국 범죄계의 거물인 모리아티의 힘을 빌리기로 한 겁니다. 다른 외국인 범죄자들도 그렇게 하고 있죠. 바로 그 순간 그들이 노리는 목표의 운명이 결정됩니다. 모리아티도 처음에는 조직력을 이용해 희생자의 위치를 알아낸 다음 스카우러스에게 처리 방식만 지시했을 겁니다. 하지만 신문을 통해 일이 실패했다는 것을 알고 직접 나섰습니다. 바커 씨도 벌스턴 대저택에서 내가 더글러스 씨에게 앞으로 더 큰 위험이 닥칠지도 모른다고 경고하는 걸 들었겠죠. 결국 내 말대로 되지 않았습니까?"

바커는 자신의 무력함에 분노하며 주먹으로 자기 머리를 쿵쿵 때렸다.

"그렇다면 이렇게 앉아서 당하고만 있어야 한단 말입니까? 이 거대한 악마와 맞설 수 있는 사람이 아무도 없습니까?"

"아니, 그런 건 아닙니다."

홈스의 눈은 미래를 내다보고 있는 듯했다.

"그를 쓰러뜨릴 수 없다는 말이 아닙니다. 하지만 시간이 필요해요. 시간이 필요하단 말입니다!"

우리는 아무 말 없이 앉아 있었다. 그동안에도 홈스의 두 눈은 어떤 운명을 예감한 듯 장막을 꿰뚫어 보기 위해 애쓰고 있었다.

*

트리비아

TRIVIA

20쪽 | 휘터커 연감

1868년 12월부터 영국에서 발행되고 있는 연감. 매년 한 권 발행되며 그 해에 교육, 정치, 건강, 사회, 환경 등 각 분야에서 나왔던 기사를 싣는다. 조지프 휘터커와 그 아들이 1868년 12월 23일에 370쪽짜리 첫 연감을 1실링에 판매했다. 현재는 블룸즈버리 퍼블리싱에서 발간하고 있다.

폴록의 암호문과 관련된 내용을 살펴보자. 코넌 도일이 『공포의 계곡』 연재를 시작했던 1914년 전에 나온 연감 중에서 1909년, 1910년, 1911년 연감의 534쪽에 인도에 관한 기사가 실려 있다. 1909년 연감 534쪽 2단의 4번째 단어가 '마라타'이다(숫자까지 포함하면 5번째). 1910년과 1911년 연감의 9번째 단어가 '정부'인데 127번째가 아님을 감안하더라도 너무 적은 숫자임은 분명하다. '돼지 털'이란 단어는 등장하지도 않는다.

30쪽 | 어린 양과 함께 있는 아가씨

1914년 9월 자 《스트랜드 매거진The Strand Magazine》에 『공포의 계곡』이 연재되었을 때는 이 그림의 가격이 '백이십만 프랑, 즉 사만 파운드 이상'이라고 씌어 있었다. 《예술의 세계The World of Art》의 편집자가 이를 보고 아서 코넌 도일에게 지금까지 그 정도 금액으로 낙찰된 작품이 없다는 것을 알렸다. 도일은 『브리태니커 백과사전』에서 〈어린 양과 함께 있는 아가씨〉의 낙찰 금액을 확인하고 오류를 인정했다. 미국과 영국에서 출간된 단행본에서는 '사천 파운드'로 수정되었다.

44쪽 | 흡연이 가능한 음악회

빅토리아 시대에 유행한 음악 연주회이다. 남성만 입장할 수 있는 이 연주회에서는 음악을 들으며 담배를 피우는 것이 가능했으며 정치 관련 대화도 종종 이루어졌다. 일종의 남성 중심 사교 모임이라 할 수 있다. 외에도 '셜록 홈스' 시리즈에 등장하는 남성 중심의 사교 모임으로는 마이크로프트 홈스가 애용했던 '디오게네스 클럽'이 있다. 「그리스어 통역사」(『셜록 홈스의 회상록』에 수록)에서 언급되는 이 클럽은, 비사교적인 남성들로 구성되어 다른 회원에게 관심을 보이거나 클럽 내에서 말을 하면 안 된다는 특별한 규칙이 있다.

159쪽 | 고대 자유 시민단

『공포의 계곡』에 등장하는 가상의 조직 '고대 자유 시민단'은 프리메이슨과 고대 히베르니안단Ancient Order of Hibernians의 특징을 고루 차용한 것으로 보인다. 대표적인 비밀 단체인 프리메이슨은 조직원끼리만 아는 암호와 비밀 신호로 서로를 확인했으며, 이것을 외부에 함부로 유출하면 안 된다는 규칙이 있다. 더글러스의 팔에 찍힌 표식(원 안에 삼각형)은 자와 컴퍼스를 표현한 프리메이슨의 심볼과 형태가 유사하다.

고대 히베르니안단은 미국으로 이주한 아일랜드인들이 만든 단체이다. 처음 그들은 반反가톨릭 세력에 대항해 가톨릭교회를 지키고 아일랜드인 신자의 생활을 원조하기 위해 단체를 설립했다. 특히 작업 환경이 좋지 않으며 차별을 받는 광산 노동자를 지원했다. 그러나 광산 소유주와의 갈등이 심화되면서 히베르니안단의 활동은 점점 격렬해졌고 급기야는 유혈 사태까지 벌어졌다. 펜실베이니아에서 일어난 몰리 매과이어스 사건이 유명하다.

몰리 매과이어스는 펜실베이니아뿐만 아니라 미국 동부에서 두루 활동하고 아일랜드 본토와 영국 리버풀에도 세력이 있었던 비밀결사 단체였다. 탄광 노동자의 편에서 소유주를 상대로 폭력적인 분규를 주도했고 살인과 폭행까지 저질렀다. 코넌 도일은 펜실베이니아의 몰리 매과이어스 사건에서 『공포의 계곡』 아이디어를 얻었다고 1929년 머리 출판사에서 낸 판본의 서문에서 밝혔다.

> 마지막 장편소설은 『공포의 계곡』이다. 이 작품은 펜실베이니아의 탄전에서 일어난 몰리 매과이어스 사태에 대한 생생한 기사를 읽던 중에 발상이 떠올랐다. 이 작품에서는 핑커턴 탐정 사무소 소속의 젊은 탐정이 영웅처럼 활약한다. 홈스는 부수적인 역할을 수행할 뿐이다.

또한 도일은 악당들의 소굴인 스카우러스를 종교와 거리가 먼 집단으로 그리고 있다. 심지어 억지로 스카우러스가 된 모리스마저 가톨릭에서 파문당하는 혹독한 벌을 받았다. 국민 대부분이 종교를 가진 나라에서 신부나 목사에게 믿음을 잃고 파문당하는 것은 끔찍하고 무서운 일이었다. 게다가 모리스를 제외하면 모두 살인과 폭행에 즐거움을 느끼는 잔학한 무리였다. 고대 자유 시민단은 신에게도 버림받고 용서의 여지가 없는 완전한 악으로 설정되어 작품 말미에는 완전히 몰락하는 모습으로 권선징악이라는 고전의 가치를 그대로 보여주고 있다.

168쪽 | 독일계 아가씨

『공포의 계곡』이 연재를 시작한 1914년은 1차세계대전이 발발한 때이다. 주요 참전 국가 중 하나였던 영국에서는 전시 검열이 이루어져 적대국인 독일의 사람을 친근하게 묘사할 수 없었다. 그런 이유로 《스트랜드 매거진》과 영국판 단행본에서 에티는 스웨덴계 아가씨로 등장하게 되었다. 하지만 1915년에 출간된 미국판에서 에티는 원래 설정 그대로 독일인으로 등장했다.

1차세계대전이 한창일 때 도일은 《스트랜드 매거진》에 국민의 사기를 고취시킬 만한 칼럼들을 연재했다. 1899년 보어전쟁에 참전하기도 했고 역사소설을 쓰고자 하는 열망을 평생 품었을 정도니 역사의 큰 전환점인 세계대전을 일으킨 독일에 대해 분명한 입장을 취했을 것이다. 그런 도일이 왜 에티를 '선량한 독일인'으로 묘사했을까? 그것은 『공포의 계곡』이 펜실베이니아에서 일어난 탄광 사건을 소재로 씌었기 때문이다. 당시 펜실베이니아에는 실제로 독일계 사람들이 많이 살았던 터라 에티가 독일계라는 설정이 사실적이다.

221쪽 | 〈메리, 나는 계단 위에 앉아 있다오〉, 〈앨런 강둑 위에서〉

〈메리, 나는 계단 위에 앉아 있다오〉는 연인을 잃은 가난한 남자가 타지에서 부르는 구슬픈 노래다. 가사는 오월 아침의 찬란한 풍경과 사랑하는 이의 아름다움을 찬미하며 시작되지만 연인의 죽음, 가난의 괴로움, 타향살이의 외로움을 노래하며 끝난다.

> 난 지금 몹시 외롭다오, 메리. 가난하면 친구를 만들 수도 없지.
> 오, 저들은 얼마나 정다운가. 하늘에게 선택받은 저들끼리만.
> 그대만이 내가 가진 전부였지, 메리. 내 축복, 내 영광.
> 이제는 돌아볼 것 아무것도 없네. 내 가여운 메리가 죽은 후로는.

아일랜드 이민자들의 애가인 이 노래에는 헬렌 셀리나 셰리든이 가사를 썼다. 노래가 구전되며 가사가 변형되기도 했다.

〈앨런 강둑 위에서〉는 아름다운 아가씨가 사랑에 빠지고, 배신당하고, 죽음에 이르는 내용을 계절의 변화에 맞추어 노래하고 있다. 각 절의 시작과 끝에서 '앨런 강둑 위에서'라는 구절이 반복되고 '누구도 그녀만큼 아름답지 않았지', '누구도 그녀만큼 서글프지 않았지'라는 가사에 이어 '그녀는 싸늘한 시체로 누워 있다네' 하고 비극적으로 끝이 난다.

263쪽 | 추가된 장면

미국판에는 축하 연회에서 범죄 현장을 재현하며 즐거워하는 단원들의 모습이 추가되어 있다. 자극적인 장면을 좋아하는 미국 편집자가 삽입했다.

헤일스는 필사적으로 자비를 빌었지만 볼드윈 일당은 재미삼아 그 절규를 따라했다.

"저자가 어떻게 꽥꽥거리는지 다시 들어볼까!"

그들이 외쳤다.

309쪽 | 순회심판

치안판사만 자리하는 즉결심판소에서 판결할 수 없으며 기소가 필요하다고 판단된 사건의 경우, 배심원까지 갖춘 순회심판으로 송치되었다. 순회심판에는 두 종류가 있는데, 하나는 정기 순회심판Quarter Sessions이고, 다른 하나는 비정기 순회심판Assizes이다. 정기 순회심판은 일 년에 네 번(1월, 4월, 6월, 9월) 열렸다. 주의 치안판사가 주관하며 사건의 수에 따라 며칠씩 이어지기도 했다. 정기 순회심판에서는 사형이나 무기징역형까지는 내리지 않았는데, 이런 처결이 필요한 흉악 범죄는 비정기 순회심판으로 넘어갔다. 비정기 순회심판을 주관하는 판사는 여러 주를 돌아다니기 때문에 '순회판사'라 불리기도 했다. 일 년에 두 번 열리는 비정기 순회심판은 해당 지역에 순회판사가 도착하면 개정한다. 순회심판 제도는 '1971년 법원법Courts Act 1971'으로 폐지되거나 형사법원Crown Court 등으로 대체되었다.

셜록 홈스는 대체로 경찰을 그리 높게 평가하지 않고 경찰과 치안판사의 주관으로 이루어지는 즉결심판에 대해서도 냉소적인 입장을 취하고 있다. 그러나 순회심판에 대해서는 별다른 발언을 하지 않으며 배심원을 의식한 행동을 보여주기도 한다. 고등법원의 권위를 존중하는 도일의 자세가 반영된 것은 아닐까 싶다.

트리비아 참고 문헌

Arthur Conan Doyle, 『The Valley of Fear』, Oxford University Press, 1993
Jack Tracy, 『The Ultimate Sherlock Holmes Encyclopedia』, Doubleday & co., 1977
Nick Utechin, 『Amazing & Extraordinary facts – Sherlock Holmes』, David & Charles, 2012
데이비드 스튜어트 데이비스 외, 이시은 · 최윤희 옮김, 『셜록 홈즈의 책』, 지식갤러리, 2015
아서 코넌 도일, 레슬리 S. 클링거, 승영조 외 옮김, '주석 달린 셜록 홈즈' 시리즈, 현대문학, 2013

*

해설

홈스와 모리아티 — "악당이 영웅을 완성하다"

『공포의 계곡』은 아서 코넌 도일이 쓴, 셜록 홈스가 등장하는 장편소설 네 권 가운데 가장 마지막 작품이다. 『주홍색 연구』나 『바스커빌 가문의 사냥개』만큼 자주 언급되며 인기를 누리는 건 아닌 듯하지만, 완성도로 보나 재미로 보나 『바스커빌 가문의 사냥개』와 어깨를 견줄 만한 걸작이다. 암호 해독으로 시작하는 이 작품은 해자와 도개교까지 갖춘 중세 저택을 배경으로 한 밀실 살인 퍼즐까지 제시한다. 험악한 하드보일드풍의 모험이 이어지는데다 화룡점정으로 모리아티 한 줌까지 더했으니 어느 팬의 입맛에도 모자라지 않을 종합 선물 세트다.

뿐만 아니라 『공포의 계곡』은 여러모로 오늘날 우리가 아는 '셜로키아나(셜록 홈스의 세계)'를 완성하는 데 중요한 역할을 했다. 1887년 『주홍색 연구』로 등장한 셜록 홈스가 엄청난 인기를 누리며 하나의 현상이 되자, 코넌 도일은 홈스의 존재가 자신의 작품 세계 확장에 방해된다고 생각했다. 결국 도일이 1893년 스위스 라이헨바흐 폭포에서 홈스를 떨어뜨려 죽인 이야기는 유명하다. 그런데 셜록 홈스는 그렇게 쉽게 죽일 수 있는 인물이 아니었다. 셜록 홈스의 수명은 코넌 도일이 감히 상상할 수 있는 것보다 훨씬, 훨씬 길었다. 홈스를 살려내라는 사람들의 성화는 가라앉지 않았다. 결국 셜록 홈스는 공식적으로 사망한 지 팔 년 만인 1902년에 『바스커빌 가문의 사냥개』로 화려하게 귀환했다. 죽었다 살아난 홈스는 영원불멸의 존재가 되었다. 몸값이 천정부지로 뛴 것은 말할 것도 없다. 1903년 미국 잡지 《콜리어스 위클리Collier's Weekly》는 새로운 셜록 홈스 단편을 쓰는 대가로 코넌 도일에게 사만 오천 달러라는 천문학적인 금액을 제시했다.

홈스의 거울상, 모리아티

천하의 홈스가 잡범과 싸우다 죽었다고 할 수는 없으니, 코넌 도일이 「마지막 문제」(『셜록 홈스의 회상록』에 수록)에서 홈스를 없애기 위해 등장시킨 인물이 바로 '범죄계의 나폴레옹' 모리아티 교수다. 이때만 해도 왓슨이 모리아티 교수의 이름을 처음 들어본다는 등 급조된 캐릭터의 분위기가 물씬했으나 오늘날에는 모리아티가 없는 셜록 홈스의 세계를 상상하기는 힘들 정도로 인상적인 캐릭터다. 모리아티가 없었더라도 탐정소설이라는 장르를 완성한 아서 코넌 도일의 업적이 바래지는 않겠지만 이후에 무수한 스핀오프 작품(소설, 연극, 영화, 드라마, 만화, 뮤지컬, 발레 등)이 나오며 셜록 홈스를 오늘날에도 꾸준히 살아 있게 하지는 못했을 것이다. 예를 들자면 BBC 드라마 〈셜록〉에서는 1화에서부터 모리아티의 이름이 언급되며, 실제로 등장하건 아니건 사악한 기운을 그림자처럼 드리우며 공포와 긴장감을 조성한다. 모리아티는 단연코 탐정소설 최고의 악당으로, 이후 숱한 악당의 원형이 된다.

셜록 홈스도 오늘날 파생 상품의 세계가 정전을 집어삼킬 지경으로 커졌지만, 모리아티라는 캐릭터의 성장은 이에 못지않게 놀랍다. 모리아티에 대해 우리가 알고 있는 사실은 한 줌 정도밖에 되지 않는다. 실제로 셜록 홈스 정전 가운데 모리아티가 등장해 동인으로 작용하는 작품은 단 두 편, 모리아티가 홈스와 함께 죽는 「마지막 문제」와 장편 『공포의 계곡』뿐이다(「빈집의 모험」을 비롯한 다섯 편의 단편에서는 등장하지 않고 이름만 언급된다). 두 작품에서도 주로 등장인물의 말로 간접적으로 묘사될 뿐 모습을 드러내지는 않는다. 모리아티의 실제 모습이 목격된 것은

「마지막 문제」에서 왓슨이 빅토리아 역에서 기차가 출발하려는 순간 차창 밖으로 흘깃 본 순간이 유일하다.

도대체 모리아티 교수라는 캐릭터가 누구이고 어떤 사람이기에 단 두 작품에 스치듯 잠깐 등장한 것만으로 이렇듯 강렬한 존재감을 갖게 되었을까?

홈스가 목숨을 잃는 한이 있더라도 제거해야 한다고 생각했던 이 막강한 상대는 마치 홈스의 도플갱어처럼 묘사된다. 홈스 시리즈의 대표적인 삽화가인 시드니 패짓의 삽화에서도 그렇듯 큰 키, 마른 몸, 매부리코, M 자형 탈모까지 홈스와 모리아티가 외모로는 구분이 안 될 지경이다. (홈스는 「마지막 문제」에서 모리아티를 처음 만난 순간의 인상을 이렇게 전한다. "그의 외모는 어쩐지 낯설지 않더군.") 홈스가 자기와 "지적 능력이 동등한 적수"라고 인정할 정도로 탁월한 두뇌의 소유자인 모리아티는 홈스가 '자문 탐정'인 것처럼 '자문 범죄자'다. "훔쳐야 할 서류, 털어야 할 집, 제거해야 할 사람"이 있을 때 찾아갈 수 있는 사람이다. 셜록 홈스가 화학 분야에 독보적인 지식을 갖고 있듯 모리아티 교수는 수학의 천재다. 빅토리아시대 사람들이 셜록 홈스에게 그토록 열광한 이유는 셜록 홈스가 당대 과학에 대한 믿음의 결정체 같은 존재였기 때문이다. 홈스는 이성의 힘이 광기를 정복할 수 있다는 증거였다. 그런데 그 탁월한 두뇌, 감정이 없는 계산 기계가 범죄와 결합한다면 어떻게 될까? 코넌 도일은 셜록 홈스를 제거하기 위해, 간단하게 셜록 홈스의 거울상을 이용해 숙적을 만들었다.

세계 최고 탐정의 죽음을 정당화할 수 있을 정도의 악당을 만들어놓았으니, 폭포에서 떨어졌다고 해서 그 존재를 쉽게 떨칠 수는 없다. 모리아티가 공식적으로 죽은 상태여도 마찬가지다. 「노우드의 건축업자」(『셜록 홈스의 귀환』에 수록)에서 셜록 홈스는 "모리아티 교수가 애석하게 세상을 떠난 후 런던은 놀라울 정도로 무미건조한 도시가 되고 말았"다고 아쉬운 듯이 말한다. 모리아티 없이는 셜록 홈스의 세계는 완전하지 않다.

모리아티가 폭포에서 떨어진 뒤에 다시 살아 돌아왔다는 말은 없다. (모리아티의 시신이 발견된 것도 아니다.) 그런데 코넌 도일은 「마지막 문제」 이후에 쓴 『공포의 계곡』에 모리아티를 다시 등장시켰다. (물론 작품의 배경은 1880년대로 「마지막 문제」보다 앞서 있다.) 셜록 홈스를 죽이기 위해 서사적 장치로 도입한 인물인 모리아티가 『공포의 계곡』을 통해 진정 무시무시한 존재로 부활한다. 이 작품에서는 모리아티의 개입으로 홈스가 의뢰인의 생명을 지키지 못하고 결과적으로 실패하고 만다. '셜록 홈스' 시리즈 육십 편을 통틀어 홈스가 실패하는 경우는 두어 편밖에 되지 않는다.

모리아티가 다른 범죄자들과 차원이 다른 까닭은, 개인이 아니라 규모를 파악하기는커녕 가늠할 수도 없는 조직 그 자체이기 때문이다. 홈스는 "이 거대한 도시에서 벌어지는 사악한 사건들의 반과 발각되지 않은 사건들 대부분은 그의 작품"(「마지막 인사」)이라고 하지만 모리아티는 직접 행동에 나서지 않고 뛰어난 두뇌로 계획만 세울 뿐이다. 직접 손에 피를 묻히는 일이 없으니 법정에 세워 유죄판결을 받게 만들 수가 없다. 홈스가 모리아티 교수에 대한 의혹을 계속 제기해도 형사들은 지나친 의심이라고만 생각한다. 단 한 사람 맥도널드 경위만 홈스의 말에 귀를 기울이고 모리아티 교수를 만나러 가는데, 온화한 인상에 오히려 감화를 받고 돌아오는 지경이다. "헤어질 때가 되자 춥고 잔인한 세상에 나가기 전에 축복을 내려주는 신부님처럼 제 어깨를 두드려주었습니다."

모리아티는 정보망을 틀어쥐고 있기 때문에 제거할 수 없다. (사실 홈스에 대한 집착을 버리고 스위스까지 쫓아오지만 않았다면 위험에 처할 일도 없었을 것이다.) 모리아티는 거미줄 한가운데에 꼼짝 않고 자리잡은 거미처럼 거미줄에 미세한 흔들림만 있어도 감지한다. 홈스의 정보원 노릇을 하던 모리아티의 부하 폴록이 갑자기 공포에 질려 발을 빼려고 하는 것도 그럴 만하다. 모리아티는 치밀한 조직을 거느리고 있어 모든 것을 알고, 자리에 앉아 지시만 내리면 무엇이든 이루어진다. 모리아티가 있기 때문에 이 세상은 더이상 물을 흐리는 악당 한두 명만 색출해 처단하는 것으로 평화와 안정을 되찾을 수 있는 순진한 세계가 아니다.

'공포의 계곡'에 드리운 모리아티의 그림자

『공포의 계곡』에서도 모리아티는 정체를 드러내지 않고 배경으로만 존재한다. 그러나 버미사 계곡의 맥긴티와 스카우러스의 세계는 모리아티가 지배하는 세계의 축소판 해부도나 마찬가지다. 무시무시한 '공포의 계곡'이 모리아티가 지배하는 암흑의 세계에 비하면 어린애 소꿉장난 같은 것이라는 사실을 깨닫는 순간, 공포의 규모는 어마어마하게 커진다.

버미사 계곡의 비열한 거리는 맥긴티가 이끄는 비밀 범죄 조직이 장악했다. 조직은 테러리즘, 살인, 협박 등으로 계곡을 실질적으로 지배하고 있었다. 맥긴티는 시의원이라는 공직까지 차지하고 "사람들을 공포로 몰아넣어 마을 전체와 오십 킬로미터에 달하는 계곡 전체는 물론 그 너머까지 장악하고 있"다. 경찰의 절반은 그들의 돈을 받아먹고 나머지 절반은 그들을 두려워한다. 이들은 온갖 범죄와 살인을 저지르면서 재판에 회부되어도 막강한 변호사와 권력을 동원해 무죄로 풀려나기 일쑤다. 버미사 계곡은 범죄 집단이 행정, 사법, 경찰 조직까지 장악한 고담 시 같은 디스토피아다.

맥긴티가 사람들을 손에 쥐고 지배하는 방식은 모리아티의 거미줄 방식과 비슷하다. 이곳에서 거의 유일하게 맥긴티의 방식에 속으로 불만을 품고 스카우러스와 거리를 두려고 하는 모리스는 "우리가 하는 말, 어떨 땐 무슨 생각을 하는지조차 어떻게든 결국 맥긴티의 귀에 들어가게" 된다며 두려워한다. 그는 버미사 계곡을 벗어나고 싶어도 보복이 두려워 떠나지 못한다. 맥긴티는 권력의 강제가 내면화된 파놉티콘 같은 세계를 만든 것이다. 이 정도면 악당으로서는 수준급이다. 다만 맥긴티의 권력이 미치는 범위는 제한적이다.

맥긴티가 전능한 것처럼 보이지만 사실 세계 최대의 도시, 제국의 수도인 런던을 주름잡는 모리아티와 비교할 수 있는 수준은 못 된다. 입바른 소리 하는 단원 모리스의 지적을 통해 맥긴티의 한계가 드러나기도 한다. 이들은 폭력과 협박으로 마음에 들지 않는 광산 소유주를 몰아내거나 길들이는 방법을 즐겨 쓰는데, 모리스는 개인 사업자들을 다 몰아내면 그 자리에 대기업이 들어설 것이고 자본력이 든든한 대기업은 범죄 집단의 위협 따위에 굴하지 않으리라는 타당한 지적을 한다. 그러나 버미사 계곡이라는 우물의 밖을 보지 못하는 맥긴티는 모리스의 경고를 묵살한다. 대기업은 핑커턴 탐정 사무소에 이 일을 의뢰했고 미국 최고의 탐정을 파견해 조직을 일망타진했으니 결국 모리스의 걱정이 그대로 실현된 셈이다.

불멸의 악당

코넌 도일은 겉보기에는 안정과 풍요를 누리고 이성이 지배하는 것 같은 베이커 스트리트 221B번지를 비롯한 영국과, 식민지나 외국·미개척지의 야만·무질서·악·광기를 대비시키기를 좋아했는데, 이 작품도 그 범주에 속한다. 라이헨바흐 폭포의 심연만큼 아득하게 여겨지던 버미사 계곡의 악이, 이십 년이라는 시간을 넘어 한적한 영국 시골 마을에까지 뻗어온 것이다. 그 매개체가 되는 것이 바로 모리아티의 범죄 네트워크다. 볼드윈 일당은 영국에 숨어 있던 더글러스에게 복수하기 위해 모리아티에게 자문을 구한다. 죽음의 위기에 처했다가 가까스로 목숨을 구한 더글러스에게 홈스는 이렇게 경고한다. "이번 일이 이대로 끝나지 않을 것 같아 걱정이군요. 아무래도 당신은 지금 영국 법이나 미국의 적들보다 더 큰 위험에 노출된 것 같습니다. 더글러스 씨, 앞으로 더 큰 일이 벌어질 수도 있습니다. 내 말을 새겨듣고 한층 더 주위를 경계하십시오."

더글러스가 이십 년 동안 두려워하던 미국의 적보다 한 수 위의 상대가 있다는 말이다. 걱정했던 대로 두 달 뒤에 홈스는

“홈스 씨! 어쩌나. 이를 어쩌나!”라는 난데없는 편지를 한 통 받는다. 곧 더글러스가 돌풍 때문에 배에서 떨어져 실종되었다는 소식이 당도한다. 모든 것을 손바닥 안에 놓고 보는 전지전능한 범죄자가 최후의 일격을 날린 것이다. 베이커 스트리트 221B번지에 도착한 편지 한 통이 버미사 계곡의 무자비한 폭력과 유혈 통치보다도 훨씬 더 서늘한 공포를 안겨줌을 부인할 수 없다.

모리아티는 소설 끝까지 모습을 드러내지 않아 실재하는지조차 불확실하지만 동시에 어디에나 편재하며 우리를 보고 있다. 모리아티라는 존재는 가스등이 켜진 어둑한 런던의 뒷골목을 연결하는 네트워크에서, 현대의 재계-정계-산업-미디어를 망라하고 막강한 정보력을 바탕으로 세계를 움직이는 네트워크로 확장된다. 오늘날 우리는 말초신경 끝까지 인터넷에 연결되어 있지만 이 거미줄 중심에 무엇이 있는지는 알 수 없다. 권력을 가진 조직이 공익을 목적으로 움직이리라는 믿음이 깨졌을 때 드리우는 공포의 단면을 우리는 이미 맛보고 있다.

홍한별(번역가)

공포의 계곡

The Valley of Fear

초판 발행 2016년 9월 5일

지은이 아서 코넌 도일 | **옮긴이** 권도희 | **펴낸이** 염현숙

책임편집 이송 | **편집** 임지호 이현 김세화
아트디렉팅 이혜경 | **본문조판** 백주영 | **일러스트 및 캐릭터디자인** 박해랑
저작권 한문숙 박혜연 김지영 | **마케팅** 정민호 나해진 박보람 이동엽
홍보 김희숙 김상만 이천희
제작 강신은 김동욱 임현식 | **인쇄** 한영문화사 | **제본** 경일제책

펴낸곳 (주)문학동네
출판등록 1993년 10월 22일 제406-2003-000045호
임프린트 엘릭시르

주소 10881 경기도 파주시 회동길 210
문의 031-955-1918(편집) 031-955-3576(마케팅) 031-955-8855(팩스)
전자우편 editor@elmys.co.kr | **홈페이지** www.elmys.co.kr

ISBN 978-89-546-4091-6 04840
978-89-546-4090-9(SET)

엘릭시르는 출판그룹 문학동네의 임프린트입니다.